Cabeça de Vento

OBRAS DA AUTORA PUBLICADAS PELA RECORD

Avalon High
Avalon High – A coroação: A profecia de Merlin
Como ser popular
Ela foi até o fim
A garota americana
Quase pronta
O garoto da casa ao lado
Garoto encontra garota
Ídolo teen
Pegando fogo!
A rainha da fofoca
Sorte ou azar?
Tamanho 42 não é gorda
Tamanho 44 também não é gorda
Todo garoto tem

Série O Diário da Princesa

O diário da princesa
Princesa sob os refletores
Princesa apaixonada
Princesa à espera
Princesa de rosa-shocking
Princesa em treinamento
Princesa na balada
Princesa no limite
Princesa Mia
Princesa para sempre

Lições de princesa
O presente da princesa

Série A Mediadora

A terra das sombras
O arcano nove
Reunião
A hora mais sombria
Assombrado
Crepúsculo

Série As leis de Allie Finkle para meninas
Dia da mudança

MEG CABOT

Cabeça de Vento

Tradução de
NATALIE GERHARDT

galera
RECORD
Rio de Janeiro | 2010

CIP-BRASIL. CATALOGAÇÃO-NA-FONTE
SINDICATO NACIONAL DOS EDITORES DE LIVROS, RJ

C116c Cabot, Meg, 1967-
Cabeça de vento / Meg Cabot; tradução Natalie Gerhardt. – Rio de Janeiro: Galera Record, 2010.

Tradução de: Airhead
ISBN 978-85-01-08320-3

1. Literatura infantojuvenil americana. I. Gerhardt, Natalie. II.Título.

10-0596 CDD: 028.5
CDU: 087.5

Título original norte-americano:
Airhead

Texto revisado segundo o novo Acordo Ortográfico da Língua Portuguesa.

Direitos exclusivos de publicação em língua portuguesa somente para o Brasil adquiridos pela
EDITORA RECORD LTDA.
Rua Argentina 171 – Rio de Janeiro, RJ – 20921-380 – Tel.: 2585-2000
que se reserva a propriedade literária desta tradução

Impresso no Brasil

ISBN 978-85-01-08320-3

EDITORA AFILIADA

Seja um leitor preferencial Record
Cadastre-se e receba informações sobre nossos lançamentos e nossas promoções.

Atendimento e venda direta ao leitor
mdireto@record.com.br ou (21) 2585-2002

PARA BENJAMIN

MUITO OBRIGADA A

BETH ADER, JENNIFER BROWN,

MICHELE JAFFE, SUSAN JUBY, LAURA LANGLIE,

ABIGAIL MCADEN, RACHEL VAIL

E PRINCIPALMENTE A BENJAMIN EGNATZ.

UM

— EMERSON WATTS — CHAMOU O SR. GREER, PROFESSOR DA primeira aula, que ensinava como falar em público, arrancando-me de um cochilo.

Bem, não importa. Será que as pessoas realmente esperam que você esteja alerta às 8h15 da manhã? Fala sério.

— Aqui — respondi, erguendo a cabeça do tampo da mesa de forma brusca e passando a mão disfarçadamente no canto da boca, para verificar se eu não tinha babado.

Mas acho que não fui discreta o suficiente: Whitney Robertson, sentada com aquelas longas pernas bronzeadas cruzadas sob a mesa a alguns metros de onde eu estava, deu uma risadinha e sussurrou: "ridícula."

Lancei-lhe um olhar fulminante e respondi, em silêncio, *vai se ferrar.*

Em resposta ela estreitou os olhos azuis-claros bem maquiados e disse, fazendo o mesmo, *vai sonhando*.

— Em — disse o Sr. Greer com um bocejo. Acho que ele também deve ter ficado acordado até tarde na noite passada, só que não acho que tenha sido porque precisava terminar o dever de casa para esta aula, como foi o meu caso. — Não estou fazendo a chamada. É a sua vez de apresentar para a turma seu trabalho de dois minutos sobre persuasão. Invertemos a ordem alfabética, lembra?

Olha, ninguém merece.

Desgostosa, saí de trás da minha mesa e fui até a frente da sala, enquanto todos os alunos riam. Todos exceto Whitney, percebi. Isso porque ela segurava o estojo de pó-compacto que tirara da bolsa e olhava fixamente para o próprio reflexo. Lindsey Jacobs, sentada na fileira ao lado dela, olhou para Whitney e sussurrou:

— Esse batom tem tudo a ver com você.

— Eu sei — murmurou Whitney, ainda se olhando no espelho.

Segurei a vontade de fazer uma piada — porque estava prestes a falar em público e não por causa da conversinha delas... embora eu ache que isso pudesse ter alguma coisa a ver — e me virei para encarar a turma. Vinte e quatro rostos sonolentos piscaram para mim.

Então me dei conta de que havia esquecido completamente a redação que passei metade da noite escrevendo.

— Muito bem, Emerson — declarou o Sr. Greer. — Você tem dois minutos. — Ele olhou para o relógio. — E...

Impressionante. No segundo em que ele disse aquilo, me deu um branco *ainda maior*. Tudo no que eu conseguia pensar era... Como ela sabe? Quero dizer, como Lindsey sabe que aquele tom de batom fica bem em Whitney? Já tenho quase 17 anos e ainda não faço a menor ideia de que tom de batom fica bem em mim... Ou em qualquer outra pessoa, diga-se de passagem.

Acho que a culpa é do meu pai. Para começar, foi ele que me deu um nome de garoto porque tinha certeza de que seu bebê seria um menino (apesar de a ultrassonografia dizer o contrário) porque eu chutava muito a mamãe quando ainda estava em sua barriga. Papai insistiu em me dar o nome do seu poeta favorito. Isso é o que você ganha quando se é filha de um professor universitário de literatura inglesa. Acho que mamãe ainda estava sob o efeito da anestesia ou algo assim, já que deixou que isso acontecesse, mesmo depois que o resultado da ultrassonagrafia se confirmou. Então *Emerson Watts* é o nome que consta na minha certidão de nascimento.

Eu sei. Fui vítima de estereotipagem sexual quando ainda estava no ventre da mamãe. Quantas garotas podem dizer *isso*?

— ...*comece* — disse o Sr. Greer, ligando o cronômetro.

E, em um estalar de dedos, toda a pesquisa que fiz na noite anterior voltou à minha mente.

Ufa.

— As mulheres — comecei — representam 39% dos usuários de jogos interativos em computadores. Ainda assim, apenas uma pequena fração desses é voltada para elas na indústria dos *games*, que movimenta cerca de 35 bilhões de dólares no mundo.

Fiz uma pausa... Mas não importava.

Acho que não podia culpá-los. Afinal de contas, *ainda* era cedo demais.

Nem mesmo Christopher, que mora no meu prédio e supostamente era o meu melhor amigo, estava prestando atenção. Ele estava sentado ereto na última fileira, onde sempre costumava ficar.

Mas seus olhos estavam fechados.

— Um estudo — continuei — feito pelo Instituto de Pesquisa de Estudos Avançados da Universidade da Califórnia mostrou que a porcentagem de mulheres que se formam em Computação caiu e está agora em menos de 30%. A Ciência da Computação é o único campo em que a participação das mulheres está *caindo* com o passar dos anos...

Ai, meu Deus. Ninguém da turma estava acordado, a não ser eu. Até mesmo os olhos do Sr. Greer se fecharam.

Maravilha. Isso mesmo, Sr. Greer, é melhor ser parte do problema, e não da solução.

— Muitos pesquisadores acreditam que isso ocorre porque o nosso sistema educacional não está conseguindo atrair as meninas para as ciências, especialmente para a área de Computação, durante o ensino médio — insisti, olhando diretamente para o Sr. Greer.

Não que ele tenha notado. Já que estava roncando baixinho.

Demais. Realmente ótimo. Tipo, eu fiquei meio animada quando recebi o assunto do meu trabalho, porque, sinceramente, eu *gosto* de jogos de computador. Bem, de um jogo de computador, para ser específica.

— Então, o que pode ser feito para que as garotas se interessem mais por jogos? — prossegui, desesperada. — Os estudos demonstram que eles aumentam a capacidade de resolver problemas, estimulam as habilidades estratégicas, além de ajudarem no desenvolvimento de habilidades sociais de interação e cooperação.

Percebi que não estava adiantando. Sério.

— Bem — tentei. — Eu poderia tirar a roupa e revelar que, por baixo da calça jeans e do casaco de moletom, estou usando um top justo e um short bem curtinho, tipo o que Lara Croft usa em *Tomb Raider*... Só que o meu é de um material à prova de fogo e coberto com adesivos de dinossauros fosforescentes.

Ninguém se mexeu. Nem mesmo Christopher, que é doido pela Lara Croft.

— Sei o que vocês estão pensando — continuei. — Adesivos de dinossauros fosforescentes são coisas do passado. Mas acho que eles acrescentam certo *je ne sais quoi* à produção. É verdade. Usar um short curto por baixo da calça jeans é bastante desconfortável e difícil de tirar no banheiro, mas o short tem coldres de fácil acesso onde carrego as minhas duas pistolas de alto calibre...

O sinal do cronômetro soou.

— Obrigado, Em — agradeceu o Sr. Greer, bocejando. — Você foi muito persuasiva.

— Eu é que agradeço, Sr. Greer — respondi com um sorriso largo.

Ainda bem que meus pais não estão pagando pelos meus estudos, já que tenho uma bolsa escolar integral no Tribeca Alternative.

Eu tenho sérias reservas em relação à educação que estou recebendo aqui.

Voltei para o meu lugar enquanto o Sr. Greer perguntou, acho que para si mesmo:

— Agora, quem será a próxima? Ah, sim. Whitney Robertson. — Sr. Greer sorriu. Afinal, todos sorriem quando dizem o nome de Whitney. — Sua vez.

Whitney — que passou um pouco de pó no nariz assim que o professor chamou — fechou o estojo de maquiagem com um estalo e descruzou as pernas. Sei que não fui a única a ter um relance da tanga de oncinha que ela usava. De repente, todos pareciam estar bem acordados.

— Pronta para começar — respondeu Whitney com um sorriso, enquanto erguia o corpo alto e magro da carteira e caminhava de forma elegante até a frente da sala, apesar dos sapatos de salto plataforma de dez centímetros. Sério, como as garotas conseguem fazer isso? Se eu tentasse caminhar com saltos de dez (ou até mesmo de cinco) centímetros, com certeza tropeçaria e cairia de cara no chão. Ela caminhou por entre as fileiras, com a saia ondulando atrás dela. Quando se virou para olhar a turma, não havia uma só pessoa que não estivesse com os olhos grudados nela. Exceto Christopher, notei quando me virei para verificar. Ele ainda dormia profundamente.

— E... *comece* — disse o Sr. Greer, ajustando o cronômetro.

— Vou falar sobre por que eu — começou Whitney, com voz doce e totalmente diferente da que usa quando está me provocando — não acredito na ilusão de que os padrões da civilização ocidental para a beleza feminina estão altos demais. Muitas mulheres reclamam que a indústria da moda e do cinema está destruindo sua autoestima. Elas querem que essas indústrias empreguem mais, abre aspas, mulheres acima do peso, fecha aspas. Acho isso ridículo!

Whitney jogou para trás uma mecha do cabelo comprido e louro, que parecia tingido — pelo menos essa era a opinião da minha irmã mais nova, Frida, que sabe tudo sobre esse tipo de coisa —, e perguntou, com os olhos azuis brilhando de indignação:

— Como o fato de promover um peso saudável, que os cientistas determinaram como um índice de massa corporal abaixo de 24.9, pode ser um ataque à autoestima das mulheres? Se algumas mulheres são preguiçosas demais para fazer ginástica porque ficam sentadas o dia inteiro *jogando videogames,* bem, isso é problema delas. Mas não podem sair por aí acusando aquelas que cuidam bem do corpo de serem sexistas ou de estimular padrões de beleza impossíveis de serem alcançados... principalmente quando existem tantas mulheres que são uma prova viva de que esses padrões são completamente possíveis.

Meu queixo caiu. Olhei em volta para ver se mais alguém estava tão surpreso quanto eu. *Essa* era a interpretação de Whitney sobre o tema que o Sr. Greer passou para a exposição persuasiva com dois minutos de duração? Que mulheres normais deveriam parar de culpar a mídia por usar modelos e atrizes esqueléticas como o ideal de beleza?

Aparentemente, eu era a única na sala a achar que ela estava errada. Pelo menos era o que indicavam os olhares extasiados que todo mundo (quer dizer, pelo menos a ala masculina da turma) lançava para Whitney.

— Por exemplo, querer ser tão bonita quanto Nikki Howard — continuou Whitney, citando a nova It Girl do cenário fashion

—, fosse algo realmente errado, será que as mulheres gastariam cerca de 33 milhões de dólares por ano para perder peso, outros sete bilhões em cosméticos e pelo menos trezentos milhões em cirurgias plásticas? É claro que não! As pessoas não são burras! Elas sabem que, com um pouco de esforço e um pouco de dinheiro, podem ser tão atraentes quanto... Bem, *eu.*

Whitney jogou o cabelo comprido para trás do ombro e seguiu com seu discurso.

— *Algumas* pessoas — *insira o nome de Emerson Watts aqui* foi o que o olhar que ela lançou em minha direção quis dizer — podem achar que sou metida por dizer que sou atraente. Mas a verdade é que a beleza não tem a ver com medir 1,70m e vestir manequim 36. O acessório mais importante que uma garota pode ter é confiança... e acho que posso dizer que tenho bastante!

Whitney ergueu os ombros de forma inocente e quase todos os garotos — e metade das garotas — da turma suspiraram enquanto a observavam, cheios de admiração. Virei para trás e fiquei aliviada ao perceber que a cabeça de Christopher estava tombada sobre o peito e ele dormia profundamente. Um cara — entre catorze — estava a salvo.

Olhei para a frente de novo a tempo de ouvir Whitney dizer:

— E a verdade é que, ao contrário do que a mídia nos diz sobre esse ideal ser inatingível e as mulheres estarem morrendo para serem magras, a única coisa matando as mulheres neste país é a obesidade, que já atingiu proporções epidêmicas.

Todos na sala concordaram com a cabeça, como se o que Whitney tinha acabado de dizer fizesse todo o sentido do mundo. O que não era o caso. Pelo menos não para mim.

— Bem — finalizou Whitney. — Isso é tudo. Será que já se passaram dois minutos?

Bem na hora, o cronômetro do Sr. Greer soou. Ele brilhou de satisfação.

— Exatamente dois minutos. Excelente trabalho, Whitney.

Ela sorriu de forma afetada mais uma vez e voltou para o seu lugar. Como eu vi que ninguém diria alguma coisa — como sempre —, ergui a mão.

— Sr. Greer.

Ele me lançou um olhar cansado.

— Sim, Srta. Watts?

— Sério — comecei a falar, baixando a mão. — Pensei que o objetivo desse discurso persuasivo de dois minutos fosse *persuadir* nosso público sobre algo, usando fatos e estatísticas.

— E foi exatamente isso o que fiz — disse Whitney, sentando-se.

— Tudo o que você fez — respondi — foi fazer com que todos nesta sala que não são magros e perfeitos como Nikki Howard se sentissem péssimos consigo mesmos. Que tal mencionar o fato de que a maioria de nós nunca se parecerá com ela, não importa o quanto tente ou quanto dinheiro gaste?

O som longo e alto do sinal soou. Acho que dormi mais do que pensei, porque a aula pareceu ter voado.

Enquanto todos saíam de suas mesas para seguirem para a próxima aula, Lindsey se levantou e me disse:

— Você só está com inveja.

— Isso mesmo — concordou Whitney, passando a mão pelas coxas magras. — E você entendeu bem uma coisa, Em: não importa o quanto você tente, nunca ficará *bonita*.

Rindo do próprio comentário, Whitney se apressou para sair da sala. Lindsey a seguiu, dando risinhos e me deixando sozinha com o Sr. Greer. E Christopher.

— Você pode falar sobre isso na semana que vem se quiser, Em — ofereceu Sr. Greer, solícito —, quando faremos a réplica aos discursos de persuasão.

Lancei um olhar fulminante para o professor.

— Obrigada, Sr. Greer — agradeci.

Ele deu de ombros, parecendo envergonhado. Virei para Christopher, que estava acordando, e disse:

— Obrigada a você também. Você me deu um grande apoio.

Piscando cheio de sono, Christopher esfregou os olhos.

— Cara, eu ouvi cada palavra que você disse — declarou ele.

— Sério? — perguntei, erguendo a sobrancelha. — Qual foi o tema do meu trabalho mesmo?

— Hã... Não estou bem certo — disse ele, com um sorriso de lado nos lábios. — Mas sei que tinha a ver com um short curto e adesivos fosforescentes de dinossauros.

Meneei a cabeça devagar. Às vezes, acho que o colégio é um tipo de teste imposto pela sociedade para ver ser os adolescentes conseguirão sobreviver no mundo real.

E eu tenho certeza de que não estou indo nada bem nesse teste.

DOIS

VOCÊ PODERIA PENSAR QUE NOS FINS DE SEMANA EU TENHO UM pouco de descanso. Sabe, das Whitney Robertson da vida.

O problema é que a minha irmã mais nova está se tornando uma. Uma Whitney, quero dizer.

Ah, ela não é tão ruim quanto a Rainha Cruel. Ainda. Mas está chegando lá. Foi o que percebi no sábado de manhã, para meu total horror, quando mamãe disse que eu teria que acompanhá-la à grande inauguração da Stark Megatore porque, aos 14 anos, Frida ainda era "nova demais" para ir sozinha a esse tipo de evento.

Substitua a palavra *nova* por *boba* na frase acima e você entenderá o que mamãe quis dizer.

Não que Frida tenha algum problema mental. Assim como eu, ela tem uma bolsa de estudos por mérito na Tribeca Alternative.

Ela apenas quer ser como Whitney Robertson... Ou, para ser mais específica, Frida quer fazer parte da tribo dos mortos-vivos. Esse é o termo que Christopher e eu usamos para nos referirmos à maior parte dos nossos colegas de turma.

Para a maioria das pessoas, os mortos-vivos são zumbis. Mas, para Christopher e eu, mortos-vivos são as pessoas populares no colégio, que são muito semelhantes aos zumbis porque não possuem alma nem personalidade. Mas, tecnicamente, estão vivas.

No entanto, como não têm interesses próprios (ou, se têm, os escondem para se encaixarem) e apenas fazem o que acreditam que vai destacar seus currículos e solicitações para as universidades, são mortos-vivos.

Portanto, a maioria dos alunos de Tribeca Alternative é morta-viva.

É meio assustador ver a própria irmã virar uma morta-viva. Infelizmente, porém, não há muito o que eu possa fazer para evitar isso. A não ser tentar deixá-la muito sem graça em público.

Isso explica por que Frida (quando minha irmã nasceu, foi a vez de mamãe escolher o nome, então, ela foi batizada como Frida, em homenagem a Frida Kahlo — mamãe é professora de Estudos Femininos na Universidade de Nova York —, uma pintora feminista mexicana mais conhecida por ter pintado um autorretrato exibindo sobrancelhas unidas e buço) ficou tão nervosa ao saber que eu iria à festa de inauguração com ela.

Hum, ou não.

— Mãe! — reclamou ela. — Por que *Em* tem de ir comigo? Ela vai estragar *tudo*.

— Em não vai estragar nada — respondeu mamãe, revirando os olhos para a cena de Frida. — Ela só vai para se certificar de que você volte para casa sã e salva.

— São só DOIS QUARTEIRÕES! — argumentou Frida.

Mas mamãe não cedeu. Havia pessoas protestando na frente da nova Stark Megastore desde antes de a loja começar a ser construída. A vizinhança acreditava que a loja tomaria o lugar da barraca de frutas e legumes chamada Mama's (localizada no meio de um terreno baldio) na esquina da Broadway com a Houston. A apenas duas ruas do nosso apartamento, subsidiado pela universidade na West Third e La Guardia Place, a Mama's era onde comprávamos alface e banana, já que não podemos confiar nos produtos da Gristedes local e o mercado Dean & Deluca na Broadway era caro demais.

Mamãe e eu não fomos as únicas a ficar com raiva quando descobrimos o que estava acontecendo naquele terreno baldio. A comunidade inteira estava unida para salvar a Mama's e exigir que a Stark desse o fora.

Contudo, apesar de todos os piquetes, cartas para jornais, sabotagem à construção pela Frente de Libertação Ambiental (FLA) (juro que não tive nada a ver com isso, apesar do que papai e mamãe possam pensar) e promessas de um boicote por toda a comunidade, a Mama's foi expulsa e a Megastore, com três andares recheados de CDs, DVDs, videogames, equipamentos eletrônicos e livros (na parte menor e menos acessível da loja), foi construída, garantindo que todas as lojas da região que vendiam tais produtos saíssem do mercado, com seus descontos imbatíveis e estoque interminável...

Além de campanhas de publicidade como a de hoje: uma inauguração grandiosa, incluindo comida e bebida de graça (refrigerante Stark, biscoito Stark e *pretzels*), com apresentações ao vivo, nos três andares, dos artistas jovens mais famosos do momento, seguidas da oportunidade de conseguir o autógrafo deles nos CDs.

Motivo pelo qual Frida estava tão determinada a ir.

Porque, diferente do restante da nossa família — e das pessoas da comunidade —, Frida estava *adorando* o fato de uma nova Stark Megastore abrir tão perto da janela do seu quarto que dava para acertar a porta com uma cuspida (não que Frida fosse fazer algo tão *déclassé* como cuspir). Ela não dava a mínima para o fato de a barraca Mama's ter sido colocada em uma esquina fria e desolada em Alphabet City, superdistante do nosso prédio ou de a gente ter de comer alface murcha e bananas marrons compradas no Gristedes.

— Não vai ser nada demais — Frida não parava de insistir com mamãe. — Vou tomar cuidado com os protestos da FLA. Vou até de capacete de bicicleta se for necessário.

Mamãe apenas revirou os olhos.

— Não é com a FLA que estou preocupada, Frida — esclareceu ela. — É com Gabriel Luna.

O rosto redondo de Frida (bem, é redondo mesmo. O que posso dizer? Rosto redondo, cabelos lisos e castanhos, olhos castanhos, altura mediana e pé número 38 é o nosso destino genético, assim como maçãs do rosto definidas e a perfeição em todo o resto é o de Whitney) ficou vermelho na hora.

— Mãe! — exclamou ela. — Desencana! Tipo, ele tem 20 anos. Não vai se interessar por uma pirralha como eu.

Isso era o que os lábios dela diziam. Mas dava para ver pelo brilho em seus olhos que Frida não acredita nisso. Ela realmente achava que Gabriel Luna iria se apaixonar perdidamente por ela no momento em que autografasse o seu CD. Eu sabia. Eu já tive 14 anos um dia, há apenas dois anos e meio.

Então, foi bom quando mamãe respondeu:

— Então, não tem problema se sua irmã for com você. Só para garantir.

— Para garantir *o quê?* — quis saber Frida.

— Que você não acabe em uma festa na cobertura de Gabriel Luna se ele a convidar.

Dava para ver que era exatamente isso que Frida queria que acontecesse. Não que fosse admitir. Em vez disso, ela bufou.

— Gabriel não tem uma cobertura, mamãe. Ele não caiu nas armadilhas da fama.

Caí na risada ao ouvir isso. Frida me lançou um olhar fulminante e continuou:

— É verdade! Ele mora em um apartamento aqui no SoHo. Não é um desses cantores bonitinhos fabricados pela indústria fonográfica que Em odeia tanto. Além de cantar, ele também escreve as músicas. Mesmo sendo uma sensação em Londres, de onde veio, quase ninguém de fora da Inglaterra sabe quem ele é.

— Quase ninguém, a não ser quem lê a *CosmoGirl!* , é claro — declarei. — Já que você acabou de citar esse trecho do artigo do mês passado sobre ele. Incluindo a parte das "armadilhas da fama".

— Como você sabe disso, Em? — Frida exigiu saber. — Achei que nunca lesse revistas para adolescentes. Pensei que você só lesse a porcaria da *Electric Gaming Monthly* ou qualquer coisa assim.

Suspirei.

— É, mas quando eu já terminei de lê-la e a sua *CosmoGirl!* é a única coisa disponível, que escolha eu tenho?

— Manhê! — reclamou Frida.

Dava para perceber que ela estava chateada, pois a Stark foi idiota a ponto de marcar a inauguração para o último fim de semana de calor em setembro, o que "forçava" suas amigas mortas-vivas a irem com a família aos Hamptons. É claro que Frida foi convidada.

Mas ela preferiria comer vidro a perder uma oportunidade de conhecer uma celebridade de verdade — mesmo aquelas que não moram em coberturas.

— Ela vai estragar tudo. Será que você não vê isso? Em é uma idiota, mãe! Ela não é só uma *nerd*, o que seria até razoável, mas é uma *idiota*. Tudo que ela faz é ficar jogando no computador com Christopher, estudar e assistir àqueles programas nojentos de cirurgias no Discovery Channel. E com certeza ela vai dizer algo horrível para Gabriel e me envergonhar na frente de todo mundo.

— Não vou nada — protestei com a boca cheia de waffle de micro-ondas.

— Vai sim — disse Frida. — Você sempre diz coisas horríveis na frente dos garotos.

— Que mentira! — exclamei. — Diga uma vez que eu tenha ofendido Christopher.

— Christopher Maloney é seu namorado — declarou Frida, revirando os olhos. — E eu estou falando de *caras gatos*.

Cara, essa é uma mentira tão grande — Christopher *não é* meu namorado — que eu quase engasguei com o pedaço de waffle. Não que às vezes eu não *desejasse* que ele fosse meu namorado e não apenas um *amigo*, o meu melhor amigo, na verdade.

Mas Christopher nunca expressou nenhuma reciprocidade, sabe? Tipo assim, querendo levar a nossa amizade para um nível mais do que platônico. Na verdade, nem sei ao certo se Christopher já notou que eu *não* sou um garoto. Admito que não sou a garota mais feminina do mundo. Eu nem me importaria de tentar ser, mas nas duas vezes que tentei usar um delineador ou algo do tipo, Frida caiu na gargalhada e disse "Tire isso. Tire isso agora", antes que eu tivesse a chance de sair de casa.

Então obedeci.

Acho que é um fato meio incomum que o melhor amigo de uma garota seja um garoto. Mas a verdade é que não tenho uma *amiga* desde o quinto ano. As poucas ocasiões em que uma garota me convidou para alguma coisa sempre terminaram tão... bem, *estranhas*. Porque nunca tínhamos nada em comum. Tipo, eu sempre queria jogar videogame e elas sempre queriam jogar "verdade ou consequência", com ênfase na "verdade"... tipo "É verdade que você gosta daquele tal de Christopher, mas que diz para todo mundo que vocês são só amigos e que ele nem sabe que você gosta dele? Você quer que contemos a ele? A gente não se importaria de fazer isso para você".

É. Bem assim.

Isso não funciona para mim. Prefiro ficar em casa e ler.

Essa é uma das boas coisas de ser filha de acadêmicos. Eles sabem como você se sente. Porque a verdade é que eles também sempre preferem ficar em casa e ler.

Mas Christopher era diferente. Desde o dia em que o vi pela primeira vez, há quase oito anos, ao lado da van que trouxe as coisas da família dele para o nosso prédio, eu soube que nos daríamos bem.

Tudo bem, admito que foi porque vi uma caixa em que estava escrito VIDEOGAMES DE CHRIS perto do elevador de serviço e percebi que gostávamos do mesmo tipo de coisa.

Enfim.

Acho que porque estamos sempre juntos, as pessoas costumam achar que namoramos, mas nada poderia estar mais longe da verdade (infelizmente).

Ainda assim, mesmo que não estejamos namorando — por mais que eu deseje isso —, não gostei de Frida ter insinuado que Christopher não é bonito. Pelos padrões de beleza das mortas-vivas, é claro que ele não é. Tipo, ele tem mais de 1,80m, cabelo louro e olhos azuis de que as mortas-vivas tanto gostam, mas Christopher está deixando o cabelo crescer só para enlouquecer o pai, o Comandante (ele dá aula de ciência política). Já está abaixo dos ombros.

Além disso, ele não passa quatro horas por dia malhando, então não é musculoso como o namorado de Whitney, Jason Klein.

Mas só porque Christopher não é o que as mortas-vivas consideram "gato" não significa que ele não seja bonito.

— Obrigada — rosnei para Frida. — Muito obrigada mesmo. Você vai ver se Christopher vem consertar seu HD de novo.

— *O cabelo de Christopher é mais comprido do que o meu* — provocou Frida. — E ontem, na cantina? Lembra quando você gritou para Jason Klein calar a boca enquanto vocês dois estavam na fila para pegar ketchup?

— Bem — respondi, dando de ombros e me sentindo meio desconfortável. — Ontem foi um dia ruim. Além disso, ele mereceu. Pelo menos, Christopher pode cortar o cabelo. Qual é a sua desculpa?

— Tudo o que Jason disse foi que preferia o uniforme de primavera das líderes de torcida, que é mais justo do que o de inverno — declarou Frida.

— Bem, isso *é* sexismo — disse mamãe.

Lancei um olhar triunfante para Frida, mas nem assim ela desistiu.

— Líderes de torcida são atletas, mãe — insistiu Frida. — O uniforme de primavera é mais confortável do que o de inverno para se movimentar.

— Fala sério — rebati, olhando para minha irmã mais nova sentada do outro lado da mesa. — Você vai tentar entrar para a equipe este ano, não vai?

Frida respirou fundo.

— Deixa para lá. Esqueça. Vou pedir pro papai. Ele vai me deixar ir sozinha.

— Não vai, não — declarou mamãe. — E ninguém vai incomodá-lo. Você sabe que ele chegou tarde ontem.

Papai mora em New Haven durante a semana, pois dá aula em Yale, e só vem para casa em Manhattan nos fins de semana (é difícil quando dois professores universitários são casados e não conseguem ser contratados pela mesma instituição).

Por causa da culpa que sente sobre isso, papai costuma nos deixar fazer o que quisermos. Se Frida pedisse a ele para ir para Atlantic City com o time masculino de natação para ganhar dinheiro com apostas para usar no fundo universitário dela, papai diria algo do tipo "Claro, por que não? É melhor você levar o meu cartão de crédito".

Por isso mamãe toma conta de nós com olhos de águia quando papai está em casa. Ela sabe muito bem que ele é fácil de ser levado quando se trata das filhas adolescentes.

— E quanto a você querer entrar para a equipe de líderes de torcida, Frida? — perguntou mamãe. — Precisamos conversar, filha...

Enquanto mamãe começava a falar sobre como as mulheres não podiam praticar os esportes masculinos na faculdade até os anos 1970 e por isso ficavam relegadas ao papel de líderes de torcida, Frida me lançou um olhar de raiva e disse com os lábios "Você vai me pagar por isso, Em!".

Eu não tinha a menor dúvida de que ela se vingaria mais tarde, na inauguração da Stark Megastore.

E não estava errada.

Só que não aconteceu da maneira que eu esperava.

TRÊS

ACABOU QUE FRIDA ESTAVA CERTA SOBRE UMA COISA: GABRIEL LUNA é um ótimo cantor e compositor.

E, para dizer a verdade, é bem gato também. Ele não é um daqueles garotos bonitos fabricados pela indústria fonográfica, aquele tipo que faz Frida e suas amigas suspirarem na frente da TV.

Ele também não parecia ser fã de tatuagens ou desse lance que está tão popular entre os cantores pop de ficar usando lápis nos olhos. Gabriel, até onde percebi (o que não era fácil, já que havia uma multidão entre nós) parecia não ter tatuagens nem usar maquiagem.

Gabriel até que se vestia de maneira normal. Estava com uma camisa de botão e calça jeans, e o cabelo era bem cortado, meio comprido (mas nada que se compare ao de Christopher) e bem escuro, contrastando com os olhos azuis profundos (não que eu tenha prestado atenção, sabe?), mas ainda assim ele era bonito. Tipo assim, o cabelo.

Mas foi a voz dele — ai, meu Deus, aquele sotaque britânico — que me conquistou. Profunda, rica e cheia de sentimento — mas também alegre quando a música pedia —, a voz dele encheu a seção dedicada a trilhas sonoras da Stark Megastore do SoHo, onde o minipalco foi montado para sua apresentação. As pessoas que estavam nos corredores procurando CDs com desconto não podiam evitar parar, segurando suas cestas de compras, para ouvir, porque a voz de Gabriel era tão gostosa e sua presença, tão atraente.

Ele começou com uma música dançante, a primeira do seu novo CD. E, sou obrigada a admitir, a música era bem interessante então, quando dei por mim, estava balançado no ritmo.

Claro, de forma discreta para Christopher não notar, pois tenho certeza de que ele faria alguma piadinha irônica.

Então, Gabriel trocou a guitarra por um violão e tocou a segunda música sentado em um banco.

E, tudo bem, admito, Frida não foi a única que ficou em êxtase. Tive dificuldades em lembrar que não era fã... Mesmo que eu estivesse em um evento para fãs.

Pelo menos até a hora de entrar na fila para conseguir um autógrafo no CD de Frida. Foi nesse momento que a realidade me atingiu em cheio, enquanto nos encontrávamos cercados por uma multidão de garotas entre 13 e 14 anos, todas usando calças jeans de cintura baixa com detalhes brilhosos, exatamente iguais as que Frida tinha escolhido, e segurando pedaços de papel nos quais anotaram o nome que Gabriel deveria escrever no autógrafo no CD delas... Junto com o número do telefone celular delas. Só para o caso de Gabriel pedir.

Os poucos momentos mágicos que passamos se transformaram em tédio total em questão de segundos.

— Ele não está olhando para você — assegurei para Frida, enquanto estávamos na longa fila longa (será que já disse que era longa?) para pegar o autógrafo de Gabriel.

— Está, sim — insistiu ela, enquanto acenava. — Ele está olhando diretamente para mim.

— Não — discordou Christopher, que estava de pé ao nosso lado.

Bom amigo que era, Christopher tinha vindo conosco para me dar apoio moral, e também para passar na seção de eletrônicos da loja, que estava anunciando o lançamento de um *player portátil* com a tela grande o suficiente para se jogar jogos táticos sem ficar cego. Melhor ainda, custava menos de 100 dólares.

Christopher e eu éramos contra *megastores* por razões éticas... Mas deixar de aproveitar os grandes descontos que ofereciam aos clientes era outra coisa.

— Ele está olhando para *ela* — informou Christopher, apontando para uma tela de plasma pendurada sobre nossas cabeças, mostrando Nikki Howard em um lindo vestido de noite e sapatos de salto ridiculamente altos, girando contra um fundo rosa no ritmo da música que tocava na loja.

Havia dezenas — talvez centenas — de telas de plasma semelhantes, suspensas por cabos grossos, por toda a loja e cada uma delas exibia Nikki Howard em estágios diversos de nudez, estimulando os clientes a comprarem a nova linha de roupas e produtos de beleza da Stark Enterprise, que seriam vendidos exclusivamente nas Stark Megastore de todo o mundo a partir do ano-novo.

— Ele deve estar tentando adivinhar se ela está usando algo debaixo daquele vestido — brincou Christopher.

— Gabriel não vê as mulheres como objetos sexuais — replicou Frida com desdém, lançando apenas um olhar para onde Christopher apontou. — Eu sei porque li a entrevista que ele deu para a *CosmoGIRL!*. Ele respeita as mulheres que pensam.

Quase engasguei com o refrigerante grátis da Stark com a sugestão implícita de que Nikki Howard tinha um cérebro.

Frida assumiu a defensiva na hora.

— Ela pensa, sim! — insistiu. — Você conhece alguma outra garota de 17 anos que tem tantos contratos como modelo e para campanhas publicitárias quanto Nikki? E ela começou do nada. *Nada*. Sério. Como você não *sabe* disso? Será que vocês não fazem mais nada além de jogar videogames?

Ainda bem que estava meio difícil de ouvir Frida falando sobre como Christopher e eu estávamos completamente fora de sintonia com nossa própria geração por causa da música alta que tocava à nossa volta (mas isso não era problema, já que estávamos ouvindo a música de Gabriel). Isso sem mencionar as hordas de pessoas que lotavam a loja.

No entanto, nem todos estavam ali para conhecer Gabriel Luna, como nós. Muitas pessoas, na verdade, estavam ali por um motivo totalmente diferente: causar confusão. A cada minuto víamos seguranças uniformizados arrastando algum agitador para fora da loja. Era fácil distinguir os agitadores dos clientes de verdade (como Frida). Bastava olhar para as roupas camufladas e as armas de *paintball* que pareciam estar carregando debaixo dos casacos compridos. Os alvos principais eram as telas de plasma, muitas das quais já haviam sido atingidas (em locais estratégicos) por enormes bolhas de tinta amarela.

Em outras palavras, o lugar estava uma loucura. Ou seja, Frida estava se sentindo em casa. Minha irmãzinha estava absorvendo toda a agitação como se fosse oxigênio puro, enviando mensagens de texto para todas as amigas, para que elas soubessem o que estavam perdendo, e tirando fotos com a câmera do celular.

— Além disso, gente — continuou Frida, enquanto apontava o celular na direção de Gabriel, mesmo que ainda estivéssemos bem longe dele e a foto parecesse apenas uma mancha branca para quem quer que fosse o destinatário. —, Gabriel é um cara ligado na espiritualidade... E é um intelectual. Como eu.

Engasguei de novo com o refrigerante grátis.

— *É sério* — insistiu Frida. — Posso não ser um gênio em matemática e ciências como *certas pessoas*... E tem mais, Gabriel diz que o que importa é o tamanho do *coração* da mulher e não do seu sutiã.

— Até parece. Tenho certeza de que Gabriel preferiria ficar com uma nerd do que com Nikki Howard — respondi, sarcástica.

Christopher riu à beça, mas, enquanto dizia isso, eu meio que estava esperando que fosse verdade. Só Frida não achou a menor graça.

— Eu não sou nerd — replicou Frida, lançando-me um olhar injuriado.

— Frida — falei, olhando para ela de boca aberta. — Eu não estava falando de *você*.

Mas era tarde demais. Eu havia ferido seus sentimentos.

— Talvez seja assim que você se veja — retrucou Frida, empinando o nariz —, mas não nos coloque no mesmo nível, Em. Pelo menos, eu me esforço.

— O que você quer *dizer* com isso? — exigi saber.

— Bem, olhe para você.

Fiz o que ela disse.

Ei, tudo bem, não sou uma fashionista como Nikki Howard, que usa sapatos de salto e biquíni e faz bronzeamento artificial. Ou Whitney Robertson, com suas saias curtas e blusas sexies.

Mas o que há de errado com jeans, moletom e All Star?

Frida estava doida para me dizer.

— Você parece um garoto — reclamou. — Tipo, talvez você tenha um corpo legal, mas não dá para ninguém notar por causa dessas roupas largas. E você já tentou fazer algo diferente com o seu cabelo, além de fazer rabos de cavalo, um penteado que era usado em 2002? Eu pelo menos *tento* ficar bonita.

Senti que estava ficando vermelha sob a iluminação forte da Stark Megastore. É horrível ser insultada pela própria irmã mais nova.

Mas é pior ainda quando ela faz isso na frente do cara por quem você nutre uma paixão secreta desde o sétimo ano.

— Nossa, sinto muito — respondi, chateada. Sério, ela precisava fazer isso? Eu nem queria estar nessa loja estúpida ou ficar nessa fila idiota para conhecer esse cara que, tudo bem, era gato, mas de quem eu mal ouvira falar até 6 horas antes. Eu poderia muito bem estar em casa, tentando chegar ao nível 60 do *Journeyquest* com Christopher. A última coisa de que eu precisava nos meus raros dias de folga daquele inferno também conhecido como Tribeca Alternative era *isso*.

— Eu não sabia que era obrigada a seguir algum padrão aleatório de beleza ditado por uma modelo que se acha a rainha das adolescentes.

Isso fez Christopher dar uma gargalhada.

— Rainha das adolescentes. Essa foi ótima — elogiou ele. Senti meu rosto queimar novamente.

Mas, dessa vez, foi de felicidade, porque Christopher gostou de algo que eu disse.

É, estou totalmente caidinha. Na verdade, isso é triste.

— De qualquer forma — continuou Christopher —, eu acho que Em está o.k..

Bem! Christopher achava que eu estava o.k.! Meu coração disparou. Tipo, eu sei que *estar* o.k. não é o maior elogio do mundo, mas vindo de Christopher era como ser chamada de deslumbrante. Tenho certeza de que morri e fui para o céu.

— ...e, pelo menos, ela não é artificial como aquela dali — acrescentou ele, indicando a tela sobre as nossas cabeças.

— É isso mesmo — concordei, olhando triunfante para Frida.

O.k.! Christopher acha que estou o.k..

Mas Frida não estava prestando atenção.

— Para sua informação — devolveu ela —, Nikki Howard colocou a indústria da moda e da beleza de pernas para o ar. Ela é uma das modelos mais jovens a conseguir isso. Nikki e suas amigas...

— Ih, lá vamos nós — falei, revirando os olhos. — Teremos uma aula sobre os ADN.

— O que é ADN? — perguntou Christopher.

— Amigos De Nikki — expliquei. — De acordo com a última edição da *CosmoGIRL!*, ela anda com um bando de FPSFs.

— Peraí... O que é FPSF?

Christopher parecia cada vez mais confuso. Se o assunto não tivesse a ver com computadores ou com jogos de computador, então ele não sabia do que se tratava. Era isso que o tornava tão diferente dos outros caras do colégio.

— Sabe? Tipo aquelas pessoas que estão na mídia o tempo todo, mas só são Famosas Por Serem Famosas — esclareci. — Elas nunca fizeram nada para se tornarem famosas. Na verdade, elas nem têm talento: são apenas filhos de ricaços, como o namorado de Nikki, com quem ela vive terminando e voltando, Brandon Stark. — Eu estava de bom humor porque ele disse que eu estava o.k., então baixei o tom de voz: — Ele tem 19 anos e é filho do bilionário dono da Stark Megastore, Robert Stark. Ou as filhas de celebridades, como Lulu, 17 anos, filha de Tim Collins — continuei —, aquele que dirigiu o filme *Journeyquest*.

Christopher ficou boquiaberto.

— E fez uma porcaria completa?

— Esse mesmo — respondi. — Lulu é uma ADN.

— Por que vocês têm de ser tão cruéis? — reclamou Frida. — Tipo, vocês torcem o nariz para tudo que é divertido.

— Isso não é verdade — disse Christopher, amassando um saco de biscoito Stark vazio e enfiando no bolso da calça jeans. Ele tinha ficado doido com os pacotes de biscoito gratuitos que a Stark estava distribuindo e entulhou os bolsos com eles para o nosso lanche de mais tarde. O Comandante não permitia esse tipo de alimento em casa. — Não torcemos o nariz para *Journeyquest*. Bem, pelo menos não para o jogo. O filme foi uma droga.

— *Além* desse jogo idiota — disse Frida com uma careta.

— Música — respondi, notando que uma canção de Gabriel ainda tocava nos alto-falantes. — Eu gosto de música. Bem... *Desta* música, para ser exata.

— Ah, tá — disse Frida. — Diga o nome de um artista pop que você costuma escutar. E não vale aquela coisa horrorosa *heavy metal* que o Christopher curte.

— Um músico pop? — Ergui a sobrancelha. — Vejamos. Que tal Tchaikovsky?

— Muito bom — disse Christopher, explodindo em uma gargalhada. — Mahler também é bom.

— Sombrio demais — opinei. — Beethoven.

— Esse, sim, é radical — Christopher concordou, erguendo o indicador e o mindinho em uma saudação rock'n'roll a Beethoven. — Beethoven é o cara!

— Ai, meu Deus — gemeu Frida, levando as mãos à cabeça, mortificada.

— Fala sério, Frida — ri, dando uma cotovelada nela. — Não somos tão desagradáveis assim, né?

— São sim — murmurou ela. — Pode acreditar. Será que não percebem que vocês falam mal de tudo que as pessoas normais curtem? Como Nikki Howard e seus amigos...

Foi meio engraçado quando Frida disse isso, porque assim que as palavras saíram de sua boca, a própria Nikki Howard apareceu — junto com alguns de seus amigos — bem na nossa frente.

Só que Frida não notou na hora.

Só porque estava ocupada demais defendendo seus ídolos.

— Você está sempre falando sobre feminismo, Em — continuou Frida. — Bem, você acha mesmo que Nikki teria chegado aonde chegou (ser a garota propaganda da Starks e uma das modelos mais bem pagas do mundo) se não fosse uma feminista?

— Hã... — balbuciei.

Eu não conseguia falar sobre alguém quando ela estava tão próxima de nós.

— E não acho que você possa se considerar uma feminista, Em — continuou Frida, ainda sem perceber a presença da modelo —, já que é tão cruel com outras mulheres. Cara, a Nikki é apenas uma garota, como você.

Só que dava para perceber que a Nikki era muito mais do que apenas uma garota — principalmente em comparação a alguém como eu. Ela era uns 30 centímetros mais alta (graças aos saltos de 12 centímetros, mas mesmo sem eles ela devia ter mais ou menos 1,75 m) e bem mais magra do que eu. Sério, seriam necessárias duas Nikkis para encher a minha calça jeans.

Além disso, o cabelo louro e brilhante chegava à cintura, sem nenhum fio fora do lugar, apesar de ela estar correndo — de salto — pela loja. Por mais estranho que pareça, o vestido transparente que Nikki usava parecia esconder tudo o que deveria... mesmo sendo o vestido mais curto que já vi na vida — sem contar aquele que Whitney Robertson usou no dia de tirar fotografia no colégio. Como será que Nikki conseguia manter aquelas tiras de material fino sobre os mamilos? Fita adesiva dupla-face? Eu já ouvi falar sobre esse tipo de coisa, é claro, mas nunca tive a chance de ver o resultado na vida real.

E foi uma boa ideia (Nikki ter pensado na fita dupla-face para segurar os seios, que não eram grandes o suficiente para precisarem de suporte, ou algo assim, mas — diferente dos meus — que chamavam atenção quando necessário).

Porque ela estava carregando uma pequena bola de pelúcia que a princípio parecia um pompom, mas, quando olhei com mais atenção, percebi ser um cachorrinho minúsculo que tentava desesperadamente se esconder das luzes dos flashes e dos sons da loja enfiando o focinho no peito dela. Se não fosse pela fita adesiva, com certeza ele teria mergulhado dentro do vestido de Nikki.

Frida ainda estava falando sobre como eu era um péssimo exemplo para as feministas, sem notar o que se passava atrás dela — mesmo que todas as outras pessoas da fila estivessem olhando, boquiabertas, para a supermodelo que se aproximava rapidamente com o seu séquito formado por um cão, uma agente ou assessora de imprensa (uma mulher ruiva, carregando uma pasta e falando sem parar ao telefone), um cabeleireiro (homem com camisa de seda e calça de couro, carregando uma lata de fixador) e a ADN número 1 em carne e osso, Lulu Collins, uma garota igualmente magra e bonita de 17 anos, usando um vestido justo imitando pele de cobra, que não erguia os olhos do seu Sidekick, nem mesmo para olhar o que acontecia à sua volta.

Juro que é igualzinho ao que acontece no colégio quando Whitney e Lindsey e o restante dos mortos-vivos começam o desfile do portão de entrada até os armários. Todas as pessoas ao redor param de falar e assistem ao cortejo, paralisadas.

E não eram apenas as pessoas ao redor. Notei que Nikki atraiu a atenção de Gabriel Luna também. Ele ainda sorria para as garotas que se acotovelavam na frente dele, entregando CDs (e bilhetes com seu número de telefone) para ele.

Mas também observava Nikki atentamente...

...assim como Christopher, devo acrescentar.

Foi nesse momento que Frida parou de falar e se virou para ver para onde Christopher — com a boca ligeiramente aberta — estava olhando.

E aí ela enlouqueceu.

— Ai, meu Deus! Ai, meu Deus — gritou Frida, sacudindo a mão livre (a outra ainda segurava o celular) diante do rosto, como se estivesse se abanando. — Ai, meu Deus! É ela. É ELA!

— Não sei sobre o que você estava falando, Frida — disse Christopher. — Mas o tal de Gabriel até pode ser sensível e tudo, mas não para de olhar para o peito dela.

— Hã... acho que ele não é o único que está fazendo isso — resmunguei, percebendo, para minha tristeza, a direção do olhar de Christopher.

Ele entendeu e começou a ficar vermelho. Mas notei que não desviou os olhos.

Engraçado como, de repente, eu não me sentia mais *o.k.*.

— Ai, meu Deus, gente! — exclamou Frida, agarrando o meu braço. — Lulu Collins está com ela. Tenho de pedir um autógrafo!

Mas exatamente neste momento, a fila em que estávamos havia meia hora finalmente parecia ter andado e chegamos à mesa que há alguns minutos parecera tão distante. Gabriel Luna estava bem perto. Dava até para tocá-lo.

De perto, ele ainda era mais bonito do que parecia no palco. Estando tão próxima dele, pude perceber que, de fato, ele não tinha tatuagens. E também não usava lápis. Os olhos dele eram azuis *mesmo*. E seu olhar era profundo *mesmo*.

Só que ele não estava olhando na minha direção. Na verdade, seus olhos estavam grudados em Nikki.

— Frida. — Percebi que eu não conseguia afastar meus olhos de Gabriel Luna, assim como ele aparentemente não conseguia afastar os dele de Nikki Howard. — Hã... Frida.

Quando percebi que minha irmã não respondia, eu me forcei a olhar na direção dela, então vi que Frida tinha saído da fila e estava caminhando na direção de Nikki Howard e seu séquito — não como se ela tivesse planejado fazer isso, mas como se simplesmente não conseguisse resistir à atração que a modelo exercia... Meio que da mesma maneira que Leander foi atraída para o Castelo Negro pelo brilho do Anel de Ashanti no filme *Journeyquest* (que foi uma droga).

— Frida? — chamei. Então, percebi que Gabriel Luna havia parado de olhar para Nikki e me lançava um olhar curioso. Eu me virei para ele e murmurei: — Hã, oi.

— Oi — respondeu Gabriel, sorrindo.

E, sem brincadeira, foi como se eu tivesse vencido um nível no *Journeyquest*. Não, foi ainda melhor do que isso... Tipo, foi como acordar de manhã e ouvir mamãe dizer "Advinha? Acabaram de ligar do colégio e não vai ter aula por causa da neve". Sério. Foi isso que o sorriso dele provocou em mim. Senti uma onda de felicidade tão grande que foi quase uma sensação física.

O que é estranho porque eu senti algo bem parecido quando Christopher disse que eu era *o.k.*. Os garotos são tão difíceis de entender.

É claro que não consegui dizer nada. É claro que tudo que fiz foi ficar parada, olhando para ele, de queixo caído, me perguntando como alguém tão bonito assim podia ser real e não produto de uma pintura ou animação de computador.

— Então, qual é o seu nome? — perguntou Gabriel, com aquele sotaque britânico maravilhoso.

— Hã... — Ai, meu Deus. Ele estava falando comigo. Ele estava falando *comigo*. O que eu deveria dizer? Por que isso estava acontecendo? Onde Frida tinha se metido? Onde ela estava? — Em.

— Em? — perguntou Gabriel abrindo um sorriso. — Apelido de Emily?

— Hã... — gaguejei. Ai, meu Deus. O que há de errado comigo? Eu não costumo ter o menor problema para conversar com garotos gatos que conheço. Porque todos eles (exceto Christopher, é claro) são tarados idiotas que precisam ouvir umas verdades. Eles não eram gatos ingleses com voz de anjo e olhos azuis que pareciam atravessar a minha alma. — Não...

— Você tem um CD para eu assinar? — quis saber Gabriel, observando, intrigado, minhas mãos vazias.

Ai, não.

— Espere um pouco — pedi, com o coração disparado. — Minha irmã...

Eu me virei para procurar por Frida e dei um encontrão em Christopher, que ainda estava congelado, olhando para Nikki. Só que agora o olhar dele era de preocupação.

— Hã... Em. Olhe...

O que ocorreu depois pareceu acontecer em câmera lenta, como em um sonho. Ou, para ser mais exata, um pesadelo.

Vi minha irmã andando na direção de Nikki Howard e sua turma.

Ao mesmo tempo, vi um cara, de pé perto delas, abrir a capa de chuva, revelando a camiseta FLA... junto com uma arma de *paintball*. Um segurança da loja com um fone de ouvido viu a cena na mesma hora que eu, então agarrou Nikki pelo pulso e a puxou para trás. Nesse meio tempo, o cara com a arma de *paintball*, com um sorriso maldoso nos lábios, mirou na TV de plasma e atirou diretamente no lugar em que estavam os seios de Nikki. Na verdade, parecia que ela tinha acabado de comer um cachorro-quente cheio de mostarda, que caiu na blusa... Uma coisa que costuma acontecer comigo.

Só que, dessa vez, os cabos que prendiam a TV de plasma ao teto pareceram ceder. O primeiro cabo se soltou. Depois o segundo.

E bem embaixo da TV estava a minha irmã, ainda oferecendo a caneta para Nikki Howard lhe dar um autógrafo.

— Frida, sai daí — gritei, sentindo o coração pular no peito.

Corri naquela direção para tentar salvá-la, bem na hora que o último cabo que segurava a gigantesca TV se soltou com um estalido audível apesar da música ressoando pelos alto-falantes da Stark Megastore.

E então tudo desmoronou.

Em cima de mim.

E — como no *Journeyquest,* quando eu cometo um erro e minha personagem perde uma vida — tudo ficou preto.

QUATRO

FORMAS. FOI A PRIMEIRA COISA QUE ME VEIO À MENTE.

Formas parecidas com aquelas que você vê por trás das pálpebras quando pressiona os olhos porque está com dor de cabeça. Apenas formas, flutuando no espaço.

Fique olhando, perguntando-me o que seriam. Elas pareciam amebas... Não... pareciam o cabelo de Christopher embaixo d'água na piscina, quando nos fizeram nadar na aula de educação física e eu o fiquei espiando através dos óculos de natação...

Espera aí. O que eu estava fazendo na aula de educação física? Será que caí dentro d'água? Mas eu não estava molhada. Tinha certeza de que não... Eu não me sentia molhada, não é?

Como é que eu poderia estar vendo o cabelo de Christopher embaixo d'água se eu nem estava molhada? Talvez meus olhos não estivessem abertos. Elas estavam fechados ou abertos? Por que será que eu não conseguia erguer o braço para tocar meu rosto e verificar? Minha mão parecia tão pesada.. Eu nem conseguia levantá-la...

Por que será que eu estava tão cansada?

Tão cansada...

Ouvi vozes. Alguém estava dizendo coisas. O que era? Não conseguia entender. Estava cansada demais para entender. Quem é que não parava de falar? Por que não me deixavam dormir?

Espera aí. Aquela era a voz da mamãe. Era mamãe que não parava de falar. Mamãe e... Quem? Papai. Aquele era o papai. Mamãe e papai estavam conversando. Estavam dizendo coisas. Queriam me acordar. Por quê? Por que não podiam me deixar continuar dormindo?

Sei que eu deveria escutar o que diziam — sempre que mamãe nos mandava fazer algo, Frida e eu fazíamos. Em algum momento.

Mas eu sentia que não conseguia me mover. Como se tivesse me transformado em pedra. Eu só queria continuar dormindo para sempre.

Ainda assim, podia ouvir mamãe e o tom de preocupação em sua voz.

— Em! Em! Se você estiver me ouvindo, abra os olhos! Abra os olhos, Em. Abra apenas por um segundo, filha.

Eu conhecia aquele truque. No momento que soubesse que eu estava acordada, mamãe me obrigaria a levantar e esvaziar o lava-louça ou ir para o colégio ou fazer outra coisa igualmente chata.

— Em! Por favor! Por favor, abra os olhos.

Por outro lado, ela parecia bastante nervosa. Talvez o apartamento estivesse pegando fogo. Talvez eu devesse fazer o que ela estava pedindo. Abrir os meus olhos por um segundo para ver o que ela queria.

— Por favor, Em...

Na verdade, parecia que ela estava chorando. E eu não queria fazê-la chorar. Essa era a última coisa que eu queria fazer.

Então, tentei abrir os olhos. Tentei de verdade. Eu *queria* abri-los.

Mas simplesmente... não consegui.

Meus olhos não abriam.

Ouvi mamãe chorar e escutei papai consolá-la, murmurando:

— Está tudo bem, Karen.

— Em casos como este — uma voz estranha estava dizendo. Uma voz de homem. — Não é raro que...

Não ouvi o resto do que ele falava porque estava concentrada demais tentando fazer os meus olhos abrirem. Só que não estava conseguindo. As pálpebras não levantavam. Era como se fossem feitas de chumbo e eu estivesse fraca demais para levantá-las.

Então, tentei abrir a boca para explicar a mamãe que ela não precisava chorar, que eu estava bem, só cansada demais. Talvez se eles me deixassem dormir mais um pouco...

Mas descobri que também não conseguia abrir a boca.

Fiquei um pouco assustada. Só por um minuto. Mas a verdade era que eu estava cansada demais... Era bem mais fácil mergulhar no sono de novo. Vou falar com mamãe mais tarde, decidi... Vou dizer que estava cansada demais para fazer o que ela pedia. Depois explicarei tudo para ela, quando não estiver com tanto sono. Precisava recuperar as energias. Eu ficaria bem com mais algumas horas de sono...

Por fim, consegui abrir os olhos. Não porque alguém estivesse chamando meu nome. Não porque estivesse vendo amebas por trás das pálpebras. Eles apenas... abriram.

Sozinhos.

Mas quando isso aconteceu e eu olhei eu volta, fiquei surpresa por ver que não estava na piscina, nem em casa, mas na cama de um hospital.

Dava para perceber que era um quarto de hospital porque, embora estivesse bem escuro — tinha de ser um pesadelo —, nada me parecia familiar. As paredes eram bege e não brancas brilhantes como as do meu quarto (eu não suportava a tinta acinzentada que cobria as demais paredes do nosso apartamento).

E todos os meus pôsteres do filme *Journeyquest* — que, eu sei, foi horrível, mas os pôsteres eram legais — tinham desaparecido. Assim como todos os cartões-postais da excursão ao Metropolitan Museum of Art. Em vez disso, tudo o que eu conseguia ver eram fios. Fios que pareciam estar saindo de mim. Eles estavam conectados a máquinas ao lado da cama em que eu estava deitada, e ouvi sons estáveis e suaves e alguns apitos de vez em quando.

Pelo menos eu não fiquei com medo, porque meu pai estava sentado em uma cadeira ao lado das máquinas, dormindo.

Tentei pensar no motivo pelo qual eu estaria no hospital, com fios saindo de mim. Na verdade, sou uma pessoa muito saudável e só fui parar no hospital uma vez, quando caí da gangorra no playground do nosso prédio e quebrei o braço. Eu estava no segundo ano na época. Será que caí de algum lugar? Mas não me lembrava de ter subido em nada. Como acabei no hospital? Eu não me sentia dolorida.

Só super, hipercansada.

Mas, a julgar pela aparência de papai, eu estava melhor do que ele. Uma mancha acinzentada cobria seu rosto, como se ele não se barbeasse há muito, muito tempo (o que achei meio engraçado, já que ontem à noite, no jantar, ele não estava de barba. Ou será que estava? Pensando bem, eu não me lembrava direito. Eu tinha jantado com papai ontem? Parecia fazer tanto tempo...). Além disso, a camisa dele estava muito amarrotada e meio manchada também.

A verdade é que ele parecia péssimo. Fiquei pensando por que papai estaria assim, mas não quis acordá-lo para perguntar, pois isso seria muito egoísta da minha parte.

Por outro lado... Eu estava com tanta sede. Sério, morrendo de sede.

Mas não parecia haver mais ninguém por ali. E, considerando todos os fios e tubos que saíam de mim, meu problema deveria ser bem grave.

Se apenas pudesse beber um golinho d'água, eu voltaria a dormir, sem ter de responder a perguntas...

Abri a boca e tentei chamar meu pai. A princípio, nada aconteceu.

Tudo bem. Tentei falar *papai* e nenhum som saiu da minha boca. Tentei mais umas duas vezes até conseguir emitir algum som e, ainda assim, foi mais um grunhido do que uma palavra.

— Pai?

Só que a palavra soou estranha. Não sei por quê. Talvez eu só estivesse rouca por ter dormido muito ou algo assim. Ou por causa da sede.

Mas meu pai acordou assim mesmo, e arregalou os olhos para mim.

— Hã... Em? — perguntou ele, hesitante.

— O-oi — disse eu. — Sinto muito...

Só que essas palavras também pareceram esquisitas. O que havia de errado com a minha voz?

Papai pareceu achar minha voz esquisita também, já que, com os olhos ainda arregalados, saltou da cadeira gritando "Doutor! Doutor!" e saiu correndo.

O que foi um sinal de que eu devia estar bem pior do que pensei.

Mas eu estava cansada demais para descobrir como foi que me machuquei. Sério, eu me sentia ainda mais cansada do que costumava me sentir na aula de como falar em público. O que é muito cansaço. É provável que, se não tivesse ficado até tão tarde jogando *Journeyquest* com Christopher — e depois ter ficado acordada o resto da noite para terminar o dever de casa —, eu conseguiria acordar bem disposta, mas...

Eu queria ficar acordada, queria mesmo. Queria descobrir o que havia de errado comigo e por que estava no hospital. Queria um pouco de água...

Não consegui, porém, manter os olhos abertos nem por mais um minuto. Fechei-os, pensando que eu poderia tirar uma soneca enquanto esperava papai voltar.

Mas é claro que caí no sono. Mmmmm. Sono. Doce sono.

Esperava não estar babando. Pensando bem, eles já devem estar acostumados com isso num hospital.

Quando abri os olhos de novo já estava de manhã. E minha mãe estava sentada na cadeira da qual papai levantara e saíra correndo. Ela estava me chamando.

— Mãe — falei, com a voz grogue. Porque verdade seja dita, eu ainda estava bem cansada. — Não quero ir ao colégio hoje, tá?

Pelo menos foi o que tentei dizer. Não estou bem certa de que foram essas palavras que mamãe ouviu, porque o som que saiu da minha boca não parecia em nada com isso.

Em vez de discutir comigo, porém, mamãe levou a mão à boca e começou a chorar. Foi quando notei que ela não era a única pessoa no quarto além de mim. Atrás dela estavam papai e algumas pessoas de jaleco branco que eu nunca vira antes.

Imaginei que ela estivesse chorando porque a minha voz ainda estava esquisita demais. Estava meio... Sei lá. Aguda.

Além disso, eu não sabia ao certo se as palavras tinham feito algum sentido.

— Querida — disse papai, com as mãos nos ombros da mamãe, olhando para mim com a mesma expressão engraçada de quando eu escorreguei e bati com o queixo na borda da piscina no hotel em que ficamos quando fomos à Disney World (eu não sabia na hora, mas abriu um talho enorme no meu queixo e comecei a sangrar muito. Como não doeu, nem notei que estava coberta de sangue porque já estava molhada mesmo, então não chorei nem nada). — Hã... Você sabe quem nós somos?

Êpa. O que quer que eu tenha feito para ir parar no hospital, deve ter sido sério mesmo.

— Hã, sei — respondi. — Você é Daniel Watts e ela é Karen Rosenthal-Watts.

As palavras não saíram de forma tão clara. Parecia haver algo errado com o modo como eu pronunciava as palavras.

Talvez tenha sido por isso que mamãe começou a soluçar. Isso estava me assustando muito. Nunca a vi chorar daquela maneira antes. Nem no final do filme *Simplesmente amor*, que sempre a fazia chorar como um bebê.

Tenho certeza absoluta de que papai também nunca a viu chorar assim antes. Ele parecia totalmente chocado com a reação dela e não parava de falar "Karen, está tudo bem".

Felizmente, uma das pessoas de jaleco branco se aproximou dos meus pais enquanto eles se abraçavam e choravam e se apresentou com voz suave:

— Sou o doutor Holcomb, Emerson.

— Ah — respondi. Então tentei limpar a garganta. Só que não consegui porque parecia não haver nada para limpar. — Por que minha voz está tão estranha? — perguntei.

Dr. Holcomb pegou uma lanterna e a acendeu nos meus olhos.

— Você está sentindo alguma dor? — ele quis saber.

Eu não sabia ao certo se ele estava ignorando a minha pergunta ou se apenas não a havia entendido. Minha voz estava tão esquisita. Eu mesma não conseguia me entender.

Nesse meio tempo, outra pessoa de jaleco branco se aproximou. Dessa vez uma mulher com o cabelo preto preso em um coque disse:

— Sou a Dra. Higgins. Você pode mexer os dedos dos pés para mim, Emerson?

Foi difícil — eu ainda estava muito cansada —, mas mexi os dedos.

— O que aconteceu comigo? — perguntei.

— Você pode acompanhar o meu dedo com os olhos, Emerson? — pediu o Dr. Holcomb. — Não mexa a cabeça. Apenas acompanhe com os olhos.

Então, acompanhei o dedo dele com os olhos. Eu conseguia ver tudo muito bem agora. Nenhuma ameba à vista.

— Tipo, eu sei que estou no hospital — continuei. — Mas o que são todos esses fios? E por que a minha voz está assim?

— Continue olhando para cá — pediu o médico, piscando a lanterna nos meus olhos enquanto eu acompanhava o dedo dele.

— Você consegue apertar a minha mão, Emerson? — perguntou a Dra. Higgins.

Eu fiz o que ela pediu.

— Sério — falei. Já que mamãe ainda estava chorando e papai ainda estava tentando acalmá-la, eu não tinha muita escolha a não ser expressar minhas preocupações para esses médicos que acabara de conhecer. — Eu perdi muitas aulas? — Estou matriculada em todas as aulas do programa avançado e é muito difícil se recuperar se você ficar para trás. O som da minha voz ainda estava estranho, então insisti: — O que há de errado com a minha voz?

— Já vamos falar sobre isso — respondeu o Dr. Holcomb, desligando, por fim, a lanterna. — Só que mais tarde, Emerson.

— Em — corrigi. — Me chame de Em.

— Claro — sorriu Dr. Holcomb, enquanto guardava a lanterna. — Agora, por que você não descansa mais um pouco? Como você pode ver, está tudo bem com a sua família... — Ele olhou para meus pais e, quando percebeu que ainda estavam fungando, afastou o olhar, parecendo incomodado. — Hã, pelo menos, eles vão ficar bem. Eles estavam preocupados demais com você. Só isso. É um grande alívio ver que você está se recuperando tão bem. Pode dormir agora, se quiser.

Eu ainda estava com muito sono. Mas também estava preocupada com o lance do colégio. O fato de o Dr. Holcomb ter me assegurado de que falaríamos sobre isso depois não era garantia nenhuma de que eu não teria pilhas de dever de casa para fazer.

E por que será que ninguém respondia à pergunta sobre a minha voz?

Mas a médica com o cabelo preso em um coque começou a mexer em alguns tubos, e eu fiquei com mais sono ainda. Então, fechei os olhos para tirar mais uma soneca.

E, quando acordei de novo, já era noite e o cara mais lindo que já vi na minha vida estava sentado na cadeira ao lado da cama.

CINCO

— Ah, então você acordou — disse o garoto quando notou que eu estava olhando para ele.

Então, ele sorriu.

E eu soube exatamente qual deveria ser a sensação de chegar ao nível 60 no *Journeyquest*. De repente, senti dificuldade para respirar.

Além disso, não me incomodei nem um pouco quando uma das máquinas ao lado da minha cama começou a apitar LOUCAMENTE no ritmo dos meus batimentos cardíacos.

— Ah, não — disse o garoto, o sorriso desaparecendo do seu rosto, enquanto olhava para a máquina. — Será que eu fiz alguma coisa?

— Não — assegurei, com a voz ainda estranha.

Mas e daí?

Era óbvio que eu estava tendo alucinações.

Mas eu queria aproveitar enquanto durasse a ilusão.

Sorri para ele e perguntei, aliviada ao notar que o bip tinha voltado ao normal (que vergonha!):

— São para mim?

Ele estava segurando um enorme buquê de rosas vermelhas. Como se sua presença não fosse o suficiente, ele ainda trouxe flores.

— Ah — exclamou, olhando para as flores como se tivesse se esquecido delas. Ele as colocou na cama ao meu lado. — São, sim. Você se lembra de mim? Gabriel Luna? Da inauguração da Stark Megastore no mês passado?

Eu não fazia a menor ideia do que ele estava falando. Acho que meio que lembrava de alguma coisa sobre a Stark Megastore. Mas definitivamente me lembrava *dele*. Ou pelo menos achei que sim. O cabelo escuro e aqueles olhos azuis penetrantes — eu conhecia.

Só não me lembrava do nome dele ou como eu o conhecia.

Não consegui acreditar que um cara tão gato assim estava me visitando no hospital. E não dava *mesmo* para acreditar que ele trouxera flores para mim.

— É claro que eu me lembro de você — menti.

— É bom saber — respondeu Gabriel, voltando a sorrir. E embora dessa vez o meu coração não tenha disparado (graças a Deus), me senti como se estivesse derretendo. Só um pouquinho. Porque, embora fosse bonito, ele não era Christopher. — Eu não sabia se você se lembraria. Não deve ter sido o melhor dia da sua vida...

Sobre o que ele estava falando? Eu não fazia a menor ideia.

— Ah — falei, sorrindo também. Estiquei a mão para tocar uma das sedosas pétalas que ele trouxe.

E foi quando notei que a minha mão...

...não era a minha mão.

Quero dizer, era minha, claro. Estava ligada ao meu braço. Mas parecia... diferente. Em vez das unhas roídas (sou uma inveterada roedora de unha), vi unhas compridas e perfeitas, a não ser pelas cutículas que precisavam ser tiradas. Manicure francesinha? Estranho. Esmalte rosa e ponta branca.

Muito estranho. Além disso, meus dedos pareciam... *mais finos* do que antes. Será que dá para perder peso nos dedos? Acho que sim. Se você ficar inconsciente por tempo suficiente.

Há quanto tempo eu estava dormindo?

Então me toquei: tempo o bastante para Frida colar as unhas postiças que ela sempre estava ameaçando me obrigar a usar.

Então, eu me dei conta de que Gabriel estava falando comigo. Ele estava dizendo:

— Você parece bem. Andam dizendo... bem, andam dizendo todo tipo de coisa sobre você. Eu não sabia o que esperar. Ninguém me contava nada. Não permitiam visitantes... Precisei me esgueirar neste andar para vê-la...

Ele se esgueirou pelo hospital para me ver? Isso é tão romântico...

— Como você está se sentindo? — perguntou ele, parecendo preocupado de verdade.

— Bem — respondi. — Só um pouco sonolenta...

— Então, descanse — disse Gabriel, parecendo inquieto. — Eu não quis acordá-la.

— Não, está tudo bem — repliquei, temendo que ele estivesse se preparando para ir embora. A minha alucinação não podia acabar agora!

Mas a verdade era que eu estava tendo dificuldades para manter os olhos abertos. Eles meio que fechavam, mesmo contra a minha vontade, exatamente como acontecia durante as aulas do Sr. Greer.

— Não vá embora — pedi. A mão dele estava pousada a poucos centímetros da pétala que eu estava acariciando. E, antes que eu pudesse parar para pensar, pousei os meus dedos sobre os dele. O que eu estava fazendo? Quero dizer, *eu*, tocando na mão de um garoto? Principalmente a mão de um cara tão lindo quanto Gabriel Luna? Não que um garoto gato como ele já tenha chegado perto o suficiente de mim para que eu pudesse pegar sua mão... Tipo, é claro que havia Christopher, que na minha opinião é gato...

Mas sei que o resto do mundo — ou pelo menos Frida e o resto das mortas-vivas — não concordaria comigo. Principalmente enquanto ele não cortar o cabelo.

Por outro lado, Christopher nunca me deu ROSAS. Christopher não veio me visitar no hospital (não pensem que não notei). Christopher nunca acariciou a minha mão com o polegar, como Gabriel acabara de fazer. As poucas vezes que tentei encostar na mão dele, ele a afastou rápido como um relâmpago, pensando que tinha sido um acidente (e não tinha sido mesmo).

Mas a questão era que nada disso estava acontecendo de verdade, já que eu estava tendo uma alucinação... Então, qual o problema? Essa era a oportunidade perfeita para praticar ficar de mãos dadas com um garoto, para que, quando pudesse fazer o mesmo com Christopher — e esse momento haveria de chegar, certo? —, eu soubesse exatamente o que fazer.

E quando meus dedos tocaram os dele, Gabriel pareceu desistir de ir embora. Em vez disso, seu rosto se suavizou um pouco e ele colocou a mão sobre a minha, fazendo aquele lance incrível de acariciá-la com o polegar. Então, ele disse com aquela voz macia e profunda:

— Vou ficar até você dormir.

Uau! Isso era ótimo. Maravilhoso mesmo.

Era exatamente o tipo de coisa que uma alucinação deveria ser. A única coisa que eu desejava era que, quando chegasse a vez de Christopher, ele fosse tão legal quanto Gabriel.

Mas ainda havia algo vagamente errado. Faltava algo na minha alucinação perfeita.

Então, me dei conta do que era.

— Será que você poderia cantar aquela música para mim? — pedi. Meus olhos estavam tão pesados que eu mal conseguia mantê-los abertos. — A que você cantou... — Onde mesmo? Eu nem sabia o que estava falando. Tudo o que sabia era que eu o ouvira cantando uma música... em algum lugar. Tenho certeza.

Ele sorriu.

— Eu não sabia que você tinha escutado aquela música — respondeu ele. — Achei que só tivesse chegado depois da minha apresentação. Mas adoraria cantá-la para você.

Do que ele estava falando?

Mas, então, Gabriel começou a cantar com uma voz supersuave e nada mais importava.

As notas agradáveis logo me embalaram até eu cair no sono... Mas não antes de ouvir ao longe uma voz que parecia muito com a da mulher com o coque perguntar:

— Ei, você... O que está fazendo aqui?

E a música parou.

A essa altura, porém, eu já tinha apagado mesmo. Então, não liguei.

Um cara gato chamado Gabriel Luna cantou para eu dormir.

Um cara gato chamado Gabriel Luna me deu rosas.

Um cara gato chamado Gabriel Luna segurou a minha mão.

Tudo tinha sido um sonho. O sonho mais perfeito que já sonhei. Mas poderia ter sido outro garoto, e não Gabriel Luna.

Eu não queria mais acordar.

Só que é claro que eu acordei.

Quando abri os olhos de novo, era dia.

E sentada na cadeira ao lado da minha cama estava uma garota que não parava de sacudir o meu braço e repetir:

— Nikki! Nikki, acorde. ACORDE!

Então, quando ela viu que meus olhos estavam abertos, começou a tagarelar:

— Ai, graças a Deus. O que eles estão dando para você dormir tanto? Achei que você estivesse em coma ou algo assim.

Eu só pisquei para ela. Conhecia essa garota de algum lugar, mas não sabia de onde. Será que ela era do colégio? Se fosse isso, por que ela estaria falando comigo? Porque a garota era simplesmente linda — pele sedosa e perfeitamente bronzeada, cabelo louro com corte moderno e uma clavícula tão afiada que poderia abrir latas, igual àquelas facas dos comercias da TV.

E as beldades de Tribeca Alternative não falam comigo. A não ser para me mandarem sair da frente.

— Você não faz ideia de há quanto tempo estou tentando localizá-la. Você sabe que eles colocaram *seguranças* em todos os elevadores para impedirem as pessoas de vê-la? Chegar aqui para ver você é mais difícil do que conseguir uma mesa do Pastis no domingo na hora do *brunch*. Graças a Deus eu estava com um exemplar da nova edição da *Us Weekly* para jogar na mesa da enfermeira-chefe para distraí-la por tempo suficiente para chegar aqui. Ainda bem que a Britney está na capa de novo, ou isso nunca teria funcionado.

Lentamente, eu me dei conta de onde conhecia aquela garota. Com certeza não era dos corredores do colégio, mas sim das capas de algumas das revistas de Frida.

Essa era Lulu Collins, filha de Tim Collins, o famoso diretor de cinema que havia adaptado *Journeyquest* para o cinema e ganho rios de dinheiro... e quase arruinado o jogo para mim para todo o sempre.

O quê, em nome de Deus, Lulu Collins estava fazendo no hospital, sentada ao lado da minha cama?

— De qualquer maneira — continuou ela —, já que ninguém queria me dar informações sobre o que estava acontecendo com você, eu decidi descobrir sozinha. Precisei fazer isso. Sei que Kelly vai ficar brava, mas que se dane. Sou sua melhor amiga e ela não quer me dizer o que está acontecendo. Além disso, pra ser sincera, não dava mais para aguentar aquele chororô. Não dá para acreditar no quanto ela sentiu a sua falta. Então eu a trouxe para ver você. Sei que é contra as regras, mas e daí? Algumas regras são idiotas mesmo.

E, sem mais, Lulu Collins enfiou a mão na bolsa enorme que carregava e tirou...

...o cachorro branco e fofinho de Nikki Howard.

E prontamente o colocou em cima de mim.

E será que posso dizer que o cachorro ficou doido? Nunca me considerei o tipo de pessoa que adora cachorros. Tipo, eu até gosto deles, mas meus pais nunca acharam que seria uma boa ideia termos animais de estimação, considerando a situação esdrúxula em que vivíamos (papai em New Heaven e mamãe em Manhattan).

Mas este cachorro. Meu Deus! Este cachorro me amava. Pulava em cima de mim, lambia o meu rosto, tirava os tubos do lugar...

— Ai! — gritou Lulu quando uma das máquinas ao lado da minha cama começou a apitar. — O quê... Como se coloca esse negócio no lugar? Ah, aqui... Vamos, coloca de volta. COLOCA LOGO.

Eu não sabia do que ela estava falando. Aparentemente, o fio estava colado com uma fita adesiva... na minha testa. Coloquei-o de volta e o som parou. Lulu relaxou na hora.

— Ufa — suspirou. — Sério, eles estão protegendo este lugar como se fosse a porta de entrada da Cave. E, pela primeira vez, não estou na lista de convidados. Tanto faz. Sabia que a Kelly não quis me dizer o que há de errado com você? A imprensa está tendo que se desdobrar. Você devia ouvir o que andam dizendo por aí. Nik, é inacreditável. Minha resposta tem sido "sem comentários", sempre que perguntam sobre o que aconteceu. Mas você está bem melhor do que antes. Sério, mesmo sem maquiagem. Cosy, pare de lambê-la.

Por fim, consegui afastar a cadela do meu rosto.

Mas, então, vi algo que me distraiu tanto das lambidas de Cosy quanto da garota que eu não conhecia, mas que conversava comigo como se me conhecesse.

O que eu vi foi um vaso de rosas vermelhas no parapeito da janela — junto com um milhão de outros buquês.

Mas nenhum outro era de rosas vermelhas.

Peraí. Será que minha alucinação foi real? Será que Gabriel Luna veio mesmo me visitar, segurou a minha mão e cantou até eu dormir?

Não. Não mesmo.

— Então, quando você vai receber alta? — ela quis saber. — Além disso, você quer que eu conte para Brandon? Porque ele tem ligado sempre, além de ir ao apartamento o tempo todo. Foi ele que descobriu onde você estava. E tem também aquele cara da inauguração da Starks Megastore, lembra? O cantor inglês... Qual é mesmo o nome dele?

— Gabriel — respondi.

E meu coração se retorceu só de mencionar o nome dele. Cara, eu estava ferrada. Principalmente porque eu não estava a fim dele nem nada. Eu gostava mesmo de outro garoto. Será?

— Isso. Gabriel — repetiu Lulu. — De qualquer forma, ele mandou um buquê de rosas para o apartamento. Sério. O lugar está cheirando a flores. O garoto está caidinho por você. De qualquer modo, Brandon viu as flores porque passou lá uma noite dessas achando que você já estaria em casa. *Impossível*, né?, mas agora acho que ele acredita que tem alguma coisa rolando entre vocês dois. Você e o inglês. O que é bom, não é? Brandon merece isso. Eu o vi dançando com Mischa de novo na Cave. Não fique com raiva. Afinal, você desapareceu do mapa e... Cosy, pare com isso. — Ela tentou afastar a cadela do meu rosto de novo, mas não adiantou. Para uma criatura peluda tão pequenina, a cadela de Nikki Howard tinha uma quantidade surpreendente de saliva. — Ai, sinto muito. Eu não deveria ter trazido ela.

— Não tem problema — respondi, esticando a mão e acariciando o pelo macio e enrolado do animal. — É só que...

Lulu tirou uma lata de bebida energética da bolsa enorme, abriu-a com um estalido e tomou um gole.

— Sinto muito — desculpou-se ela ao notar que eu estava olhando para a lata cor-de-rosa vibrante. — Estou de ressaca. Nossa, eu me acabei noite passada. Só comi uma barra de cereais no almoço e, mais tarde algumas pipocas e uns vinte *mojitos* e... Ah, você já viu isto? — perguntou ela, balançando a mão na frente dos meus olhos. — Justin comprou para mim. Safira rosa. O que você acha? Estou preocupada que ele esteja pensando... Você sabe. Não estou pronta para isso ainda. O que ele acha? Que vou ter filhos como Britney? Não mesmo. Mas eu aceitei o anel assim mesmo porque é lindo.

Pisquei os olhos. Será que isso estava realmente acontecendo? Será que Lulu Collins estava sentada no meu quarto no hospital, contando-me que Gabriel Luna me mandou um buquê de rosas para o apartamento que supostamente dividíamos e me mostrando um anel que ela ganhou de presente de alguém chamado Justin (só pode ser Justin Bay, o astro da versão para o cinema de *Journeyquest* e que as revistas de fofoca afirmavam ser o namorado dela, certo? Pelo menos de acordo com a última edição da *Us Weekly* de Frida, que eu acabei lendo, do início ao fim)? O que estava acontecendo?

Talvez essa fosse uma continuação do sonho que eu tive com Gabriel Luna.

Só que eu não estava sonhando, estava? Porque as rosas estavam ali, bem no parapeito da janela.

E quanto a esse cachorro? Não era alucinação, pois eu conseguia sentir o seu coração batendo próximo ao meu enquanto ele lambia o meu rosto com a língua úmida e quente.

Não, eu estou acordada. Acordada mesmo.

E, por isso, eu falei para Lulu:

— Sinto muito, mas não faço a menor ideia do que você está falando. Eu não... Tipo... Nós nos conhecemos?

A boca em forma de coração de Lulu se abriu de surpresa. E quando isso aconteceu, percebi um pedaço de chiclete cor-de-rosa lá dentro.

— Ai, meu Deus! Então é isso. Você perdeu a memória? Você bateu com a cabeça com muita força quando desmaiou, Nikki, embora Gabriel tenha corrido para socorrer você em um segundo, assim como os paramédicos. Bem, eles já estavam lá socorrendo aquela garota que foi atingida pela televisão...

— Isso é outra coisa — comentei. — Meu nome não é Nikki.

Lulu calou a boca e estreitou os olhos. E, de repente, ela se levantou, colocou as mãos nos meus ombros e me sacudiu, enquanto Cosy latia, assustada.

— O que eles fizeram com você? — gritou ela. — Quem fez isso? Pode me falar? Foram os cientologistas? Eu te disse para ficar longe daquela gente!

Ser sacudida, mesmo que por uma garota pequena e magra como um palito, fez com que as máquinas ao lado da minha cama começassem a apitar. Além disso, comecei a me sentir mal.

— Ai, meu Deus, Nikki, sou eu. Lulu. — A garota estava ajoelhada ao meu lado e não parava de gritar. — Sou sua melhor amiga! Nós moramos juntas! Mas temos quartos e banheiros separados, porque você sabe, né? Com o seu problema de refluxo... Eca. Mas...

— O que está acontecendo aqui? — perguntou uma voz aguda vinda da porta.

Virei o rosto e vi uma enfermeira se aproximar de nós com uma expressão horrorizada no rosto.

— Afaste-se dela! — gritou a enfermeira. — Segurança! Segurança!

Quando dei por mim, Lulu estava sendo arrancada da minha cama aos berros por um homem forte de jaleco azul, enquanto a enfermeira agarrava o cachorro branco — que rosnava de forma bem agressiva para uma bolinha de pelos — e o tirava do quarto, enquanto mamãe e o Holcombe entraram correndo, ambos pálidos e parecendo preocupados.

— Nikki! — gritou Lulu, enquanto a carregavam para fora. — Não se preocupe, Nikki! Eu vou voltar! Vou descobrir o que está acontecendo aqui. Nem que seja a última coisa que eu faça.

Então a porta bateu e tanto ela quanto o cão barulhento se foram. Os únicos sons eram os bipes das máquinas ao lado da cama.

— Você está bem, querida? — perguntou mamãe, assustada e com os olhos arregalados.

— Tudo bem — respondi enquanto Dr. Holcombe se inclinava sobre mim para verificar todos os fios e tubos. — Mas o que está acontecendo? Por que ela acha que me conhece?

— Sentimos muito por isso, Emerson — desculpou-se Dr. Holcombe, que conseguira desligar os últimos alarmes. Agora só ouvíamos o bip do monitor cardíaco. — As enfermeiras deveriam manter as pessoas que não são da família afastadas...

— Mas eu não conheço Lulu Collins — respondi. — Por que ela acha que me conhece? Por que ela ficou me chamando de Nikki? Mãe, *o que está acontecendo?*

— Doutor — começou mamãe, parecendo preocupada. Ela estava mordendo o lábio inferior, algo que só fazia quando estava muito nervosa. Tipo, quando papai não chegou em Manhattan a tempo para um dos recitais de clarineta de Frida ou para a minha feira de ciências... — Nós não devíamos...

— Não — respondeu Dr. Holcombe, preparando uma seringa. — Emerson precisa descansar.

— Mas, doutor...

— A melhor coisa para ela agora é...

Não ouvi o resto da conversa. Isso porque o Dr. Holcombe fez um negócio com a seringa que ele estava segurando... apesar de eu não ter sentido nada... e, antes que eu me desse conta, senti-me sonolenta de novo, cansada demais para continuar ouvindo.

Se eu soubesse que aquela seria a última vez que eu dormiria em paz por muito tempo, teria aproveitado mais.

SEIS

QUANDO ABRI OS OLHOS DE NOVO, JÁ ERA NOITE E FRIDA ESTAVA me olhando. Tipo, literalmente me encarando, como se eu fosse um mendigo desmaiado no metrô coberto com o próprio vômito.

Quando percebeu que eu estava acordada, ela deu um pulo para trás e arregalou os olhos, assustada.

Sério mesmo. Ela parecia totalmente apavorada.

— Que foi? — perguntei. Minha voz ainda estava estranha, aguda e tipo... Sei lá. Meio feminina. Não sei. — Tem algo errado com o meu rosto?

Levei a mão ao rosto. Mas tudo o que senti foi a pele macia. O que era... bem, estranho. Faço o melhor que posso, é claro, mas não dá para imaginar que, depois de não sei quanto tempo no hospital, a minha pele esteja mais macia do que nunca.

Mas não senti nem uma espinha. O que por si só já é um milagre.

— O quê...? — comecei. Cara, a minha voz soava muito estranha. Percebi que já fazia um tempo que eu não bebia nada e, na verdade, estava morrendo de sede. Talvez esse fosse o problema. Talvez eu só precisasse beber um pouco de água. — Será que tem água ou algo para eu beber aqui?

— Á-água? — gaguejou Frida. — Você quer um pouco de água?

— Hã, é — respondi.

Eu me senti acordada o suficiente para me sentar.

Grande erro. As máquinas que ficavam na cabeceira começaram a apitar feito loucas. Além disso, todos os fios presos em mim me fizeram deitar de novo.

Isso sem mencionar que minha cabeça latejou quando tentei levantá-la.

— Eu não acho... — Frida parecia assustada. — Acho que você ainda não pode se levantar.

— É, deu para perceber — declarei.

Ergui a mão para tocar em um dos fios e descobri que ele só estava preso à minha cabeça por um adesivo. Usando as minhas novas unhas compridas e benfeitas, tirei o adesivo, juntamente com o fio. Nenhum alarme. Humm.

— Não acho que isso seja uma boa ideia — opinou Frida, ainda com os olhos arregalados.

— Tá tranquilo — falei, tirando mais adesivo.

É claro que eu não fazia a menor ideia se podia fazer isso ou não, mas não queria mais ficar ligada às máquinas. Por que eu deveria, já que estava me sentindo tão bem? Tipo, exceto pela cabeça que latejava. Ah, e pela garganta seca.

— Você poderia me dar um copo d'água? — pedi a Frida.
— Você não acha que minha voz está meio estranha?

Frida, porém, ficou ali parada, parecendo prestes a chorar.

E, pela primeira vez, notei que ela não tinha se preocupado em fazer escova no cabelo, que parecia um emaranhado de mechas desordenadas que ameaçavam engolir o rosto pálido e manchado de lágrimas. Ela também estava sem nenhuma maquiagem e, em vez de estar vestida de "adolescente chique", estava com um suéter velho de mamãe e calça jeans desbotada.

Isso, mais do que qualquer outra coisa — incluindo as rosas de Gabriel Luna, que ainda estavam no peitoril da janela, embora bem mais murchas do que antes, e aquela visita extremamente estranha de Lulu Collins —, deixou-me ansiosa. Tipo, Frida se preocupa com a própria aparência desde... bem, desde sempre. Ela fazia drama por causa de um cravo e nunca saía de casa sem passar rímel. E, aqui estava ela, sem nenhuma maquiagem e pálida como a morte.

— Ei — disse eu. — Qual o problema com você? Parece que você acabou de descobrir que o *America Idol* é uma armação. O que tenho certeza de que é mesmo.

— Eu... — Frida piscou algumas vezes. E uma lágrima escorreu pelo seu rosto. — Eu só não consigo acreditar... É você.

— Bem, é claro que sou eu — respondi. Sério, o que havia de errado com a minha irmã? Sempre achei que ela gastava tempo demais se preocupando com a aparência e tempo de menos lendo livros... ou até mesmo quadrinhos. Ainda assim, isso era ridículo. Ela parecia, bem... Como Lulu disse. Horrível. — Quem mais poderia ser?

Algo que eu disse fez o rosto de Frida se contorcer e, de repente, ela começou a chorar. Chorar *mesmo*.

— Ei — falei, preocupada. — O que foi?

— Ora, ora, vejam quem está acordada — soou uma voz vinda da porta, assustando a nós duas.

Virei a cabeça e vi Dr. Holcombe entrar no quarto, seguido pelos meus pais. Ambos sorriram quando viram que eu estava acordada.

— Ela... Ela quer água — informou Frida, ainda parecendo assustada.

— Acho que podemos acatar esse pedido — declarou Dr. Holcombe, parecendo animado. — Porque você não procura uma enfermeira e pede uma garrafa de água e um copo, Frida?

Frida, parecendo aliviada por ter uma desculpa para sair do quarto, apressou-se em ir embora. Nesse meio tempo, Dr. Holcombe viu alguns dos adesivos — com os fios pendurados — que eu soltei da cabeça mais cedo e fez um som de reprovação.

— Bem — disse ele, erguendo um dos fios e recolocando-o gentilmente na minha testa. — Estou feliz por você estar se sentindo melhor, mas não vamos nos apressar. Você ainda está muito doente.

— Não me sinto doente — respondi. — A não ser pela minha cabeça. Estou com um pouco de dor de cabeça. Mas só um pouco.

— Isso era esperado — informou o médico, ainda reconectando os fios. — Você precisa descansar.

Olhei para os meus pais procurando algum sinal de que eles discordavam do médico. Porque, tipo assim, ele devia estar exagerando. Eu me sentia relativamente bem. Quero dizer, se eu estivesse tão doente assim, será que eu não me sentiria pior?

Mas mamãe e papai pareciam bastante preocupados.

— Você deve fazer o que o Dr. Holcombe está pedindo, filha — disse mamãe, acariciando a minha mão. — Ele sabe o que está fazendo.

Isso devia ser verdade. Ainda assim...

— Eu não entendo — respondi. — O que há de errado comigo? O que aconteceu?

— Você está tomando medicamentos muito fortes — contou papai em um tom estranhamente alegre. Era como se ele não estivesse se sentindo feliz, mas alguém pediu que agisse assim. Pelo menos, perto de mim. Não sei o que me fez pensar isso, mas uma vez que essa ideia me ocorreu, não consegui esquecê-la.

— Isso mesmo — concordou Dr. Holcombe, parecendo também bastante alegre. — E, com sorte, vamos começar a diminuir a medicação. Mas não agora.

Então, eu estava sendo medicada. Bem, fazia sentido. Com certeza era por isso que eu dormia tanto... Para não falar das alucinações.

Mas um olhar para o parapeito da janela me disse que nem tudo tinha sido alucinação. Além disso, o estado em que as flores se encontravam também me dizia outra coisa.

— Quanto tempo? — perguntei.

— Até que possamos diminuir a medicação? — perguntou Dr. Holcombe, verificando as máquinas ao lado da cama. — Bem, é difícil prever...

— Não — interrompi. — Quero saber há quanto tempo estou no hospital. Há quanto tempo estou perdendo aulas?

— Você não precisa se preocupar com isso, Em — respondeu papai, num tom de falsa animação. — Falamos com os professores e...

Eles conversaram com todos os meus professores? Foram até o colégio? Ai, meu Deus. Por que essa não podia ser a parte da alucinação e não a parte que Lulu Collins achou que eu era sua melhor amiga?

— Há quanto tempo? — repeti. Minha voz estranha (qual era o meu problema?) tremeu um pouco.

— Não faz muito tempo — acalmou-me Dr. Holcombe. — Um pouco mais de um mês.

— Um mês! — Tentei me sentar, mas, é claro, só consegui fazer com que as máquinas em volta da minha cama começassem a apitar, principalmente o monitor cardíaco: afinal, comecei a ter um ataque de pânico só de pensar em todo o dever que eu teria de fazer para compensar. Além disso, estava me sentindo tonta. E não era só por causa do dever de casa que me aguardava.

E foi justamente nesse momento que Frida decidiu voltar para o quarto, segurando uma garrafa de água e um copo. Ouvindo toda a comoção, ela parou na porta, parecendo achar que eu estava tendo algum tipo de ataque.

— Ela está... Ela está... — tentou perguntar Frida com o mesmo olhar amedrontado.

— Ela está bem — respondeu mamãe, segurando o meu ombro de maneira firme para que eu não tentasse me sentar. — Em, pare já com isso. Você tem coisas muito mais importantes do que o colégio com que se preocupar agora.

Fala sério! Ela só podia estar brincando. O que poderia ser mais importante do que o colégio?

— Vou repetir de ano — insisti. — Vou ter de repetir o segundo ano!

— Não vai, não — disse mamãe. — Por favor, Em, acalme-se. Doutor, será que o senhor não deveria lhe dar algo...

— Ah, não! — gritei. — Não quero ser colocada para dormir de novo! Preciso do meu laptop! Alguém precisa ir para casa e trazer o meu laptop para que eu possa começar a colocar as coisas em dia. Será que tem internet sem fio nesse quarto?

— Ora, vamos — disse Dr. Holcombe, rindo um pouco. — Vamos dar um passo de cada vez, mocinha. Frida, traga a água.

Frida, ainda me olhando como se eu fosse uma criatura mutante, se aproximou, segurando o copo d'água na mão trêmula.

— T-toma — gaguejou.

Ergui a mão e peguei o copo e, quando o fiz, notei de novo as unhas compridas e glamourosas que ela havia colado sobre as minhas unhas roídas.

— Obrigada. Pela água e por ter feito as minhas unhas — acrescentei com sarcasmo.

— Eu... Eu não fiz as suas unhas — respondeu Frida, parecendo perplexa.

— Até parece — retruquei, enquanto pegava o copo.

Como eu não podia sentar, não foi fácil beber. Além disso, não sei como, errei a boca e senti a água gelada escorrer pelo pescoço e molhar a camisola do hospital.

O que me deixou com mais raiva ainda.

— Mas que m...

— Ora, vamos — disse Dr. Holcombe, secando a maior parte com um lenço. — Viu o que quero dizer? Vamos dar um passo de cada vez. O dever de casa pode esperar. Quer tentar de novo?

Eu estava morrendo de sede. Assenti e, dessa vez, mamãe me ajudou a levar o copo até os lábios, e a água, a mais gelada e gostosa que já tomei na vida, entrou na boca em vez de escorrer pelo travesseiro.

— Isso mesmo — estimulou Dr. Holcombe. — Assim está bem melhor. Que tal comer algo também?

Só ouvir a palavra *comer* fez o meu estômago roncar. Assenti de forma enfática e o Dr. Holcombe pareceu satisfeito.

— Frida, por que você não vai até a cantina e compra algo de que sua irmã goste? Então, Emerson, o que você gostaria de comer?

— Sei exatamente o que ela gostaria de comer — disse mamãe, enrugando um pouco o nariz, do modo como ela faz quando está prestes a dizer algo engraçado. — Um sundae, não é mesmo, Em?

— Com calda de chocolate — acrescentou papai, parecendo um pouco mais normal e não o cara que fingia estar animado.

— É isso o que você quer... Em? — perguntou Frida.

Por mais estranho que pareça... não era.

— Claro — respondi. Porque eu não consegui me lembrar de alguma vez em que eu não quisesse tomar sundae com calda de chocolate. Até agora.

Mais estranho ainda foi o fato de "claro" ser a resposta esperada. Porque desde que acordei, essa foi a primeira vez que vi Frida sorrir. Era um sorriso fraco, ainda assim, um sorriso. Então ela disse:

— Já volto. — Então saiu pela porta.

O que por si só foi muito estranho. Tipo, quando foi a última vez que minha irmãzinha se mostrou tão disposta a me trazer comida... na cama? O fato de Frida estar tão disposta a ir buscar coisas para mim me disse mais sobre a gravidade dos meus ferimentos do que a falsa animação do papai ou o tom choroso da mamãe.

— Então, o que aconteceu? — perguntei quando Frida já estava a uma distância segura. — Por que estou aqui? Houve algum acidente? Um acidente no metrô?

Mamãe franziu o cenho.

— Você não se lembra de ter ido à Stark? Você não se lembra de *nada*?

Ir à Stark? Gabriel também mencionou algo sobre a Stark. Uma grande inauguração. Algo nessas palavras parecia estimular minha memória, mas quando eu tentava me lembrar era como se as lembranças estivessem fora do meu alcance...

— Não precisamos falar sobre isso agora — Dr. Holcombe apressou-se a dizer. — Vamos nos concentrar em fazer com que você melhore logo.

— Eu sei — respondi. — Mas, tipo assim, estou sem ir ao colégio há um mês, não é? O que aconteceu? Eu estava em coma ou algo parecido?

— O... hã... acidente não causou o coma — disse mamãe de forma gentil. — Dr. Holcombe a colocou em coma induzido para que você pudesse se recuperar melhor. Ele começou a tirá-la lentamente do coma nos últimos dias, para ver como você estava se saindo.

— Ah. E que parte de mim, exatamente, foi ferida? — quis saber. — Porque eu me sinto muito bem. Exceto pela cabeça. E minha voz. Vocês já notaram como ela está estranha?

Mamãe e papai olharam para Dr. Holcombe, que acabou respondendo:

— Bem, Emerson, a verdade é que seus ferimentos foram extremamente graves. Usamos uma técnica especial que desenvolvemos para salvar sua vida, já que o tipo de ferimento que você sofreu, na verdade, seria fatal.

Eu pisquei.

— Mas eu estou viva.

— Porque o procedimento funcionou — explicou papai.

— *Funcionar* não é bem a palavra para descrever o que aconteceu — entusiasmou-se Dr. Holcombe, com os olhos brilhando por trás das lentes dos óculos. — A sua recuperação até agora ultrapassou e muito todas as nossas expectativas. Nós certamente não esperávamos que você já estivesse falando e nem que tivesse qualquer tipo de capacidade motora em semanas, quanto mais nesse momento. Mas, como ocorre com qualquer procedimento médico arriscado, ninguém pode estar cem por cento certo quanto ao resultado. E você vai começar a notar que algumas coisas, como sua voz, não serão mais como antes do acidente...

— É justamente por isso que você deve fazer tudo que os médicos e as enfermeiras disserem — acrescentou papai.

— Como, por exemplo, não arrancar os sensores — disse Dr. Holcombe, pegando um que ele tinha deixado escapar e fixando-o na minha testa.

— E nada de dever de casa — disse mamãe. Ela já tinha se recuperado e enxugou uma lágrima, tentando sorrir... Mas não foi muito bem-sucedida. — Certo? Você precisa se concentrar em melhorar primeiro. Depois nos preocuparemos sobre o que acontecerá com o colégio.

— Certo — respondi, olhando para o rosto dela e depois para o do papai em busca de alguma pista, qualquer uma, sobre o que realmente estava acontecendo. Por que estavam me tratando como se eu estivesse na primeira série? Concentrar-me em melhorar? A quem eles estavam querendo enganar? — Mas... eu já estou aqui há um mês então, será que posso pelo menos ligar para Christopher e descobrir o que está acontecendo no colégio? Ele deve estar se perguntando como estou. Eu sou a única amiga dele, sabe...

Mas ninguém se apressou para me dar um telefone. Todos disseram que eu precisava descansar, que Christopher estava bem e que eles trariam o laptop ou qualquer outra coisa que eu pedisse assim que possível. Dr. Holcombe chamou uma enfermeira para desconectar alguns dos cabos mais invasivos e chatos (é que nem todos eram presos com adesivos. Alguns estavam ligados a agulhas enfiadas na minha pele. Foi um alívio me livrar daqueles e dos que soavam sempre que eu me movia também).

Quando Frida voltou com o sundae de chocolate, todos já estavam me tratando menos como uma paciente e mais como uma pessoa normal.

— Aqui está — disse Frida, colocando o sorvete ao qual ela acrescentara calda quente, castanhas e creme na bandeja que uma das enfermeiras apoiara na minha frente. Ao lado do sundae, havia um enorme cookie de chocolate, do tipo que eu costumava devorar quatro ou cinco vezes por dia, sempre que eu tinha dinheiro para comprar.

Agora, só de pensar em colocar algo tão doce na boca já me sentia um pouco enjoada. O que era estranho, porque, em geral, a sobremesa era a minha parte favorita da refeição.

Ainda assim, todos — mamãe e papai; Frida; Dr. Holcombe; três enfermeiras que andavam pelo quarto e o médico assistente que aparecera na minha alucinação (porque aquilo, com certeza, fora uma alucinação) — pareciam estar prendendo a respiração, esperando que eu desse a primeira colherada no sorvete que Frida trouxera para mim.

Então, fiz a única coisa que podia. Ergui a colher e mergulhei-a no pote. Então, com cuidado — lembrando-me do que acontecera com a água —, levei uma porção generosa até a boca.

— Mmmmm — disse eu.

Todos no quarto soltaram a respiração ao mesmo tempo e sorriram. E riram. O assistente chegou a bater na mão de uma das enfermeiras em comemoração.

Eu me apressei para beber água. Para quê todo aquele açúcar? Tinha um gosto horrível.

O que estava acontecendo comigo? Desde quando eu odiava sorvete?

O que esse médico fez comigo?

Por sorte, ninguém notou. Todo mundo começou a conversar sobre como era bom o meu quadro estar progredindo tão bem.

O que era ótimo e tudo, mas talvez tivesse significado mais para mim se eu soubesse exatamente como estava progredindo. Tipo, do que eu estava me recuperando? O que acontecera comigo? Que parte de mim ficou gravemente ferida?

E a que tipo de procedimento eu havia sido submetida?

Dr. Holcombe estava certo sobre uma coisa: eu estava começando a notar que algumas coisas pareciam diferentes do que eram antes do acidente.

E não apenas o fato de eu não gostar mais de sorvete. Isso era o menos importante nesse momento. O mais estranho até agora era o modo como a minha família estava agindo perto de mim... Como se eles não me conhecessem.

Era quase como se — e sei que isso parecia loucura — eu fosse outra pessoa.

SETE

— O QUE ESTÁ ACONTECENDO?

Foi o que perguntei quando um médico e uma enfermeira — ambos usando roupas de centro cirúrgico, incluindo máscaras — apareceram no meu quarto no meio da noite, ou assim parecia, para me transferir da cama para uma maca.

— Shhh — disse a enfermeira, apontando para mamãe, que dormia em uma cadeira ao lado da minha cama. — Não a acorde. Ela está exausta.

— Mas para onde nós vamos? — perguntei enquanto me colocavam na maca.

— Só vamos fazer alguns exames — sussurrou o médico.

— No meio da noite? — insisti, com a voz meio grogue. — Será que não dá para esperar até amanhã de manhã?

— São exames muito importantes — disse a enfermeira. — Não podem esperar.

— Tá bom — respondi, recostando-me na maca.

Como sempre, eu estava cansada demais. Tive a vaga consciência de que eles estavam me levando por um longo corredor vazio do hospital. Mas eles poderiam estar me empurrando no meio da Times Square e eu não saberia a diferença, de tanto sono que sentia.

— Como estamos indo? — perguntou o médico quando parou a maca para chamar o elevador do final do corredor, que parecia estar a quilômetros de distância do quarto.

— Tudo bem — murmurei.

Ao mesmo tempo, a enfermeira tirou a máscara e disse:

— Até agora, tudo bem. Não havia ninguém na sala das enfermeiras. O andar está vazio. Acho que vamos conseguir.

Foi então que realmente olhei para ela pela primeira vez. E me dei conta de que ela não era enfermeira.

— Ei — falei, despertando. Apoiei-me nos cotovelos. De repente, minha cabeça não parecia mais latejar. — Você é...

As portas do elevador escolheram aquele momento para se abrir.

— Vamos! — gritou Lulu Collins para o cara com máscara cirúrgica.

— O que vocês acham que estão fazendo? — exigi saber, enquanto os dois empurravam a maca para o elevador.

— Estamos sequestrando você — explicou Lulu, pressionando o botão que levava ao subsolo. — Mas está tudo bem. Somos nós, Nik. Eu e Brandon. Mostre a ela, Brandon.

E o médico — eu já desconfiava de que ele não era médico coisa nenhuma — tirou a máscara e olhou para mim.

— Sou eu, Nik — sorriu ele. — Brandon. Viu? Tudo vai ficar bem. Viemos resgatá-la.

— Resgatar... — Pisquei, olhando dieto para ele. Brandon era jovem, louro e incrivelmente lindo.

E completamente doido.

— Acho que vocês estão cometendo um grande erro — falei.

Será que eu estava tendo outra alucinação? Não, não podia ser. Porque alucinações nunca têm tantos detalhes. Ou será que podiam ter? Eu conseguia ouvir o zunir do elevador enquanto descia. Também conseguia sentir o cheiro frutal do perfume de Lulu, ou será que era o chiclete que ela mastigava? Também dava para perceber que Brandon estava com a barba loura por fazer.

Só percebi a verdadeira gravidade da situação quando meus captores me empurraram em direção a uma limusine — sim, isso mesmo, uma limusine. Preta. Não havia ninguém à nossa volta para ouvir meus gritos de socorro. O lugar estava completamente vazio.

Foi então que Lulu olhou para Brandon e informou:

— Ela não vai entrar de boa vontade. Ainda não faz a menor ideia de quem somos.

Ele suspirou, virou-se e, sem esforço, ergueu meu corpo da maca e me jogou sobre os ombros.

Sério, eu até posso ter passado o último mês em coma ou seja lá o que for. Mas não ia deixar que uma celebridade e seu cúmplice me sequestrassem. Respirei fundo e soltei um grito que eu tive quase certeza de que poderia ser ouvido até metade do caminho para Nova Jersey...

...se houvesse alguém para ouvir.

Mas não havia. Brandon me enfiou no carro, enquanto eu chutava e mordia toda e qualquer parte do corpo dele que conseguia alcançar. Colocou-me em um banco da limusine e sentou-se à minha frente, parecendo ferido. E não apenas fisicamente.

— Caramba, Nikki — reclamou ele, enquanto Lulu sentava-se ao lado dele e gritava para o motorista arrancar. — Sou eu. *Brandon!* Você me conhece. Somos namorados!

E o lance é que eu... eu meio que reconhecia ele. Sério. De uma das revistas de Frida. Aquele era Brandon Stark. Stark, da Stark Megastores. Brandon Stark era *o* Brandon Stark, o namorado produtor musical com quem Nikki Howard vivia terminando e reatando. Brandon Stark, o herdeiro da fortuna da família Stark... que, como uma das revistas de Frida informou, contabilizava cerca de 1 bilhão de dólares ou mais.

O que o torna a pessoa mais rica que eu já conhecera na vida.

Mas isso não significava que ele podia me agarrar e me enfiar em uma limusine dessa forma.

— O que há de errado com vocês? — perguntei, me dirigindo a ele e a Lulu. — Será que vocês não percebem que estou doente?

— Sinto muito — disse Lulu, tirando a roupa cirúrgica e a máscara. Pude perceber que a maquiagem e o macacão preto ainda estavam perfeitos. — É que não conseguimos pensar em nenhuma outra maneira de tirá-la de lá. Tipo, considerando que eles fizeram uma lavagem cerebral em você e tudo o mais.

— Ninguém está fazendo lavagem cerebral em mim — gritei. — Do que você está falando? Eu nem *conheço* vocês!

Eu não devia ter dito isso. Lulu e Brandon trocaram olhares.

Nesse meio tempo, Brandon — com seu 1,96m ou 97 —, lançou-me um olhar embasbacado. Ele era tão lindo, tipo Jason Klein, o namorado de Whitney. Ele tinha o queixo quadrado e o cabelo louro caía um pouco sobre os olhos verdes... Mas talvez só porque ele ainda estava com a máscara cirúrgica na cabeça.

— Nikki... O que eles *fizeram* com você?

— Ah, sim — reclamei —, isso é outra coisa. Por que vocês ficam me chamando de Nikki?

— Ai, meu Deus — exclamou Lulu, cobrindo o rosto com as mãos, enquanto Brandon olhava para mim como se eu tivesse perguntado a ele por que formas de vida baseadas em carbono precisam respirar oxigênio.

O motorista da limusine virou a cabeça e perguntou calmo:

— Vamos voltar para o apartamento da Srta. Howard, Sr. Stark?

Lulu ergueu a cabeça.

— Por favor. — Ela olhou para Brandon, encolhido ao lado dela. — Talvez se ela vir algo familiar...

— Sim, para o apartamento, Tom — respondeu Brandon com voz triste.

— Vocês não podem fazer isso — declarei, tentando manter a calma. O que não era fácil, considerando tudo o que estava acontecendo. Tipo, eu tinha acabado de ser sequestrada. Ainda estava usando a camisola do hospital e mais nada. Eu nem estava de sapato. Então, não daria mesmo para eu me jogar para fora do carro.

— Nikki — disse Lulu, paciente. — Estamos fazendo isso por você. Porque amamos você. Seja lá o que tenham lhe dito... Foi tudo mentira. Tudo bem? Somos seus amigos.

— Sou *mais* do que seu amigo — declarou Brandon, aproximando-se. Um pouco perto *demais*, para dizer a verdade. Por que ele estava... me *olhando* daquele jeito? As luzes de neon dos letreiros dos prédios pelos quais passávamos ao longo da Segunda Avenida iluminavam o seu rosto, tornando-o rosa, depois azul, depois verde, e assim por diante. — Sou seu *namorado*. Como você não se lembra de mim?

Tive de dar o braço a torcer... ele parecia magoado de verdade. Não estava fingindo. Sua voz profunda falhou quando disse *namorado*. Foi quase tocante.

Ou pelo menos teria sido, se eu não estivesse convencida de que os dois eram completamente doidos de pedra.

— Se vocês não fizerem essa limusine dar meia-volta agora mesmo — ameacei, tentando manter a voz firme (até parece que consegui) — e me levarem para o hospital, prometo que não darei queixa do sequestro. Ninguém ficará sabendo de nada. Só me levem de volta e nunca tocarei no assunto.

— Sequestro! — Brandon parecia chocado. — Não estamos sequestrando você.

— Na verdade, é exatamente isso que fizemos — discordou Lulu, pegando uma bebida no minibar e tomando um gole. — Tipo assim, foi isso que fizemos. Só que eu prefiro usar o termo *intervenção*.

— Como ela pode não saber quem somos? — Brandon perguntou para Lulu. — E nem quem *ela* é?

Lulu meneou a cabeça.

— Eu disse para ela não se misturar com aqueles cientologistas...

Respirei fundo, ainda lutando para manter a calma.

— Não sei do que vocês estão falando, mas eu acho que houve algum tipo de mal-entendido. Meu nome é Emerson Watts. Meus pais, que, devo acrescentar, ficarão muito aborrecidos quando perceberem que não estou no quarto de hospital, são Daniel Watts e Karen Rosenthal-Watts. Não sei por que vocês acham que sou Nikki... Howard, presumo. Mas não sou.

Eles dois me olharam, demonstrando absoluta falta de compreensão. A expressão no rosto deles era vazia, do tipo que Frida fazia sempre que eu tentava lhe explicar as sutilezas dos videogames.

Mas eu nunca permiti que aquilo me atrapalhasse e não permitiria agora.

— Até bem pouco tempo atrás — continuei —, eu era uma aluna do primeiro ano na Tribeca Alternative High School. Então, há cerca de um mês, eu me envolvi... sei lá, em algum tipo de acidente. Na verdade, não sei bem os detalhes. Mas, quando eu acordei, estava no hospital do qual vocês me sequestraram. E ao qual eu gostaria de voltar. Agora.

Minha voz se elevou um pouco, assumindo um tom meio histérico quando disse *agora*. Apesar de tudo, mantive a compostura ao fazer meu discurso. Com certeza soou melhor do que me pareceu, considerando que eu estava sendo mantida em uma limusine contra a minha vontade por uma dupla de adolescentes da alta sociedade.

Além disso, notei que ninguém havia me oferecido um energético. E eu estava com muita sede.

— *Meu Deus* — foi tudo o que Brandon disse depois de ouvir minha declaração.

E meio que parecia que ele deixou a frase escapar sem querer.

— Eu sei — Lulu falou para ele, mas sem afastar o olhar inexpressivo do meu rosto. — Tudo ficará bem quando chegarmos em casa. Quando ela vir todas as suas coisas, vai ficar bem. Tipo, olhe para esse vestido. Você sabe que ela nunca concordaria em usar algo assim se estivesse lúcida.

Foi quando percebi que ela estava se referindo à camisola do hospital como *vestido*.

— Já chega — protestei. Eu me inclinei para frente no assento, falando diretamente com Tom, o motorista da limusine. — Pare o carro e me deixe sair ou você será preso junto com esses dois por cárcere privado.

Para minha total surpresa, o carro parou. Mas só porque chegamos ao nosso destino.

— Sinto muito, Srta. Howard — desculpou-se o motorista, parecendo sincero. — Mas só estou seguindo ordens.

— *Por que todo mundo continua me chamando assim?* — perguntei praticamente aos berros.

— Chamando como, senhorita? — quis saber Tom.

— *Srta. Howard* — sibilei. — E Nikki.

— Bem — disse Tom, sem jeito. — Talvez porque esse é o seu nome.

— Eu já disse para vocês — repeti, ainda olhando para o motorista. — Meu nome é Emerson Watts. Não sou Nikki Howard.

— Hã... Na verdade, senhorita — disse ele, virando o espelho retrovisor para minha direção —, você é, sim.

Ergui os olhos.

E gritei.

OITO

BEM, TALVEZ VOCÊ TAMBÉM GRITASSE SE O ROSTO QUE VISSE REFLETIDO no espelho pertencesse a outra pessoa.

Não era o rosto de uma pessoa qualquer, mas sim de uma modelo que vivia na capa de revistas, em *busdoors* e em cabines telefônicas espalhadas pela cidade. Usando nada além de calcinha e sutiã.

Sério. Olhei para o espelho retrovisor da limusine e vi o rosto de Nikki Howard olhando de volta para mim.

Só que, quando levei a mão à boca em estado de choque, Nikki fez o mesmo.

E quando afastei a mão — Nikki também afastou a dela.

Foi quando comecei a tremer.

E não conseguia parar.

— Como... — perguntei sem me dirigir a ninguém em particular. — Como isso pode ter acontecido?

— É isso que *estamos* tentando descobrir — respondeu Lulu. — Entendeu por que tivemos de sequestrá-la? Quer dizer, por que tivemos de fazer uma intervenção para pegar você?

Levei os dedos trêmulos até o meu cabelo. Não, até o cabelo de Nikki Howard, que descia do topo da minha cabeça (ou melhor, da cabeça de Nikki) preso em um rabo de cavalo como uma cascata, e foi por isto que eu não havia notado as mechas louras em volta dos meus ombros: estavam fora do meu campo de visão. E não havia espelhos no quarto do hospital.

— Eu... Eu sou uma *modelo* — lamentei, olhando para o meu reflexo.

Por fim, entendi por que minha voz soava tão estranha. Porque aquela voz não era a minha. Era a voz de Nikki Howard, rouca, aguda e feminina... Completamente diferente da minha.

— Certo — disse Lulu, devagar. — Você se lembra de mim agora? Lu-lu. Lulu Collins. Sua colega de quarto. Quero dizer, de apartamento.

Olhei para ela, que parecia realmente preocupada comigo. Tipo, apesar do figurino ridículo à la *Missão Impossível* — obviamente era essa a ideia dela de como um sequestrador se vestiria... Será que ela pensava que algum sequestrador em plenas faculdades mentais usaria botas até as coxas e salto agulha de 12 centímetros? —, ela parecia vulnerável e meio doce, com os olhos delineados de lápis preto, estrutura delicada e lábios cobertos com um *gloss* brilhante.

Mas, então, eu me lembrei de que não era COMIGO que ela estava preocupada, mas sim com Nikki Howard...

Que eu, apesar do que o espelho mostrava, com certeza NÃO era.

— Vamos lá — pediu Brandon, segurando meu braço de forma gentil. — Vamos subir até o apartamento e conversar sobre isso. Você deve querer trocar de roupa e colocar algo seu, certo? Quem sabe comer alguma coisa?

Apesar de tudo — do fato de que eu estava usando o rosto de outra pessoa; do fato de Brandon Stark, eleito um dos solteirões mais cobiçados pela revista *People*, e Lulu Collins terem me sequestrado; do fato de papai e mamãe não fazerem a menor ideia de onde eu me encontrava e provavelmente estarem superpreocupados comigo; do fato de toda a minha família ter mentido para mim durante todo o tempo, isso sem mencionar o fato de terem me impedido de ver o meu reflexo —, não pude evitar que meu estômago roncasse alto ao ouvir a palavra *comer.* A verdade era que, não importava quem eu era... eu estava morta de fome.

Todo mundo ouviu. Brandon colocou a mão no meu pulso — ou será que devo dizer no pulso de Nikki Howard, que, agora que eu olhava melhor, não se parecia em nada com o meu. Era ossudo e estava sem a pulseira amarela do Livestrong que Frida me fazia usar desde o verão passado, quando fomos conselheiras no acampamento — e disse com voz suave:

— Vamos entrar e preparar algo para você comer.

— É — concordou Lulu, parecendo se lembrar de algo. — Sobrou um pouco de robalo do Nobu. O seu favorito. Posso esquentar no micro-ondas.

Quando dei por mim, estávamos atravessando um enorme vestíbulo de mármore branco — ao que parece, Lulu Collins e Nikki Howard dividem um apartamento em um prédio que, no século XIX, abrigava uma delegacia de polícia no SoHo, a uns cinco quarteirões do prédio em que eu morava — e entrando em um elevador de mogno e latão, com um ascensorista uniformizado que ergueu o chapéu com detalhes dourados e me cumprimentou:

— Srta. Howard. Que bom vê-la. Já fazia um tempo.

— É — respondi, sentindo-me mal.

Foi realmente uma sorte Brandon estar segurando o meu braço, caso contrário, tenho certeza de que teria caído. Não apenas de forme, mas por estar completamente assustada com tudo o que estava acontecendo.

Sem mencionar que eu estava andando por aí no corpo de outra pessoa. Descalça. Com uma camisola de hospital.

Acho que o ascensorista não estranhou, a julgar pelo modo como ele abriu a porta quando chegamos ao andar de Lulu e Nikki, dizendo em um tom totalmente amigável "Tenham uma boa-noite".

Então, meus pés mergulharam em um tapete macio e fundo e me vi em um apartamento gigantesco, com uma enorme lareira de mármore (o fogo não estava aceso) em uma extremidade e, na outra, uma cozinha bem equipada, toda em granito e em aço escovado. O lugar tinha o pé-direito alto que chegava a três metros de altura e janelas ao longo dos dois lados, um com vista para os telhados do SoHo e outro com vista para o Lower East Side.

A decoração parecia moderna. E cara. Sobre a lareira, havia uma enorme TV de plasma que exibia o vídeo de um aquário, fazendo com que a TV parecesse, de fato, um aquário e não um aparelho de televisão. Espalhados pela sala, havia enormes sofás brancos que pareciam capazes de engolir uma pessoa que se sentasse em um deles. Nas mesas de centro próximas aos sofás havia revistas. E na capa de cada uma delas, o rosto de Nikki Howard.

Ou será que devo dizer *meu* rosto?

Brandon caminhou comigo até um dos sofás e me acomodou lá, de forma gentil. Fui envolvida pela maciez na hora.

— Sente-se aqui, Nik — pediu ele com voz preocupada. — Lulu, será que você poderia providenciar algo para ela comer?

— É pra já — disse Lulu, abrindo a porta da geladeira.

— E algo quente para beber — acrescentou Brandon. — Ela não para de tremer.

Brandon olhou em volta e encontrou uma manta de cor creme que estava em uma ponta do sofá. Ele a pegou e colocou ao redor dos meus ombros. Era macia como uma pétala de flor. Olhei a etiqueta.

Cem por cento cashmere.

Imaginei.

Enquanto ele arrumava o cobertor, nossos olhares se encontraram. Brandon era extremamente bonito. Tipo, se você gosta de caras com rosto perfeito, o que não é o meu caso. Eu prefiro o estilo alto, com cabelo comprido e ar de gênio de computador. Pelo menos, sempre achei que sim. Tive de admitir, porém, que os olhos de Brandon Stark, sob a luz do lustre supermoderno, pareciam muito verdes e atraentes.

— Ei — disse ele para mim, quando nossos olhares se encontraram. — Oi.

Eu não fazia a menor ideia do que estava prestes a acontecer. Isso porque nunca nenhum garoto estivera tão próximo de mim assim. Exceto Christopher.

Mas Christopher nem me via como uma garota. Também teve Gabriel Luna, é claro.

Mas aquilo tinha sido uma alucinação, não é?

De qualquer modo, como eu poderia saber que quando um cara se aproxima tanto é porque ele está planejando tentar algo? Eu presumi que havia algo no meu rosto e que Brandon iria tirar.

Só que não foi isso que aconteceu. A não ser que ele estivesse planejando tirar com os lábios. Que, de repente, pousaram sobre os meus. Aí, quando dei por mim, Brandon Stark estava me beijando.

Beijando? Sinto muito. Brandon Stark estava fazendo respiração boca a boca em mim.

E, para minha surpresa, eu gostei.

Ou, pelo menos, o corpo de Nikki Howard gostou. Senão, como posso explicar o fato de eu estar correspondendo ao beijo? Sendo que eu nunca tinha beijado ninguém antes?

Ainda assim, consegui perceber qual o motivo de todo mundo gostar de se beijar. Nos romances que Frida deixava espalhados pelo apartamento (e eu ocasionalmente pegava quando não tinha nada melhor para ler), as heroínas estavam sempre descrevendo como se sentiam quando o cara por quem estavam apaixonadas as beijavam. Elas diziam que sentiam o "sangue ferver" e um calor subir pela virilha.

Certamente, não senti qualquer calor subindo pela virilha e meu sangue não ferveu (seja lá o que isso signifique).

Mas foi uma sensação agradável. Bem agradável mesmo.

E eu não estava apaixonada por Brandon nem nada. Imagine o que eu sentiria se fosse beijada por alguém de quem eu realmente gostasse? Tipo, se *Christopher* tivesse me beijado...

Nesse momento eu me dei conta que embora o meu corpo — ou o de Nikki — estivesse gostando do que estava acontecendo, eu realmente não poderia permitir que aquilo continuasse nem por mais um segundo. Especialmente considerando que os beijos poderiam se transformar em outra coisa num piscar de olhos.

— Oh — disse eu, empurrando Brandon com tanta força que nossas bocas se desconectaram, emitindo o som de um suspiro.

Brandon perdeu o equilíbrio e quase caiu de cara no sofá.

— O que foi? — perguntou ele, parecendo magoado, enquanto se levantava. — Senti a sua falta. Será que isso é errado?

Acho que para um monte de garotas, ser beijada por Brandon Stark — que, tenho de admitir, é um gato — seria uma emoção. Frida, por exemplo, sem dúvida teria morrido (no bom sentido) se Brandon a tivesse beijado. Ela até teria gostado de ter sido sequestrada por ele. Disso, tenho certeza.

E não é que eu não tenha apreciado o fato de Brandon ser superbonito e parecer realmente interessado em mim.

Na verdade, esse era o problema. Ele não estava. Interessado em mim, quero dizer.

Ele estava interessado em Nikki Howard.

E não em mim.

— Eu... Sinto muito — desculpei-me, confusa. Porque eu *sentia* muito mesmo, quando vi a expressão magoada no rosto dele. Também senti o ar gelado sobre a minha boca quando nos separamos. Uma parte de mim desejava que eu tivesse permitido que o beijo continuasse. Porque beijar é realmente muito bom. Muito mesmo. — É que eu... nem conheço você.

— Nós namoramos há dois anos — reclamou Brandon, parecendo ainda mais triste. — Bem, entre idas e vindas. Como você pode não se lembrar?

Puxei mais o cobertor. Não sabia mais o que fazer. Ou dizer. Meus lábios estavam estranhos depois do beijo. A barba dele arranhara o meu rosto. E meio que estava doendo.

Mas tipo... de um jeito gostoso. Não havia dúvidas de que os meus lábios estavam latejando. E eu meio que sentia um calor subindo pela virilha agora.

Ai, meu Deus! Nikki Howard é uma garota fácil! Ou talvez eu é que seja, e só tenha tido a oportunidade de descobrir agora!

O que há de *errado* comigo? Por que Christopher nunca tentou nada antes, do modo como Brandon acabara de fazer? Nós teríamos namorado durante todo aquele tempo, em vez de ficar jogando aquela droga de *Journeyquest!*

Peraí... Será que eu acabei de pensar isso? Meu Deus! O que está *acontecendo* comigo?

Felizmente, Lulu apareceu nesse momento, segurando uma pilha de roupas.

— Aqui — disse ela, depositando ao meu lado o que parecia ser uma seleção com jeans, camiseta e roupas íntimas rendadas. — Achei que você talvez quisesse vestir isso. Tipo, esse vestido não lhe favorece muito, sabe?

— Hã — falei. — Essa é uma camisola de hospital e não um vestido. Mas obrigada. — Peguei a pilha de roupas e hesitei, olhando em volta.

Lulu deu um suspiro.

— Não acredito que você não se lembra. O seu quarto é lá — mostrou ela, indicando uma porta ao lado da cozinha. — A comida deve estar pronta quando você terminar de se arrumar.

Agradeci e me levantei, um pouco tonta, ainda segurando o cobertor em volta do corpo. Não olhei para Brandon enquanto atravessava o apartamento. Por um motivo: andar no meu novo corpo era... bem, estranho.

E por outro: eu sentia o olhar dele me acompanhando durante o caminho.

Eu meio que não conseguia culpá-lo. Se os lábios dele estavam como os meus, era realmente difícil não voltar lá e beijá-lo de novo.

Como será que os casais conseguiam ficar sem se beijar o tempo todo? Beijar é *fantástico*.

Ai, meu Deus. Descobri que sou modelo há cinco minutos e todo o meu raciocínio lógico erodiu? Tenho de me recompor.

Abri a porta do quarto de Nikki Howard, aliviada por sair do campo de visão de Brandon — e fui atingida por uma fragrância forte de rosas.

E logo entendi por quê. A "cesta" de rosas vermelhas que Lulu me disse que tinha sido entregue no apartamento — as enviadas por Gabriel Luna — estavam sobre a penteadeira de Nikki. Só que a "cesta" era na verdade um engradado cheio de rosas.

Meu Deus. Gabriel não brincava em serviço, hein?

Percebi que o quarto de Nikki se parecia muito com a sala... Tudo era branco, com um carpete fofo grosso e uma cama enorme. Na verdade, a única cor do quarto vinha das rosas de

Gabriel. As janelas que iam do chão ao teto eram cobertas por cortinas brancas de seda. Um espelho gigantesco, meio oculto pelo engradado de rosas, estava sobre a penteadeira e eu podia ver o meu reflexo: uma garota loura, pálida e magra, usando uma camisola de hospital e uma expressão aterrorizada no rosto, segurando um monte de roupas junto ao peito e um cobertor de cashmere sobre os ombros.

Tudo bem. Uma garota loura, pálida e magra que, se as informações da *CosmoGIRL!* de Frida estivessem certas, ganhava 20 mil dólares por dia.

Diferente do meu quarto em casa, Nikki não decorara as paredes com cartões-postais de pinturas ou pôsteres de filmes de que gostava. Também não havia pilhas de livros de ficção científica e revistas espalhadas em volta, ameaçando desmoronar a qualquer momento. Na verdade, não havia nem uma foto na mesinha de cabeceira. Embora Nikki tivesse um computador — um laptop da Stark (em um horroroso tom de rosa) que ficava na mesa perto da cama —, ela não parecia ter muita coisa além de uma televisão enorme de LCD da Stark pendurada na parede em frente à cama.

E maquiagem. Pelo menos, isso foi tudo o que encontrei na gaveta que abri, procurando... nem sei o quê.

Mas tudo o que eu achei foi o rímel. E *gloss*. Muitos deles.

Supus que ela precisasse muito disso, considerando todos os beijos que ela andava dando. Provavelmente precisava retocar sempre.

E, quando abri uma outra porta, vi que, embora Nikki pareça não ter livros, ela tem *muitas* roupas. Havia um closet enorme cheio delas: parecia haver mais de mil blusas, camisas, camisetas, casacos, jeans, calças, vestidos e saias de todos os tipos e cores, cada peça pendurada em um cabide de madeira. Algumas eram tão novas que ainda tinham a etiqueta de preço. Achei mais de um par de jeans de 400 dólares e um vestido muito comum cuja etiqueta mostrava o valor de três mil dólares (o que *tinha* de ser um erro). Embaixo e em cima do cabideiro prateleiras abrigavam, literalmente, centenas de bolsas, sacolas e sapatos de todo tipo: botas, tênis, sapatilhas, sapatos de salto, sandálias rasteira e de salto e, por algum motivo, tamancos de madeira.

Eu sabia que Frida se sentiria como se tivesse morrido e ido para o céu se vivesse a experiência de entrar no closet de Nikki Howard. Tudo o que senti, porém, foi confusão. Que tipo de adolescente podia ter calças de 400 dólares? Quem precisava disso? E quem mantinha suas coisas tão arrumadas? Eu não gostei de entrar naquele closet. Nem um pouco.

Saí rapidamente e abri outra porta... E me vi dentro do banheiro de Nikki Howard.

Diferente do resto do apartamento, o banheiro não era branco. As paredes eram feitas de um mármore cinza-amarronzado. Havia um chuveiro separado de uma Jacuzzi. O espelho sobre as duas pias era todo iluminado, tipo uma penteadeira de camarim. O reflexo que vi piscando de volta para mim parecia assustado.

Coloquei a pilha de roupas que Lulu me dera sobre a pia e ergui a mão para soltar o meu cabelo (ou, para ser mais exata, o cabelo de Nikki Howard) que alguém prendera em um rabo de cavalo. Ele desceu pelos meus ombros de um modo que o meu nunca cairia. Em vez de liso, reto e castanho, o cabelo de Nikki Howard era sedoso e dourado, caindo em ondas perfeitas... mesmo que não tivesse sido penteado — ou lavado — há muito tempo.

E, quando levei a mão às costas para desamarrar a camisola do hospital e a senti caindo aos meus pés (ou melhor, aos pés de Nikki Howard), vi um corpo completamente diferente do meu, assim como o cabelo. Tudo era perfeito — no padrão das mortas-vivas —, um corpo que eu já vira incontáveis vezes nos anúncios da Victoria's Secret. Não tive nenhuma surpresa ali.

A não ser a principal — que, de repente, aquele corpo perfeito parecia pertencer a mim.

Afastei o olhar do espelho e me apressei em vestir as roupas que Lulu me dera — calcinhas de renda rosa que combinavam com o sutiã. Além de uma calça jeans que parecia uma segunda pele e uma camiseta com as palavras Baby Soft estampadas na frente, em uma letra cursiva rosa, que fazia muito pouco para esconder o que o sutiã estava enfatizando. Com certeza, esse não era o tipo de camiseta que eu tinha no meu armário em casa, que eu escolhia de acordo com a capacidade de *esconder* o que Nikki Howard parecia preferir mostrar.

Saí do banheiro, fui até o closet, peguei um par de tênis e os calcei.

Então, lançando um último olhar para esse quarto que parecia ser meu — mas que nem em um milhão de anos eu conseguiria manter tão limpo assim —, cambaleei até a porta, abri...

E fui atacada de novo.

NOVE

TUDO BEM. PORQUE, DESSA VEZ, EM VEZ DE UM CASAL DE FPSF usando máscaras cirúrgicas, minha atacante tinha 12 centímetros de altura e pesava apenas uns 3 quilos. No instante em que me viu saindo do quarto de Nikki Howard, ela veio direto na minha direção, como uma bala branca e fofinha com um a língua cor-de-rosa pronta para me lamber.

— Sinto muito — disse Lulu da cozinha, quando me viu pegar a cadelinha pequena e excitada. — Eu a tinha trancado no meu quarto e acabei me esquecendo dela. Meu Deus, olhe como ela está feliz em vê-la! Mesmo que você não consiga se lembrar da *gente*, é impossível não se lembrar de Cosabella. Você escolheu o nome dela em homenagem à sua linha favorita de lingerie!

Só que é claro que eu não tenho uma linha favorita de lingerie.

Ainda assim, mesmo que eu não conhecesse Cosabella, ela me conhecia. Assim que me sentei de novo no sofá do qual me levantara alguns minutos antes, Cosabella pulou no meu colo, com seu pequeno rabo sacudindo de um lado para o outro, e ficou de pé sobre as patas traseiras para lamber o meu rosto.

E eu não liguei. Não liguei mesmo. Porque, depois do choque que eu sofri, receber umas lambidas no rosto era até bom.

— Tudo bem — disse Brandon, sentando-se no sofá em frente a mim e analisando-me com uma expressão preocupada no rosto. Mas não foi porque estava tentando imaginar como me beijar novamente. O que era uma pena. — Já chega disso. Quem fez isso com você, Nikki? Seja honesta. Foi a al Qaeda?

— Brandon! — gritou Lulu da cozinha.

— Bem — continuou Brandon, meneando a cabeça, — se eles querem desferir um golpe contra a liberdade, por que não ir atrás do Rosto da Stark, o rosto de uma das modelos mais queridas dos Estados Unidos?

— A al Qaeda não sabe como causar AMNÉSIA às pessoas — declarou Lulu por trás do balcão de granito. — Só o pessoal da cientologia possui esse tipo de tecnologia.

Brandon me lançou um olhar sério.

— Foram os cientologistas, Nikki? — perguntou ele.

— Olha só — comecei, erguendo a mão para esfregar a minha testa (ou melhor, a testa de Nikki Howard). Aparentemente, porém, a testa era minha agora. — Precisamos entender algumas coisas. Sei que pareço com Nikki Howard. E sei que a minha voz é a de Nikki Howard e que, nesse momento, estou no apartamento de Nikki Howard, usando suas roupas enquanto seu cachorro lambe o meu rosto. Só que eu não sou Nikki Howard, tá?

— Tá — disse Brandon.— Só que... você é.

— Não sou — insisti. — Olhe, assim como vocês, não faço a menor ideia do que está acontecendo. Mas sério, não sou Nikki.

— Mas como isso é possível? — quis saber Lulu. Ela saiu da cozinha... E eu notei que estava carregando uma bandeja de comida. Muita comida.

E o cheiro era maravilhoso.

O que não fazia o menor sentido, porque, quando eu vi a comida (depois que ela colocou a bandeja na mesinha de centro na minha frente), percebi que não era nada de que eu gostasse muito — pelo menos não no passado. A começar pelo robalo, que, sendo um peixe, eu não deveria gostar. Depois uma tigela de sopa que parecia um missô requentado por causa dos pedaços de tofu e das algas marinhas boiando... Eca. Eu detestava tofu, isso para não mencionar alga marinha. Tudo acompanhado por um copo de chá verde.

E eu odeio chá verde.

Mas, ao que parece, Nikki Howard não odeia, porque quando dei por mim, eu estava bebendo chá verde. E um segundo depois, comecei a comer o robalo e o missô.

E foi a refeição mais deliciosa que eu me lembro de haver comido.

Não fique achando que Lulu e Brandon não notaram. Eles olharam para como eu estava devorando tudo e Lulu disse, admirada:

— O Robalo do Nobu sempre foi o seu favorito.

Isso foi o suficiente para que eu parasse de comer. Embora, para dizer a verdade, a essa altura eu já tivesse terminado o peixe. Além de ter tomado uma boa parte da sopa também.

— Gente — tentei mais uma vez. — Sério. É óbvio que eu não sou Nikki Howard. Tipo, eu nem conhecia vocês. Já vi vocês em revistas e tudo, mas... Não sei nada sobre vocês.

Brandon lançou um olhar triste para Lulu.

— Ela me empurrou quando eu a beijei.

Lulu me olhou, chocada.

— Nikki, sua vaca!

Senti que corei até a raiz dos cabelos. Se apenas eles soubessem a verdade, que empurrá-lo não era bem o que eu queria ter feito...

— Mas é isso que estou tentando falar para vocês! — exclamei. — Não sou Nikki Howard! Meu nome é Emerson Watts. Sério. É quem eu sou.

— Eu sei, Nikki — concordou Lulu, tocando meu braço de forma amigável. — Foi por isso que tivemos de intervir. Para ajudar você a se lembrar de quem é de verdade. E não é essa tal de Emerson Watts. Olhe. — Ela se inclinou e pegou um portfólio embaixo do sofá. — Eu tenho o seu *book*. Sei que isso vai despertar algumas lembranças.

Ela virou a primeira página, onde havia um recorte de uma revista mostrando Nikki Howard com um vestido de formatura pulando de um trampolim.

— Esta foto foi tirada na sua primeira sessão de fotos para a Stark Enterprises, quando você estava apenas começando. Lembra? Isso foi antes de nos conhecermos, logo que Rebecca levou você para Nova York. Você se lembra da

Rebecca, certo? Sua agente? — Quando viu meu olhar inexpressivo, ela continuou: — Você deve se lembrar de ter sido contratada pela Ford. Eles disseram que você era a modelo de 15 anos mais profissional que já haviam representado. Disseram que você era bem mais madura do que a maioria das modelos de 20 anos.

— Hã — repeti. — Eu já disse. Não sou Nikki Howard. Meu nome é Emerson Watts...

— Emerson Watts — repetiu Brandon, unindo as sobrancelhas, como se estivesse se concentrando... o que dava para perceber não ser fácil para ele. — Emerson Watts. Por que será que esse nome soa familiar para mim?

— Shhh — interrompeu Lulu. — Não a confunda. — Ela virou outra página. — Olhe, Nikki. Olhe, para esta foto. Foi tirada no seu primeiro desfile para Chanel. Lembra, eu estava na primeira fila? E na festa que se seguiu, eu perguntei se aquelas sandálias gladiador de salto agulha machucavam e você respondeu que como uma mo...

— Emerson Watts — repetiu Brandon com uma expressão que sugeria que estava sentindo dor por se concentrar tanto. — Sério. Já ouvi esse nome antes...

— Ignore o que ele está dizendo — pediu Lulu para mim, enquanto virava outra página. — Ele só está cansado. Ele ficou acordado ontem a noite toda, dançando na Cave. Ah, olhe! Esse foi o seu primeiro anúncio para a Victoria's Secret!

Olhei para as fotos, segurando Cosabella bem próxima de mim (ela não parecia nem um pouco inclinada a sair do meu colo. Mas eu não liguei. Eu gostava do modo como seu pequeno coração batia contra a minha coxa. Ou, hã, a coxa de Nikki Howard. Havia algo de reconfortante nessa fofa criatura que parecia me adorar. Quem ligava para o fato de que ela, na verdade, adorava Nikki Howard?).

Olhando para as fotos, reconheci o corpo que acabei de ver no espelho do banheiro. Na propaganda de lingerie, ele era ainda mais perfeito do que no espelho.

Eu estava estranhando o fato de Lulu Collins estar tentando reavivar a minha memória mostrando-me o portfólio de Nikki Howard e não um álbum de família.

É claro, porém, que, considerando que eu era uma aluna de segundo ano presa no corpo de uma das supermodelos mais famosas do mundo, talvez isso não fosse tão estranho assim. De repente, dadas as circunstâncias, esperar me fazer lembrar de quem eu realmente era me mostrando fotos minhas usando sutiãs incrustados com diamantes não fosse a pior estratégia.

— Ah! — continuou Lulu, virando a página. — Aqui está sua propaganda favorita para sua nova linha de roupas! Viu como você está linda? Seus olhos estão da mesma cor das safiras... E nem precisaram usar Photoshop, sabe? Seus olhos *são mesmo* dessa cor...

— Já sei! — exclamou Brandon, nos assustando e a Cosabella, que ergueu a cabeça do meu colo e olhou para ele de forma interrogativa. — Emerson Watts! Aquela garota que foi atingida pela TV de plasma na inauguração da nova loja de papai no SoHo.

Eu pisquei. As palavras *TV de plasma* despertavam alguma coisa nos recessos mais obscuros da minha mente. Vagamente — como um sonho que eu tivesse tido há muito tempo

—, a lembrança daquele dia em que Christopher e eu levamos Frida à grande inauguração da Stark Megastore voltou à minha mente... apenas de leve a princípio e, depois, como um turbilhão.

— Sim! — gritei, batendo palmas e assustando um pouco Cosabella. — Sim! Essa sou eu! Emerson Watts! Eu estive lá naquele dia.

— Eu também! — exclamou Lulu, arregalando os olhos. — Ai, meu Deus! Aquilo foi horrível! Nikki, você se lembra agora? Você desmaiou.

— Eu não sou Nikki — repeti para ela. — Sou Emerson Watts. Sou a garota que foi atingida pela tela de plasma.

— E você desmaiou mesmo, Nikki! — continuou Lulu, ignorando o que eu acabara de dizer. — E aquele Gabriel Luna correu e pegou você nos braços, mas não conseguia acordá-la. Ninguém conseguia. Os paramédicos chegaram e... — Lulu se virou e me lançou um olhar acusador — e... essa foi a última vez que eu vi você! Kelly disse que você foi diagnosticada com hipoglicemia e que ia tirar um tempo para tentar controlar tudo. Mas eu sabia que isso era mentira. Tipo, você nunca me disse nada sobre ter hipoglicemia. Talvez refluxo, mas não hipoglicemia. E também porque você nunca daria um tempo sem me dizer para onde estava indo. E nunca deixaria Cosy para trás.

Olhei para a cachorrinha aninhada no meu colo. Não. Nunca ninguém deixaria Cosy para trás.

Não se a pessoa tivesse escolha.

— E você nunca ficaria sem me ligar — acrescentou Brandon. E, quando eu olhei para ele, vi que ele estava me olhando de um jeito que... bem, nunca nenhum cara tinha me olhado antes.

Exceto talvez por Gabriel Luna naquela noite no hospital.

Mas de repente eu me dei conta, com uma pontada de decepção, de que Gabriel Luna não foi *me* visitar, mas sim Nikki Howard. Nikki Howard, que ele supostamente segurou nos braços quando ela desmaiou na grande inauguração da Stark Megastore e a quem foi visitar depois no hospital.

É claro! Como eu posso ter sido tão idiota? Como pude chegar a pensar que Gabriel Luna levaria flores para *mim*? Aquelas flores não tinham sido para mim.

Tinham sido para Nikki Howard.

Meu Deus! Como pude ser tão ingênua? Aquele cara nunca olharia para uma garota como *eu* — uma pessoa normal — quando uma garota como Nikki estava por perto. Nem mesmo Christopher tinha conseguido tirar os olhos dela durante todo o tempo que ela estivera em seu campo de visão lá na Stark Megastore. E Christopher não é o tipo de cara que se impressiona com um rosto bonito. Tipo, Christopher sempre riu da Whitney e das outras mortas-vivas lá no colégio.

Mas eu me lembro agora do modo como seus olhos tinham se fixado nos seios de Nikki Howard naquele dia.

E aqueles seios eram meus agora... Pelo menos até o futuro previsível.

E o que *isso* significava? Tipo, no meu relacionamento com Christopher?

Esse pensamento fez com que sentisse um aperto no coração.

Então eu me lembrei de outra coisa: Christopher dissera que eu estava o.k. na inauguração da Stark Megastore. Mas isso foi quando eu ainda era eu, Em Watts. Será que ele ainda acharia o mesmo agora que eu sou Nikki Howard?

De algum modo, eu meio que duvidava disso.

— Então, comecei a procurar por você — continuou Lulu. — Primeiro, verifiquei nos lugares para os quais você costumava ir quando queria espairecer... Bali, Mustique, Eleuthera..., mas não havia nenhum registro seu sob qualquer um dos codinomes que costuma usar para se registrar...

— E foi quando ela pediu a minha ajuda — disse Brandon. — Então, falei com o meu pai. Porque, você sabe, se alguém poderia saber onde você estava esse alguém seria o meu pai. Mas ele estava todo nervoso por causa dessa história.

— Pois é — disse Lulu, parecendo indignada. — Ele disse para Brandon que você estava bem, mas que estava passando por uns problemas. Logo de cara vi que era mentira. Porque você nunca resolve as coisas sem a minha ajuda. Como daquela vez que o Henry fez luzes *café-au-lait* no seu cabelo, lembra? Então achei que talvez eles tivessem enfiado você em um spa em algum lugar só para descansar, sabe, porque você nunca usou *drogas* e, desse modo, a imprensa nunca encontraria você...

— ...mas você também não estava registrada em lugar nenhum. Por fim, entrei escondido no escritório do papai — disse Brandon —, vasculhei seus documentos e descobri que você estava naquele hospital...

— Você estava bem pertinho! — exclamou Lulu. — O tempo todo. Então eu fui até lá, porque Brandon...

Ele parecia envergonhado.

— Porque achei que você não fosse ficar feliz em me ver. Por causa do lance com a Mischa. Para ser sincero, Nik, achei que você estivesse com raiva de mim e que por isso não tinha me ligado. E o lance com Mischa... Tipo, sei lá... ela não parava de me ligar, queria lançar um CD e você sabe que sou produtor...

— Mas então você não se lembrou de mim — continuou Lulu, depois de lançar um olhar aborrecido para ele. — E foi aí que eu soube que eles tinham feito alguma coisa com você.

Foi difícil entender aquela explicação confusa sobre o que aconteceu na última vez em que eu me lembrava de ser eu mesma — principalmente pelo ponto de vista deles.

Mas uma coisa parecia bem óbvia. Alguma coisa muito, muito estranha mesmo acontecera lá.

— Peraí! — exclamou Lulu. — Acho que já descobri tudo.

Brandon e eu olhamos para ela.

— Descobriu o quê? — perguntei.

— Como você se parece com Nikki — explicou Lulu —, mas acha que é essa tal de Emerson Watts. Meu Deus, é tão óbvio! Você sofreu uma transferência espiritual. Como naquele filme *Sexta-feira muito louca*!

Agora foi a minha vez de piscar.

— Hã, Lulu... — comecei.

Sério, é um crime o fato de garotas como minha irmã venerarem pessoas como Lulu. Tudo bem, ela é bonita e rica. E talvez — apenas talvez — tenha boas intenções.

Mas tem o cérebro de um molusco.

— Olha só, não existe transferência espiritual — informei.

— É claro que existe! — exclamou Lulu, animada. — Por que você acha que fazem tantos filmes sobre isso?

— Lulu — tentei mais uma vez. Como eu poderia resumir física quântica e biologia para uma garota que saiu do colégio no oitavo ano, se não antes? — O que você acabou de descrever não existe, tá?

— Mas que outra explicação pode haver? — perguntou Lulu, com olhos arregalados e inocentes. — É claro que quando a garota atingida pela TV de plasma e você... quero dizer, Nikki... desmaiaram, vocês duas trocaram de espírito. Tudo que temos de fazer agora é encontrar essa tal de Emerson Watts, que está com o espírito de Nikki, e vocês duas podem fazer a troca e voltar ao normal.

Brandon franziu o cenho.

— Só que...

— Nada de *só que* — disse Lulu, teimosa. — É assim que as coisas funcionam. Tipo, talvez já que vocês duas desmaiaram ao mesmo tempo e foi assim que seus espíritos foram trocados, talvez tenhamos de bater na cabeça das duas para destrocar. Mas vamos ser cuidadosos para não causar nenhum dano permanente. Além disso, não vamos machucar você, já que o desfile em Milão está se aproximando...

— Nós não podemos — declarou Brandon, antes que eu pudesse interrompê-la.

— O que você quer dizer com não podemos? — quis saber Lulu. — É claro que podemos. Por que você tem sempre de ser tão negativo, Brandon? É porque você passa muito tempo com Mischa e ela ainda não se recuperou da recusa do último piloto dela.

— Não — disse Brandon. — Eu não estou sendo negativo. Tipo, você não pode desfazer o lance da transferência espiritual.

— Por quê? — alterou-se Lulu, parecendo zangada. Só que, como ela era pequena e bonita, era meio difícil levar a raiva dela a sério. Parecia um chihuahua rosnando. — Se precisarmos de um guia espiritual, ou seja lá o que for, posso pedir ao Yoshi da minha aula de ioga. Ele é bem espiritual.

— Não é isso — negou Brandon. Ele parecia desconfortável. — É só que... quando eu estava olhando os arquivos de papai, procurando informações sobre Nikki, eu vi algo. Algo sobre Emerson Watts.

Inclinei-me no sofá — mesmo isso não sendo nada fácil de se fazer em um sofá tão macio.

— O quê você viu sobre mim? — perguntei.

— Bem — começou Brandon, hesitante. — É só que, de acordo com o relatório do meu pai... quando a TV caiu em cima de Emerson Watts... ela, quer dizer, você... morreu.

DEZ

— NÃO — NEGUEI, HORRORIZADA, MENEANDO A CABEÇA. — ISSO não é possível.

Brandon parecia estar com pena de mim.

— Só estou contando o que li — disse ele. — Papai pareceu muito chateado com tudo o que aconteceu. Tipo, mesmo com toda aquela bagunça que os caras da FLA fizeram... Ainda foi culpa dele. A segurança devia ter sido reforçada.

— Ele devia ter se assegurado de que aquelas TVs de plasma estavam bem presas ao teto — declarou Lulu, séria.

— Bem — disse Brandon, constrangido. — Elas estavam presas o suficiente e aquela não teria caído se não tivesse sido atingida por um tiro de *paintball*...

— Não acredito em você — interrompi.

Ele meneou a cabeça.

— Sinto muito — desculpou-se. — Mas é verdade. Se há culpados nessa história, são aquelas pessoas.

— Não estou falando sobre a TV — respondi, levantando-me do sofá, mas ainda segurando Cosy. — Sobre mim. Sobre eu estar morta. Não posso estar morta.

— Ah, pode acreditar — disse Brandon. — Emerson Watts? Morreu. Saiu nos jornais e na CNN. Eu até li o obituário. Estava em um arquivo no escritório do meu pai junto com o resto dos documentos.

Parecia que eu tinha sido atropelada por um caminhão.

Lulu, que estava mordendo o lábio inferior, parou e declarou:

— Sinto muito, Nik. Mas acho que Brandon está certo. Eu vi o modo como a TV caiu na cabeça daquela garota e... Bem, não me parece que alguém pudesse sobreviver àquilo. Ela foi esmagada como um inseto.

— Se eu morri — comecei, quando o trator pareceu sair de cima de mim e consegui andar pelo apartamento —, como posso estar aqui? Como posso estar conversando com vocês agora? Como posso ter comido robalo?

— Porque, como já expliquei, você teve uma transferência espiritual... — insistiu Lulu.

— Ai, meu Deus! — gritei. — Pela última vez, não existe transferência espiritual.

— Tá bom — concordou ela, piscando rapidamente. — Não precisa gritar.

— Deve haver alguma outra explicação — falei, ainda andando de um lado para o outro. — Tipo, se Emerson Watts está morta e eu sou Nikki Howard, por que os pais de Emerson Watts estavam na minha cabeceira no hospital? Por que os pais de Nikki não estavam lá?

— Bem, porque Nikki não tem pais — declarou Lulu com ar de sabe-tudo. — Ela foi emancipada assim que assinou o primeiro contrato de modelo.

Parei de andar de um lado para o outro.

— Do que você está falando?

— Nikki nunca se deu bem com os seus pais — revelou Lulu. — Sabe? Você... Quer dizer, Nikki, nunca falava sobre os pais.

— Nunca mesmo — reforçou Brandon com voz seca.

— É — concordou Lulu. — Nikki não tem família. Pelo menos, ela nunca mencionou. Acho — continuou Lulu baixando a voz para um sussurro. — Acho que os pais de Nikki são pobres. Sabe? Tipo aquelas pessoas que moram em um *trailer*.

— Por que você está sussurrando? — perguntei.

— Sei lá — disse Lulu, dando de ombros. — Tipo... Acho que porque... Bem, não é muito elegante falar sobre dinheiro. E Nikki nunca falou sobre sua família ou sobre onde foi criada nem nada sobre o passado antes de vir para Nova York e ficar famosa.

— Tudo bem — concordei, voltando a andar de um lado para o outro. — Isso ainda não explica o que os meus pais estavam fazendo no quarto de hospital de Nikki Howard.

— Porque eles sabem que era ali que seu espírito estava — explicou Lulu em tom paciente. — Talvez o corpo dela esteja morto, Brandon, mas o espírito ainda esteja vivo. O que, é claro, nos leva à verdadeira questão: onde está o espírito de Nikki Howard? Será que está vagando por aí? Em caso positivo, temos de pegá-lo!

— O que precisamos — disse Brandon, ignorando Lulu — é ligar para Kelly e dizer que Nikki está aqui no apartamento. Mas que a Nikki não sabe que é a Nikki. Então, precisamos perguntar à Kelly onde a verdadeira Nikki está. Quer dizer, o espírito dela.

Olhei de um para o outro e me perguntei se eu poderia ter sido sequestrada por duas pessoas mais burras do que esses dois.

— Você acha que Kelly fez isso? — perguntou Lulu. — Sempre achei que havia algo errado com ela. Sei lá, que tipo de RP é ela, que nem consegue que Nikki faça uma capa da *Sports Illustrated*? Ela vive dizendo que ainda há tempo e que Nikki não deve se preocupar. Mas que tipo de resposta sem graça é essa? Aposto o que você quiser que Kelly está por trás de todo esse lance de transferência espiritual...

Não deu para ouvir a resposta de Brandon. Porque ergui a mão para coçar a cabeça e senti algo.

Algo que não era apenas cabelo e pele macia.

Parei de andar e fiquei de pé em frente a uma das janelas que iam do chão ao teto, olhando fixamente para ver o meu próprio reflexo — ou melhor, o reflexo de Nikki Howard — e as luzes de Manhattan enquanto eu passava a mão pela cabeça. Algo estava errado. Algo...

E lá estava. Ao longo da base da minha cabeça — ou de Nikki. Uma linha de pele em relevo, oculta pelo cabelo louro. Não doía, mas ainda estava sensível. Algo que deixara uma cicatriz de cerca de um centímetro de espessura e 14 ou 15 de comprimento.

O problema é que eu sabia o que era. Sabia exatamente o que era, por causa de todos os programas de cirurgia plástica aos quais Christopher e eu gostávamos de assistir no Discovery Channel. Alguém fez uma incisão na parte de trás do pescoço de Nikki, tirou a pele do couro cabeludo até exibir o crânio branco.

Mas por quê? *Por que* alguém faria uma coisa dessas? A não ser...

Então eu me lembrei de algo que fez o meu sangue — o sangue de Nikki — gelar nas veias. Em um domingo chuvoso no apartamento que Christopher dividia com o Comandante, comendo um pacote de Doritos que pegamos pra Gritedes, assistimos a um programa que falava sobre isso: "Transplantes de cérebro: a cirurgia do futuro aqui e agora."

Não. Não *mesmo*.

O que eles disseram no documentário? Tudo estava voltando à minha mente — transplante de cérebro, soando como ficção científica.

Mas os cientistas na Europa provaram que era possível transplantar o cérebro como um órgão separado em um animal intacto e mantê-lo funcionando ou em situação estável por muitos dias.

— *Maneiro* — dissera Christopher. — Vou querer um.

O documentário continuou afirmando que apenas considerações éticas impediam que essa tecnologia avançasse. Profissionais especializados em bioética argumentavam que era imoral tirar um cérebro de um corpo morto e colocar em um vivo.

— Imoral uma ova — discordara Christopher. — Eles podem transplantar o meu cérebro para o corpo do Hulk quando quiserem.

Christopher ficara decepcionado ao descobrir que a tecnologia para transplante de corpo todo — o termo correto para transplante de cérebro — nos seres humanos ainda era algo bem distante.

No entanto, ele dissera que há apenas uma geração a clonagem também parecia impossível. Então, quanto tempo levaria para que transplantes de corpo inteiro fossem tão rotineiros quanto transplantes de coração?

Será que essa era a explicação? Será que fui a primeira pessoa a sofrer um transplante de corpo inteiro? Será que aquela tela de plasma esmagara meu corpo, mas conservara meu cérebro? Será que Dr. Holcombe retirou meu cérebro e o transplantou para o corpo com morte cerebral mais próximo no momento... o corpo de Nikki Howard que aparentemente sofreu algum tipo de colapso na hora do meu acidente?

Não. Isso era ridículo. Em primeiro lugar, isso não era possível. Os cientistas do documentário disseram que ainda seriam necessários anos de estudos antes de serem capazes de realizar esse tipo de cirurgia em seres humanos.

E, segundo, por que alguém usaria esse tipo de tecnologia — se é que ela realmente existe — para *me* salvar?

De repente, algumas coisas que antes tinham me confundido começaram a fazer sentido. A reação estranha de Frida ao me perguntar se eu era eu mesma. É claro que ela não tinha certeza se era eu... Porque eu estava no corpo de Nikki Howard e não parecia em nada com a irmã que ela sempre conheceu e (supostamente) amou.

E quanto à insistência do Dr. Holcombe de que eu não podia me mover ou me sentar? Isso só faria sentido para um paciente se recuperando de uma cirurgia no cérebro.

E quanto à afirmação dele de que eu havia feito mais progressos do que o esperado? Eles transplantaram o meu cérebro para o corpo de outra pessoa e eu já estava falando de forma lúcida e controlando (um pouco) minhas funções motoras (embora a cirurgia tenha acontecido há um mês).

E quanto ao fato de eu ter percebido que era a única paciente no andar inteiro, quando Lulu e Brandon me levaram para fora? É claro que eles queriam manter tudo no mais absoluto sigilo. E o motivo? Seria por causa do lance da controvérsia ética sobre o procedimento mencionada pelo documentário?

E quanto ao fato de que, de repente, passei a gostar de peixe?

Ou o fato de que eu, Emerson Watts, estava enxergando através dos olhos azuis-safira de Nikki Howard em vez dos meus, castanhos?

Meu Deus. Tudo fazia sentido. Não fora uma transferência espiritual, como Lulu Collins insistia. Dr. Holcombe abriu o crânio de Nikki Howard, retirou o cérebro dela e colocou o meu no lugar, conectando, com cuidado, todos os nervos, artérias e veias antes de fechar o crânio e colocar o couro cabeludo no lugar.

A compreensão disso tudo fez com que meus joelhos se dobrassem. Quando dei por mim, estava estatelada sobre o tapete branco, olhando para os rostos ansiosos de Brandon e Lulu... e sendo lambida no rosto pelo cachorro de Nikki Howard.

— Nikki! — chamou Lulu, chorando. — Nikki, você está me ouvindo? Ah, Brandon, isso é tudo nossa culpa. Talvez não devêssemos tê-la tirado do hospital. Talvez ela esteja doente de verdade.

— Nikki — disse Brandon, dando tapinhas no meu rosto. — Nikki!

— Ai — respondi, irritada. — Pare de me bater.

— Ah — Brandon baixou a mão. — Você nos assustou. Está tudo bem?

— Tá tudo bem — respondi. — Ajude-me a chegar ao sofá.

Brandon me ergueu nos braços e, como um cavalheiro, me carregou até o sofá. Assim que ele me colocou ali, Cosabella se aproximou correndo e pulou no meu colo para me dar mais umas lambidas como demonstração de afeto.

— O que aconteceu? — quis Lulu saber. — Foi hipoglicemia? Você tem nível baixo de açúcar? Quer tomar um pouco de energético ou algo assim? Brandon, pegue para ela.

— Não — respondi com voz fraca, sem mencionar que a bebida energética dela era Zero Açúcar e não era exatamente apropriada para hipoglicêmicos. — Estou bem. Sério.

Lulu meneou a cabeça.

— Pegue assim mesmo, Brandon. Nikki... ou Em, sei lá qual o seu nome... sinto muito. Muito mesmo. Não deveríamos... Estávamos só tentando ajudar. O que podemos fazer? O que podemos fazer para compensá-la?

— Nada — respondi, cansada. Porque era cansaço o que eu sentia. Não indignação, raiva nem dúvida.

Eles fizeram aquilo. Fizeram mesmo.

Sou a primeira pessoa do mundo a fazer um transplante de cérebro...

— Aqui está — disse Lulu, pegando a lata das mãos de Brandon e colocando sob o meu nariz. Você deveria beber isso.

A bebida tinha um cheiro ótimo. O que não fazia o menor sentido, já que era *diet*. Eu odiava tudo que era *diet*. Ergui a mão, segurei a lata e dei um gole. Estava gelado, doce e delicioso.

— Olha só, Nikki — disse Lulu. — Ou Em. Ou seja lá qual for o seu nome. Você quer ligar para alguém? Sua agente, Rebecca? Ou sua RP, Kelly? Será que deveríamos ligar para Kelly e perguntar a ela o que está acontecendo?

— Não ligue para ninguém ainda — pedi.

Eu ainda não estava pronta para voltar para o hospital. Não agora. Não sabendo tudo que acabara de descobrir. Ou que estava quase certa de saber.

Por que não me contaram? *O que será que estavam esperando?*

— Estou muito cansada — afirmei, entregando a lata vazia para Lulu. — Será que eu não posso ficar aqui e descansar um pouco antes de decidir o que fazer?

— Claro que pode — exclamou Lulu. — Tipo, este apartamento é seu. Sou eu quem aluga um quarto aqui.

— Você paga a Nikki Howard — corrigi. — Você paga a Nikki Howard.

Fui a primeira pessoa do mundo a fazer um transplante de cérebro...

...e o corpo que escolheram para isso pertencia a uma das supermodelos mais famosas do planeta.

Sério. O Hulk teria sido muito melhor.

ONZE

ACORDEI COM O SOM DE UM ALARME.

A princípio, não consegui descobrir de onde vinha o som. Isso porque, por mais ou menos um minuto, achei que estivesse no meu quarto. Estiquei a mão procurando o meu despertador, mas, em vez de encontrar o relógio de plástico, meus dedos entraram em contato com um corpo quentinho.

Isso foi, no mínimo, incomum.

Mais incomum ainda foi o fato de eu abrir os olhos e perceber que não estava no meu quarto. Nem no último lugar onde me lembrava de ter acordado, o hospital. Não, eu estava no apartamento de Nikki Howard, e, aparentemente, tinha adormecido no sofá da sala com a cabeça apoiada no peito de ninguém menos do que Brandon Stark.

Quando me sentei — muito assustada pelo modo íntimo como o meu corpo havia se ajustado a um completo estranho —, senti uma pontada na cabeça. Não apenas uma pontada, mas dor de cabeça mesmo.

Só demorei um segundo para descobrir por quê.

E quando descobri, gemi e apoiei a cabeça nos joelhos, com o cabelo comprido de Nikki Howard caindo sobre o meu corpo. Cosy não pareceu gostar daquilo. Ela abriu caminho por entre as mechas de cabelo para se sentar no meu colo e me dar uma lambida de bom-dia.

Então, o alarme soou de novo.

— Ai, meu Deus — gemi, erguendo Cosabella e cambaleando pela sala em busca da fonte do som para que eu pudesse fazê-la parar.

Já era de manhã. Vi através das enormes janelas o céu azul de outono.

Mas aquilo não pareceu incomodar nenhum dos ADN adormecidos ao meu lado. Lulu Collins parecia um anjo, com seu cabelo curtinho e rímel borrado.

E Brandon Stark, com mais de 1,90m de altura, estava meio no sofá e meio fora, roncando baixinho, segurando o controle remoto na mão. A tela sobre a lareira exibia imagens de rostos famosos sem som. Era a MTV.

O alarme soou de novo e Lulu, no sofá, gemeu e cobriu a cabeça com o cobertor de cashmere que todos tínhamos dividido. Percebi que o som estava vindo de algum tipo de interfone localizado ao lado da porta do elevador. Sem saber o que fazer, mas louca para fazer o som parar, ergui o fone que estava preso à parede.

— Alô? — falei.

— Sinto muito tê-la acordado, Srta. Howard — disse uma voz masculina que (é claro) não reconheci. — Mas o Sr. Justin Bay está aqui e gostaria de vê-la.

Justin Bay? O astro do filme *Journeyquest* (que foi uma droga)? Justin Bay queria me ver?

Então eu me lembrei. Ele não queria me ver. Ele queria ver Nikki Howard.

Peraí. Por quê? Ele não era namorado de Lulu Collins? Eu me lembrava da safira rosa que ela me mostrou quando foi me visitar no hospital e achei que estivesse tendo alucinação. Ela não dissera que fora Justin que lhe dera o anel?

Sim. Sim, foi exatamente isso que ela tinha dito.

— Ele deve querer falar com Lulu — afirmei. — Mas ela está dormindo...

— Não, Srta. Howard — interrompeu o porteiro (porque devia ser o porteiro, certo?). — O Sr. Bay pediu que lhe avisasse que está aqui para vê-la e que apreciaria muito se a senhorita não contasse nada à Srta. Collins. Ele diz que é importante e está esperando a senhorita descer.

Fiquei ali olhando para o interfone, sentindo-me confusa. Justin Bay queria ver Nikki Howard, mas não queria que ela contasse para Lulu. O que será que estava acontecendo?

— Ele disse também — continuou o porteiro em tom meio monótono — que não vai embora até que a senhorita desça para falar com ele e que, dessa vez, ele está falando sério.

Nossa! Olhei para o interfone. Por que Justin Bay precisava tanto ver Nikki Howard, mas não queria que Lulu soubesse? Tentei me lembrar do que eu sabia sobre Justin Bay — além do que eu havia lido nas páginas da *US Weekly* de Frida e do fato de ele ter ficado péssimo no papel de Leander, no filme *Journeyquest* —, mas não era muita coisa, a não ser que ele era incrivelmente lindo.

Ah, e rico. Porque o pai dele, Richard Bay, também foi ator, o astro do megassucesso de bilheteria *Sky Warrior* quando era mais jovem. Agora ele produzia programas de televisão bem familiares no horário nobre e criava búfalos em um enorme rancho em Montana (por que será que Frida vivia deixando suas revistas de fofoca espalhadas pela casa, onde eu sempre as encontrava?).

Talvez Justin estivesse preparando algum tipo de surpresa para Lulu. Claro, esse tinha de ser o motivo por que ele queria ver Nikki e não a namorada, certo?

— Você quer que eu ligue para a polícia, Srta. Howard? — foi a pergunta surpreendente do porteiro.

— O quê? — gritei, surpresa, no interfone. — Não! Não precisa. Já vou descer.

— Tudo bem, Srta. Howard. Vou mandar o elevador.

Desliguei o interfone. Tudo bem. Ótimo. Eu iria conversar com Justin Bay. Mas como Nikki Howard e não como Em, porque eu não podia dizer a ele que não era Nikki. Já fora difícil o suficiente convencer Lulu e Brandon de que eu não era ela. Que dirá Justin Bay. Sua atuação em *Journeyquest* mostrou que ele era o cara mais burro da face da Terra...

Tudo bem. Eu podia fazer isso. Eu ia conseguir...

Ai, meu Deus. Eu não podia. Não tinha *tempo* para isso. Precisava voltar para o hospital. Depois de uma boa noite de sono (mesmo que tenha sido em um sofá em frente à demo de Lulu para um novo vídeo de rock — ela estava preparando seu primeiro CD. A voz dela até que não era ruim, eu precisava descobrir exatamente o que tinha acontecido e como meus pais permitiram que uma coisa dessas fosse feita e por que ninguém tinha me contado o que estava acontecendo e o que houve de verdade com o meu corpo...

...e com o cérebro de Nikki Howard.

Coloquei Cosabella no chão e corri para o banheiro de Nikki Howard. Sim, ainda era o reflexo dela que eu via no espelho. Sem chance de tudo não ter passado de um pesadelo bizarro.

Lavei o rosto com água gelada para afastar o sono, abri a gaveta esperando encontrar uma escova, que encontrei e usei para pentear meu novo cabelo, com cuidado para não machucar a cicatriz na minha cabeça, ou melhor, na cabeça de Nikki. Depois, peguei uma escova de dente de um copo dourado que estava sobre a pia. Era de Nikki Howard, mas eu a usei assim mesmo. Porque tanto faz... meus dentes são os de Nikki Howard mesmo, certo?

Enxaguei e enxuguei a boca, depois peguei o primeiro casaco que vi pela frente, um de camurça creme.

Eu estava prestes a sair do quarto de Nikki quando me dei conta de que passei pelo computador dela sem verificar se o que Brandon dissera ontem à noite era verdade. Tipo, eu ter morrido e tudo... Sei que Justin estava me esperando lá embaixo, mas fazer uma pesquisa no Google sobre mim mesma levaria apenas um minuto...

Além disso, se eu realmente estive em coma por um mês, eu devia ter uma tonelada de e-mails. Com certeza a maioria deles seria de *spam*, mas só levaria um minuto para checar e ver se Christopher escreveu...

Mas, quando abri o laptop rosa de Nikki, vi de cara que algo não estava certo. Não era apenas o fato de ser da marca

Stark, o que, francamente, não teria sido a minha escolha se eu fosse uma supermodelo milionária com todo o dinheiro do mundo.

É que o teclado estava lento, não respondendo ao meu toque do modo que deveria.

Só levei um segundo para perceber o motivo. Toda vez que eu pressionava uma tecla do teclado, a luz da atividade de rede no modem de Nikki piscava.

Eu sabia muito bem o que isso significava, por causa da crença obsessiva do pai de Christopher de que todos os computadores eram monitorados pelo governo. Os toques de teclado de Nikki Howard estavam sendo monitorados.

O laptop dela — diferente do computador do Comandante — estava sendo espionado.

Alguém que não passava muito tempo no computador — digamos, uma supermodelo mundialmente famosa — não teria notado. Mas, para alguém que vivia o tempo todo online como eu, isso ficava evidente.

E era muito, muito sinistro.

Tirei os dedos do teclado tão rápido que foi como se eu tivesse sido picada por algum inseto. Não cliquei em nada, a não ser no Google. Não digitei meu nome nem nada que pudesse me comprometer.

Ainda assim. Isso era estranho. Quem estaria espionando Nikki Howard?

E *por quê*? Os e-mails de uma supermodelo não deviam ser tão interessantes assim.

Nesse momento, ouvi a porta do elevador se abrir e saí do quarto de Nikki. O ascensorista, diferente do da noite anterior, sorriu para mim e me cumprimentou:

— Bom-dia, Srta. Howard.

— Shhhhhh — respondi, apontando para Lulu e Brandon, que dormiam, inocentes. Não dava para imaginar que eram um par de lunáticos que pudessem sequestrar alguém na esperança de curar uma lavagem cerebral feita pelos "cientologistas".

— Ah, sinto muito — sussurrou o ascensorista, mantendo a porta aberta para eu entrar. — Desce?

— Sim — concordei, lançando um último olhar para os "sequestradores". E entrei no elevador...

...só que uma pequena bolinha de pelos brancos passou rápido por mim e entrou na cabine também.

— Cosy — repreendi o cão de Nikki Howard, que havia se sentado no assoalho do elevador como se fosse a dona dele. — Saia já. Você não é minha de verdade. Eu não vou voltar. Já para casa.

Mas Cosabella apenas choramingou.

— Sério — sussurrei. — Você não pode vir comigo. Vou voltar para o hospital.

Peguei-a no colo e a coloquei sobre o carpete branco, ordenando que ficasse ali.

Bastou um olhar para o focinho triste — sem mencionar o choro patético — e meu coração derreteu.

— Ah — suspirei, dando-me conta de que o desejo dela de ir, na verdade, não tinha nada a ver com seu amor por mim e sim com um chamado da natureza. — Sinto muito. Pode vir.

Feliz da vida, a cadela pulou no elevador, abanando o rabo como uma... bem, não sei bem o quê. Tipo, uma coisa que sacode muito.

O ascensorista sorriu para mim (ou melhor: para Nikki Howard) e fechou a porta. Descemos até o vestíbulo, onde as portas se abriram.

— Tenha um bom-dia, Srta. Howard.

— Eu não sou... — comecei, mas vi o reflexo que aparecia nas paredes espelhadas do vestíbulo e percebi que aquilo seria inútil. — Obrigada — agradeci, saindo do elevador com Cosabella nos meus calcanhares.

O mais estranho de tudo? Tudo que fiz foi lavar o rosto e escovar os dentes, ainda assim Nikki Howard estava linda. Linda o bastante para o cara dos correios que estava entregando pacotes na portaria deixar cair a prancheta quando me viu... Ele pegou, envergonhado.

Ou isso ou ele apenas se empolgou ao ver uma celebridade da minha magnitude usando jeans e tênis.

Eu desconfiava seriamente de que fosse devido à minha beleza.

O que devia ser legal. Tipo, ser tão linda a ponto de fazer o carteiro perder a cabeça.

Mas considerando que aquele corpo não era meu, sério, isso não era nem um pouco lisonjeiro.

Não tive muito tempo para notar na noite anterior, com todo o lance de estar sendo sequestrada e descobrir que eu estava presa no corpo de outra pessoa e tudo, mas o hall do prédio de Nikki era enorme, com um lustre gigantesco de cristal pendurando no meio do teto.

Bem abaixo do lustre estava Justin Bay, parecendo ter saído diretamente das páginas de uma das revistas de minha irmã. Ele estava vestido de forma casual: jeans, um suéter cinza de gola V e uma jaqueta de couro marrom. Quando ele me viu, seu rosto bonito ficou tenso e notei que olhou por sobre o meu ombro para ver se alguém mais estaria atrás de mim.

Quando ele viu que era apenas eu, percebi que sua expressão relaxou. Ele até sorriu, exibindo dentes brancos e incrivelmente retos.

— Você veio — disse ele quando me aproximei, com a voz que eu reconhecia do horrível filme *Journeyquest*.

— Hã — respondi, enquanto Cosabella se afastava de mim, seguindo para a porta giratória. — É... mas só posso ficar um minuto. Tenho de ir. Você quer que eu entregue alguma coisa para Lulu?

O sorriso de Justin se apagou.

— Lulu? — Seu rosto bonito parecia perplexo. — Por que eu iria querer que você entregasse algo a Lulu?

— Hã, não sei — respondi. Cosabella estava de pé nas patas traseiras, dançando em frente à porta giratória. Eu estava certa. Ela realmente precisava sair. — Só achei que esse fosse o motivo de você querer falar comigo e não com ela. Achei que você quisesse fazer uma surpresa ou algo assim.

— Você só pode estar brincando — disse Justin, agarrando a minha mão. E não era para me cumprimentar. Ele a segurou enquanto olhava nos meus olhos de forma significativa, com uma expressão de súplica e quase à beira das lágrimas (igualzinho àquela cena do filme *Journeyquest*, quando o personagem dele, Leander, implorava para a fonte do mal não matar sua amada Alana /Mischa Barton). — Nikki, onde você esteve, querida? Eu quase *morri*. Você não retornou minhas ligações e nem as mensagens de texto. Já faz mais de um *mês*. Então fiquei sabendo que você finalmente voltou e nem me ligou. O que eu fiz de errado? Diga-me. Preciso saber.

Enquanto eu olhava para ele, cada vez mais horrorizada quando compreendi o que ele estava dizendo, percebi três coisas ao mesmo tempo. Um: Justin Bay estava apaixonado por mim. Bem, não por mim, mas por Nikki Howard.

Dois: Nikki Howard parecia não passar de uma piranha que estava ficando com o namorado da melhor amiga e colega de apartamento pelas suas costas. Isso sem mencionar que estava traindo o próprio namorado, Brandon.

E três: a cadelinha de Nikki Howard estava quase fazendo xixi no piso de mármore do hall do prédio.

— Será que você poderia esperar um pouco? — perguntei, tirando a minha mão da dele. — Tenho de levar Cosy para passear.

— Nikki — disse Justin, frustrado. — Você não pode...

— Sério — pedi. — É só um minuto.

Afastei-me dele e me aproximei da porta giratória.

— Aqui, Cosy — chamei. — Venha, menina...

E a cachorrinha veio atrás de mim enquanto eu empurrava a porta e saíamos para o ar de outono. Assim que saímos, Cosabella se aproximou dos arbustos próximos ao prédio e eu percebi que ela não queria fazer apenas xixi.

E eu não tinha nada para limpar a sujeira.

— Ai, meu Deus. Sinto muito — desculpei-me com o porteiro, que estava a poucos metros de distância, chamando um táxi para um morador.

Ele olhou para mim com uma expressão divertida e surpresa.

— Senhorita Howard. Pode deixar que eu resolvo isso, como sempre.

Ai, meu Deus. O porteiro de Nikki Howard limpava a sujeira do cachorro dela? Que vergonha. Senti o meu rosto queimar. Uma parte de mim achou interessante o fato de Nikki Howard ficar vermelha tão facilmente.

Mas a maior parte de mim se sentia mortificada. Além de muito sem graça por tudo que tinha acontecido no vestíbulo.

— Sério, hã — falei. — Tudo bem. Se você me der um saco plástico ou alguma coisa, eu mesma limpo.

— Não é necessário, Srta. Howard — afirmou o porteiro, olhando para mim como se eu tivesse enlouquecido. Aparentemente, Nikki Howard *nunca* se oferecia para limpar a sujeira do próprio cachorro. — Sou eu, Karl. Pode deixar que eu cuido disso.

Ai, eu queria morrer.

— Hã... Tudo bem, Karl. Sinto muito. Olhe, odeio fazer isso, mas eu tenho de... hã... ir embora. Será que você poderia levar Cosy até o apartamento? — pedi.

Nem morta eu voltaria até o hall para encarar Justin de novo.

Karl assentiu e pegou Cosy, que olhou para mim como se estivesse pronta para chorar.

Não apenas chorar. Nem latir. Mas uivar. Como uma pequena coiote. Com um penteado muito armado.

Qual era o problema dela agora?

Karl ficou feliz em responder essa pergunta para mim:

— Ela sente a sua falta — declarou em tom jovial. — Ela fazia isso o tempo todo durante o mês que a senhorita ficou fora.

Ai, meu Deus. Eu era uma pessoa horrível, que tinha abandonado a própria cadelinha.

Então eu me lembrei de que Cosabella não era minha.

E eu não era uma pessoa horrível. Karl não sabia que o verdadeiro motivo por Cosabella ter sido abandonada foi o fato de sua dona estar — tenho quase certeza — morta. Bem... de certo modo. A não ser que Lulu estivesse certa a respeito do lance de transferência espiritual. E tenho certeza absoluta de que não está, porque isso era fisicamente impossível.

— Cosy...

Apressei-me na direção dela e a peguei do colo do porteiro. Ela parou de chorar na hora e tentou entrar na minha jaqueta.

— Cosy — sussurrei para ela, sentindo o coração derreter. — Não posso levá-la comigo. Você não é minha de verdade. E vou voltar para o hospital. Eles não permitem cachorros em hospitais, lembra?

Mas ela apenas abriu a boca para mim de dentro da minha jaqueta, latindo feliz e abanando o rabo.

E eu soube na hora que a levaria comigo para onde quer que eu fosse, não importando o que acontecesse.

Não que minha vida estivesse ficando tão complicada assim.

Foi meio irônico porque assim que pensei nisso, Justin Bay apareceu com uma expressão contrariada. Ele caminhou até mim para pegar o meu braço.

— Tudo isso é por causa do anel, não é? — perguntou em voz baixa. Estávamos na Centre Street, uma rua de mão única que tinha trânsito suficiente para que fosse difícil ouvi-lo acima do barulho do tráfego. — O anel que dei para Lulu? Porque aquilo não significou *nada*, querida. Só o comprei para despistá-la, porque ela estava começando a suspeitar de nós. Você não pode estar querendo usar isso contra mim...

— Não sei do que você está falando — respondi. O que era verdade mesmo. — E eu realmente tenho de ir agora...

O rosto dele assumiu uma expressão romântica.

E, quando dei por mim, ele tinha segurado meus dois braços e me puxado para me beijar.

Meu segundo beijo em menos de doze horas foi bem mais devastador do que o primeiro. Eu senti esse beijo até os dedos dos pés, que se dobraram imediatamente dentro do tênis.

Sempre ri e zoei Frida quando lia essas partes nos romances dela: os duques pegavam as pobres, mas impetuosas, heroínas e moldavam o corpo delas com o deles, ou sei lá o quê. Sempre pensei, enquanto elas sentiam o corpo ceder: "Ah, como se *isso* fosse acontecer."

Imaginem a minha surpresa quando o meu próprio corpo — ou, devo dizer, o corpo de Nikki Howard — cedeu em resposta ao beijo de Justin Bay, bem ali, na Centre Street, na frente de Karl, o porteiro, de uma fileira de táxis esperando o sinal abrir, de um milhão de pombos e de qualquer pessoa que estivesse olhando. Quase deixei Cosabella, que estava sendo esmagada entre nós dois, cair. Fiquei chocada.

Será que isso era normal? Será que era assim que as pessoas reagiam quando eram beijadas? Principalmente por caras que eram praticamente estranhos (se você não considerar uma ligeira familiaridade devido às revistas de fofocas)? Ou será que Justin Bay e Brandon Stark beijavam incrivelmente bem? Sério, eu estava pegando o jeito da coisa. Beijar é *muito bom!* E eu estava adorando. Tipo, é claro que era errado — *errado mesmo* — estar beijando o namorado da melhor amiga de Nikki Howard e, ainda por cima, traindo o namorado de Nikki Howard.

Isso sem mencionar que, sério, eu nem gostava desse tipo de caras. Quero dizer, eu tinha uma paixão secreta pelo meu melhor amigo. Se, pelo menos, fosse *ele* que estivesse inclinado sobre o meu corpo na Centre Street, juro por Deus que provavelmente aconteceria uma explosão ou algo assim.

E foi por isso que eu soube que não podia deixar esse beijo continuar, por mais que o corpo de Nikki Howard estivesse curtindo. E se Christopher aparecesse (por qualquer motivo improvável) e visse Justin Bay com a língua praticamente enfiada na minha garganta? Ele odeia Justin Bay com todas as suas forças por ter arruinado o filme *Journeyquest* com sua atuação sofrível.

E, tudo bem, ele não saberia que era eu e não Nikki Howard.

Mas esse não é o problema.

E quanto a Lulu? Suponha que Lulu tenha acordado e olhe pela janela e nos veja? Tá certo, Lulu me sequestrou, mas fez isso com boas intenções.

Era meio difícil dizer alguma coisa tendo a língua de Justin dentro da minha boca. Por melhor que fosse a sensação, aquilo não podia continuar. Precisei de toda minha determinação para afastar os meus lábios dos dele e dizer:

— Hã, por favor, pare...

— Você sabe que é isso que você quer — afirmou Justin com voz rouca.

Sério! Igualzinho aos romances de Frida! E não largava meu braço de jeito nenhum.

A verdade é que ele estava totalmente certo. Eu queria aquilo. O tempo todo. Mas eu não seria tola o suficiente para dizer.

— Não — neguei com voz fraca. — Eu não quero. Isso é errado.

— Não foi bem isso que você disse em Paris — lembrou Justin.

— Hã — comecei, mantendo a boca ainda dormente afastada da dele para o caso de ele tentar me beijar de novo. — Eu não sei. Nunca fui a Paris. Por favor, me solte...

Um segundo depois, para minha total surpresa, ele me soltou. Mas não porque eu pedi. Ele me soltou porque Gabriel Luna — logo ele! — apareceu do nada e o afastou de mim.

— Creio que a jovem pediu para você soltá-la — disse Gabriel, com seu forte sotaque britânico.

Uau! Isso está ficando cada vez mais parecido com os romances de Frida! De um jeito maravilhoso!

— Quem você pensa que é? — perguntou Justin, alisando a jaqueta no lugar em que Gabriel a segurava.

— Um amigo de Nikki — respondeu Gabriel. Um ADN! Gabriel Luna acabou de se autodenominar ADN!

Voltando-se para mim, Gabriel perguntou em um tom mais quente e preocupado:

— Você está bem, Nikki?

Assenti enquanto acariciava Cosabella, que não gostou muito de ter sido esmagada entre mim e Justin, e estava rosnando para ele com a ferocidade de um rottweiler.

— Estou bem — respondi. — Só estou preocupada com... Você sabe, quem pode ter visto a gente.

Eu estava me referindo a Christopher — e Lulu —, é claro. Mas isso fez com que Justin olhasse em volta rapidamente como se só agora ele tivesse se dado conta de que estávamos na esquina de uma rua bastante movimentada. Ele não ergueu o olhar nem uma vez para as enormes janelas sobre nós. Sacana! Ou será que *canalha* seria uma palavra mais adequada? Eu teria de verificar nos romances de Frida...

— Isso mesmo — disse Gabriel, indulgente, notando o susto repentino de Justin. — Os *paparazzi* podem chegar a qualquer momento. Acho que vi alguns na esquina quando estava vindo para cá.

E isso foi o suficiente para fazer com que Justin dissesse:

— Ligo para você mais tarde, gata. — Então ergueu a gola da jaqueta e partiu apressado.

Não pude acreditar! Ele não deu a mínima para Lulu, sua suposta namorada. Mas bastou mencionar os *paparazzi* para ele sair correndo com o rabo entre as pernas! Que idiota! Ou libertino. Ou sei lá...

Gabriel olhou para mim e perguntou:

— Você está bem *mesmo,* Nikki?

Pisquei para ele... depois virei para Karl, que estava olhando para nós dois, boquiaberto, segurando um telefone celular como se estivesse pronto para ligar para a polícia. Notando a direção do meu olhar, ele rapidamente enfiou o telefone no bolso.

— Está tudo bem — assegurei. — Sério. Eu só preciso ir. Tenho de voltar para o hospital... ainda não deveria ter recebido alta... Só preciso voltar.

— Eu sei — respondeu Gabriel com a mesma voz calma que usara ao mencionar os *paparazzi*. — Acabei de sair de lá. Passei para ver como você estava e encontrei o lugar de cabeça para baixo porque você tinha sumido. Você deu uma fugida para se divertir um pouco ontem à noite, não é?

Olhei para ele sem entender, a princípio, o que ele estava dizendo. Fugir para me divertir? Não, na verdade, fui sequestrada por dois doidos fantasiados de médicos.

Mas então me dei conta da cena que ele deve ter visto quando chegou ao meu prédio (ou melhor, ao prédio de Nikki Howard), ou seja, Justin Bay e eu nos beijando e o que aquilo parecia.

Senti que fiquei vermelha até a raiz do cabelo.

— N-não — gaguejei. — Não foi nada disso. Isso foi um mal-entendido. Foi Lulu! E Brandon Stark...

Parei por aí. Dava para perceber pela expressão do rosto dele que eu só estava piorando as coisas.

— Olhe, só preciso voltar — falei, sem conseguir encará-lo de tanta vergonha. — Vejo você depois.

E com Cosabella ainda nos braços, dei as costas para ele e fui até o meio-fio.

A voz dele me parou antes que eu chegasse a dar um passo.

— Eu nem tentaria se fosse você. Não há nenhum táxi.

— Quase nunca tem a essa hora — declarou Karl, que parecia ser um bisbilhoteiro de mão cheia. — Todo mundo está indo para o trabalho nesse horário. Espere uma hora.

Uma hora? Eu não tinha uma hora! Precisava voltar para o hospital! Principalmente se o que Gabriel disse era verdade e o "lugar estava de cabeça para baixo". Porque eu parara para tentar checar meus e-mails no computador totalmente comprometido de Nikki? Eu deveria ter procurado um telefone celular para ligar para os meus pais e dizer para eles não se preocuparem. Talvez Karl me emprestasse o dele... Ah, deixa para lá. Eu só precisava chegar ao hospital...

— Tudo bem — respondi com voz trêmula. — Posso pegar o metrô.

— Você não pode pegar o metrô — afirmou Gabriel decidido.

— Eu vou ficar bem — respondi, virando a cabeça para o outro lado, na direção da Broome Street. Afinal, essa era a minha redondeza. Eu sabia exatamente onde estava. Eu não acreditava que as coisas fossem ficar bem, mas o que mais podia fazer? — É só pegar a linha seis até Bleecker e seguir até a 14 e caminhar um pouquinho. Não é longe.

Então, eu coloquei a mão no bolso para pegar a carteira e o bilhete do metrô, mas me dei conta de que, na verdade, aquele bolso não era meu, mas sim de Nikki Howard.

E ele estava vazio.

— Ai, não — gemi. Eu não estava com a minha carteira. Nem com o bilhete do metrô. Que ótimo. Maravilha mesmo.

— Não tem problema — disse Gabriel no mesmo tom calmo e confiante. — Porque você não pode mesmo pegar o metrô.

Eu ia começar a dizer que é claro que eu podia — por que eu não poderia?

Mas antes que eu proferisse a primeira palavra, meu braço foi puxado. Achando que se tratava de Justin Bay (de novo), eu me virei, rápido, esperando ganhar mais um beijo de tirar o fôlego.

Em vez disso, porém, vi um grupo de estudantes usando saias plissadas e suéteres marrons, que começaram a gritar assim que viram o meu rosto.

— Eu te disse, Tiffany! — gritou a garota que puxara o meu braço, uma adorável menina sardenta usando tranças que não devia ter mais do que 9 anos de idade.

E a menina de tranças apontou para um outdoor enorme em um prédio que tinha uma fotografia de Nikki Howard de biquíni, convidando as pessoas para irem à Stark Megastore no SoHo.

— Viu? Eu disse que era ela! — gritou a menina, praticamente deslocando o meu braço. — Nikki! Nikki! Me dá um autógrafo?

— Eu também quero! — berrou Tiffany, colocando uma caneta e um caderno bem na minha frente. — Assine para mim, por favor!

— Não sou Nikki — neguei e tentei me afastar delas sem machucar nenhuma delas. — Sério, gente. Eu não sou.

— Meninas! — chamou uma freira, que devia estar no comando do grupo, mas que tinha subestimado muito o poder de uma supermodelo sobre as crianças. — Parem! Parem já com isso! Deixem a jovem em paz!

Mas elas não me deixavam. Não acreditaram quando eu disse que não era Nikki Howard.

E por que deveriam, quando a prova de que eu era Nikki estava estampada no outdoor do outro lado da rua?

Elas estavam puxando o meu casaco, ameaçando derrubar Cosabella dali. Nem sei o que elas poderiam ter feito se Gabriel e Karl não tivessem me resgatado. Em um minuto eu estava sendo atacada por um bando de estudantes histéricas e, no outro, Karl estava mantendo-as longe enquanto Gabriel me afastava delas com o braço em torno dos meus ombros.

— Está vendo por que você não pode pegar o metrô? A não ser que você estivesse usando um chapéu ou algo assim — ele disse em tom de brincadeira.

Só que a situação não era tão engraçada assim. Porque, de certa forma, ele estava certo. Eu nunca conseguiria pegar o metrô novamente como uma cidadã comum de Nova York. De agora em diante, eu pegaria o metrô como Nikki Howard, a supermodelo. A não ser que eu usasse um cartaz dizendo "EU NÃO SOU NIKKI, NEM SE INCOMODE DE PEDIR UM AUTÓGRAFO".

Eu devo ter ficado bem abatida ou algo assim, pois, passado um segundo, Gabriel me puxou com o braço que estava em volta dos meus ombros e suspirou:

— Deixa para lá. Eu dou uma carona pra você.

E ele apontou para uma Vespa verde-clara que estava parada no estacionamento.

Certo. Uma Vespa.

Que deve ser o meio de transporte menos legal do universo. Tipo, para os caras americanos normais.

Mas Gabriel não era americano. E, é claro, que não dava a mínima para o fato que os caras americanos normais pensariam que sua lambreta era meio gay.

— Tenho capacetes — assegurou ele, interpretando a minha surpresa como relutância para andar de moto por questões de segurança.

— Tá — respondi, hesitante.

Eu só queria sair de perto das fãs histéricas de Nikki Howard que Karl e a freira ainda tentavam controlar e da colega de apartamento doida de Nikki e seu(s) namorado(s) e do seu apartamento e do outdoor gigantesco na lateral de um prédio no final da rua e voltar para a minha família.

E eu não estava nem aí para a maneira como faria isso.

— Aqui — disse Gabriel, me entregando um capacete que tirara de um compartimento na traseira da Vespa. Ele me ajudou a colocar. E não senti os pontos doerem, o que era bom.

Então ele me ajudou a subir na moto e me mostrou onde eu deveria colocar os pés. Depois montou também e me orientou:

— Segure-se em mim.

E eu sabia que deveria colocar os braços em torno da cintura dele.

Mas é claro que eu nunca tinha ficado assim com um garoto antes. Tipo, além dos garotos que eu havia beijado nas últimas 24 horas. O que não foi exatamente culpa minha.

Antes que eu tivesse a chance de ficar obcecada com o que estava prestes a acontecer, algumas das meninas conseguiram romper a barreira de Karl e da freira e correram gritando em nossa direção:

— Nikki! Nikki!

E Gabriel ligou a moto. Senti um solavanco e tive de me segurar nele para não cair para trás.

Então ele exclamou:

— Lá vamos nós!

E nós fomos.

DOZE

MOREI EM MANHATTAN A MINHA VIDA TODA.

Já comi *dim sum* em Chinatown e pizza no forno a lenha em Little Italy. Já subi até o topo do Empire State Building e da Estátua da Liberdade. Também já tracei minha árvore genealógica até meus primeiros ancestrais que chegaram a este país (da Inglaterra pela família de papai e da Hungria pela de mamãe) através da ilha Ellis e passei horas vagando na Stand, a maior loja de livros usados do mundo.

Também tomei café da manhã na Tiffany's (bem, um pãozinho do lado de fora a caminho do Museu de Arte Moderna) e vi os quadros de Vermeer no Frick (difícil acreditar que ele os pintou sem a ajuda de um computador).

Peguei o metrô para Coney Island, andei de barco a remo no Central Park e patinei (embora não muito bem) no Rockefeller Center. Estive no World Trade Center, quando ele ainda era o World Trade Center e não o Ground Zero.

Mas nunca na vida cruzei a Quarta Avenida na garupa de uma lambreta de um cara tão gato.

E tenho de admitir que esse é um excelente meio de transporte, suplantando todos os outros — metrô e caminhada. Mesmo que o vento estivesse tão frio que fazia meus olhos lacrimejarem (Cosabella também não parecia nada animada por estar espremida entre a minha barriga e as costas de Gabriel), foi muito divertido sair cortando os carros e ultrapassando entregadores de bicicleta e quase furando um sinal vermelho...

Mas o melhor de tudo foi sentir o calor das costas de Gabriel passando através jaqueta de couro e vê-lo sorrindo sempre que olhava para trás para ver se eu estava bem.

Mesmo que ele estivesse sorrindo para Nikki Howard e não para mim, admito que eu poderia ficar na garupa da Vespa de Gabriel Luna o dia inteiro. Pela primeira vez desde que acordei no hospital, essa era a primeira vez que eu me sentia... *bem*.

Não em relação ao fato de que alguém aparentemente enfiou o meu cérebro no corpo de Nikki Howard (não mesmo).

Mas sim por estar viva e tendo uma experiência nova, cruzando a Quarta Avenida na garupa da lambreta de um cara lindo.

E isso me fez perceber o quanto tenho sorte. Não importa quem tenha feito isso — seja lá por qual motivo — o fato é que foi isso que possibilitou que eu experimentasse algo assim... Então, fico feliz.

Pelo menos em relação a essa parte.

Já a parte relacionada àquelas estudantes querendo meu autógrafo porque acharam que eu era Nikki Howard...

Nem tanto.

Infelizmente, chegamos ao hospital rápido demais. Vinte quadras é um longo caminho se você está andando, mas não é o suficiente quando se está voando pelas ruas na garupa da Vespa verde-clara de um gato daqueles. Cerca de quinze minutos depois, estacionamos na garagem sob o Manhattan General.

E eu comecei a ficar preocupada com o tipo de recepção que eu teria quando entrasse. Tá, tudo bem, eu tinha sido sequestrada. Mas poderia ter voltado antes. A verdade é que fiquei meio zangada com a minha família por ninguém ter me contado todo o lance de Nikki Howard. O que será que eles estavam pensando?

Então, eu meio que protelei a minha volta o máximo que pude.

Agora, considerando o que Gabriel me contou, eu achava que estava encrencada.

Então, quando Gabriel apertou o botão para pegar o papel do estacionamento, eu disse:

— Olha, você não precisa subir comigo. Pode me deixar aqui.

Porque eu não queria que ele testemunhasse a bronca que eu ia levar. Tipo, mesmo que esteja a fim de Christopher e não de Gabriel Luna, ainda assim, seria muito constrangedor levar uma bronca dos pais na frente de um cara tão gato.

— Depois do que aconteceu na frente do seu prédio? — protestou ele. — Sem chance. Quero ter certeza de que você vai chegar em segurança.

Senti que estava ficando vermelha.

— O que aconteceu lá — tentei explicar —, o que você viu, com Justin... Aquilo não foi... Ele apareceu hoje de manhã. Eu não...

— Eu estava me referindo às estudantes — esclareceu Gabriel.

— Ah — falei. Ainda bem que eu estava de capacete, assim ele não percebeu que fiquei roxa de vergonha. Ainda assim, insisti. — Ele não é... Ele não é o meu namorado nem nada assim...

— Não?

Percebi que eu só estava piorando as coisas.

— Não. Ele é o namorado da minha colega de apartamento. Acho que ele... entendeu tudo errado.

— Acho que sim — concordou Gabriel.

Ai, meu Deus! Seria melhor se eu tivesse ficado de boca fechada.

Mas eu parecia incapaz disso. Assim que estacionamos e Gabriel desligou o motor da Vespa, perguntei:

— Como você sabia onde eu estava quando ninguém conseguia me encontrar no hospital? Como você sabia que deveria ir ao apartamento de Nik... quer dizer, no meu apartamento?

— Foi um palpite — respondeu ele, tirando o capacete. Também tirei o meu com bastante cuidado. — Parece que tive sorte. Não culpo você por ter fugido, já que eles não permitem que seus amigos a visitem. Mas você assustou seus pais de verdade, sabe? Fugindo daquele modo. Pelo menos eu acho que sejam seus pais, né? Eu não os conheci, mas os vi quando passei pelo seu andar esta manhã, antes de eles me expulsarem. Sua mãe estava chorando.

Mordi o lábio. Mesmo que eu não *goste* dele como namorada, não queria que ele pensasse que eu era o tipo de garota que fugia do hospital e fazia a “mamãe” chorar, assim como não queria que ele pensasse que eu era o tipo de garota passava a noite e ficava com um cara como Justin Bay...

Eu queria contar a verdade para ele. Sobre o que aconteceu comigo. Achei que ele entenderia. Qualquer um que cantasse como ele... bem, ele teria de entender, não é?

Mas é claro que eu não podia contar. Considerando que ninguém tinha me explicado nada, que eu só estava recebendo visitas dos meus pais e da minha irmã, e que eles estavam expulsando todo mundo que tentava me ver, acho que a ideia era manter tudo isso em segredo. Não sei bem por quê... Mas eu ia descobrir.

Hoje.

— Foi... — Era tão estranho, nós dois, tendo esse momento (se é que eu poderia chamar aquilo assim), ali na garagem... no mesmo lugar onde eu mordera Brandon Stark, enquanto ele tentava me colocar na limusine. — Foi muito legal da sua parte se preocupar comigo — declarei. — Tipo, a gente mal se conhece...

— Bem — disse Gabriel —, depois do que aconteceu naquele dia na Stark’s, sinto como se já a conhecesse, pelo menos um pouco. Você nos assustou muito. Sério, você deveria se cuidar melhor, Nikki.

Pisquei os olhos, confusa. Do que ele estava falando?

— Eu... O quê?

Gabriel pareceu hesitar, como se não estivesse bem certo se queria dizer o que disse em seguida. Ele, então, pegou a minha mão e falou, olhando para mim com seus profundos olhos azuis.

— É que você é tão linda... e tão doce. Você não deveria desperdiçar sua vida com drogas e álcool.

Acho que meus olhos quase saltaram do meu rosto.

— *O quê?* — perguntei, incrédula.

— Sei que sua assessoria de imprensa está dizendo que você foi hospitalizada por causa de hipoglicemia e... o que mais? Ah, estafa — continuou. — Mas eu estava lá, lembra, Nikki? E realmente achei que você não fosse sair daquela. Você ficou lá, completamente imóvel. Achei que você estivesse morta.

Acho que, nem se quisesse, eu conseguiria falar alguma coisa. Ele achava que Nikki Howard tinha passado um mês no hospital fazendo algum tipo de desintoxicação? Será que era isso que todos estavam pensando? Ai, meu Deus! Eu estava tão sem graça! Senti o rosto queimar de tanta vergonha...

Por outro lado, por que eu me importava com o que ele pensava de Nikki Howard? Aquilo não tinha nada a ver comigo...

Hã, peraí. Acho que tinha.

— Mas eu não... — comecei.

Gabriel apenas meneou a cabeça.

— Você não precisa inventar desculpas para mim, Nikki — disse ele com a voz tão gentil quanto o toque dos seus dedos na minha mão. — Sei como é difícil viver sob os holofotes, sendo alvo de fofocas. Estou feliz por você estar recebendo toda a ajuda de que precisa agora...

— Mas...

— Vai ficar tudo bem — afirmou ele, enquanto me acompanhava até o elevador. — Estou contente por você ter decidido voltar para o hospital. Seus pais vão ficar felizes em vê-la — sorriu ele. — Talvez agora eles me perdoem por ter feito uma visita não autorizada na outra noite, quando ninguém deveria vê-la.

— Hã... — Cosy e eu entramos no elevador. Eu estava cada vez mais encantada. — É. Sobre isso...

— Admitir que você tem um problema é o primeiro passo para conseguir resolvê-lo, Nikki — disse Gabriel, sorrindo.

Eu sorri também, porque não consegui evitar.

Mas sorrir para ele foi um erro porque parece que o sorriso de Nikki Howard era como criptonita para os caras ou algo assim. Eles pareciam ficar imobilizados. Gabriel pareceu esquecer totalmente de onde estávamos. As portas do elevador se fecharam e nós ficamos ali por quase um minuto, Gabriel apenas me olhava.

Ops. Aquilo estava ficando estranho.

— Hã — falei —, não sei para que andar vamos.

— Ah — sobressaltou-se Gabriel, erguendo a mão para apertar o botão do quarto andar. — Desculpe.

Contudo, antes que eu tivesse a chance de pensar em algo para dizer — tipo, *eu nunca usei drogas na vida* —, a porta do elevador se abriu, revelando um segurança forte que disse:

— Sinto muito, mas o acesso a esse andar é... — Então, os olhos dele se arregalaram quando olhou para mim. — Você!

— Hã, é — respondi, sentindo o rosto arder. Drogas? Bebida? Fala sério. Eu mereço? — Meu pai e minha mãe estão aqui?

De repente, papai e mamãe chegaram correndo e começaram com todo aquele lance de *Onde você esteve?* e *Estávamos morrendo de preocupação*, abraçando-me e brigando comigo, tudo ao mesmo tempo. Realmente, foi tudo tão vergonhoso quanto achei que seria. Dr. Holcombe também parecia nervoso, mordendo a ponta dos óculos e segurando uma prancheta. Dra. Higgins, aquela que prendia o cabelo em um coque, estava ao lado dele. Só que o cabelo não estava mais preso em um coque e sim todo despenteado, dando a impressão de que não tivera tempo de se arrumar, por causa do meu desaparecimento e do fato de todo mundo ter ficado meio doido com isso.

O que foi difícil de explicar, já que eu não queria entregar Lulu nem Brandon, pois eles realmente acreditavam que estavam me ajudando.

Por outro lado, eu tinha de responder às perguntas dos meus pais.

Mas Gabriel Luna resolveu o problema por mim, cortando todo mundo:

— Eu a encontrei no apartamento dela.

O que fez com que Dr. Holcombe colocasse os óculos no rosto e perguntasse:

— Com licença, mas quem é este jovem?

Foi nesse momento que Frida apareceu no corredor de cabeça baixa e ombros caídos. Ela ergueu os olhos ao ouvir a voz de Dr. Holcombe, me viu e abriu um grande sorriso...

...até ver Gabriel. Então o sorriso dela se apagou e ela exclamou:

— Gabriel Luna!

— *Esse* é o Gabriel Luna? — sussurrou papai para mamãe, em uma voz totalmente audível. — Foi ele que veio aqui mais cedo perguntando por Nikki Howard.

— Foi esse garoto que eu vi ao lado da cama dela — informou Dra. Higgins, apontando para Gabriel. — Foi ele quem trouxe as rosas.

O olhar que Frida me lançou poderia congelar um café fumegante.

— *Ele trouxe rosas para você?*

— Ele trouxe rosas para *Nikki Howard* — corrigi. Porque percebi o que ela estava pensando.

— Espere um pouco... — interrompeu mamãe. — É aquele Gabriel Luna, da grande inauguração da Stark Megastore?

— Sim — respondeu Gabriel, estendendo a mão para cumprimentar meus pais. — Olá. Sinto muito se não me apresentei antes, mas vocês estavam ocupados demais me expulsando daqui.

Mamãe, como se estivesse hipnotizada, apertou a mão de Gabriel e murmurou:

— Prazer em conhecê-lo.

E papai, assim que mamãe soltou a mão dele, fez o mesmo.

— Onde você esteve com a minha filha? — perguntou meu pai.

— Gabriel me trouxe de volta — expliquei, correndo em defesa dele. — É uma longa história, mas não saí daqui por livre e espontânea vontade e... Bem, ele me resgatou.

Gabriel sorriu para mim, agradecido. E eu sorri de volta. Apesar de achar que Nikki Howard era viciada em drogas, ele merecia algum crédito.

— Bem — disse Dr. Holcombe em uma voz que soou falsa. — Nesse caso, só nos resta agradecer-lhe... Hã, senhor Luna.

— Não foi nada — disse Gabriel. — Sério. Mas eu tenho de dizer que acho...

No entanto, Dr. Holcombe não parecia interessado no que Gabriel achava.

— Frida — chamou ele, cortando Gabriel. — Por que você não acompanha o Sr. Luna até a cantina para vocês comerem alguma coisa, enquanto seus pais e eu conversamos um pouco com sua irmã?

Antes que Gabriel pudesse dizer qualquer coisa, Frida parou de me lançar aquele olhar de raiva e encarou Gabriel de forma apaixonada, suas pupilas praticamente assumindo o formato de um coração, como um personagem de desenho animado.

— Claro — respondeu, com um tom de voz meloso que eu nunca ouvira antes, enquanto pegava o braço de Gabriel. — Venha comigo. Eu mostro o caminho.

Tive vontade de esganá-la por estar agindo como uma boba. Por que a minha irmã é sempre tão "garota"?

Mas agora que sei a sensação de ser beijada, acho que nem posso culpá-la.

— Hã — disse Gabriel, olhando para mim, enquanto Frida o acompanhava até o elevador. — Tudo bem. Acho que vejo você mais tarde...

— Tchau — me despedi com um aceno.

Antes que eu pudesse dizer outra palavra, Frida o arrastou pelo corredor e ele se foi. Até onde eu sabia, para sempre.

Só que eu tinha problemas mais sérios para enfrentar do que a paixonite totalmente inadequada de minha irmã por um músico britânico. E isso incluía minha mãe, que estava olhando para o meu casaco meio aberto.

— Ai, meu Deus. Tem um cachorro dentro do seu casaco!

— É a cadelinha de Nikki Howard — expliquei.

— E você pode me explicar como é que você pegou o cachorro de Nikki Howard? — quis saber papai.

— Bem — falei. — Tudo começou quando acordei e descobri que alguém colocou o meu cérebro no corpo de Nikki Howard.

Dr. Holcombe, parecendo muito constrangido, abriu a porta de um escritório e fez um gesto para que o seguíssemos.

— Por favor, entrem e se acomodem. Precisamos conversar.

— Ah, precisamos mesmo — retorqui, seguindo-o com meus olhos (ou melhor, com os olhos de Nikki). — Realmente precisamos.

TREZE

— VOCÊ TEM DE ENTENDER — DISSE DR. HOLCOMBE, SENTANDO-SE atrás de sua enorme mesa de mogno com uma xícara de café nas mãos. — O procedimento que realizamos em você, Emerson, foi necessário para salvar a sua vida.

— Essa parte eu já entendi — respondi. — Duvido muito que vocês saiam por aí fazendo transplantes de cérebro em pessoas que não precisam. Eu só não sei porque eu tive a *sorte* de ser a primeira.

Dr. Holcombe limpou a garganta.

— Hã...

— Peraí. — Eu olhei para ele. — Você quer dizer que *não* fui a primeira?

— Ai, meu Deus, não — riu Dr. Holcombe. — A mais jovem, com certeza. Mas de jeito nenhum a primeira.

Pisquei para ele.

— Espere um pouco. Eu assisti a um documentário na TV sobre transplantes de cérebro há alguns meses. E lá eles diziam que a cirurgia não tinha sido bem-sucedida em seres humanos.

— Bem, nós nunca publicamos nada a respeito — declarou Dr. Holcombe. — Nenhum de nossos receptores quis tornar o procedimento público. Na verdade, é o contrário...

— *Receptores?* Você quer dizer que costuma fazer isso... *muito*?

— Ah, sim — respondeu Dr. Holcombe. — Minha equipe e eu aperfeiçoamos a técnica há um tempo e já realizamos esse tipo de procedimento há alguns anos. Trata-se de uma cirurgia extremamente cara e ainda rara. Você chegou aqui com ferimentos que, em circunstâncias normais, teriam sido fatais. Por total acaso, tínhamos um doador de corpo inteiro disponível no momento em que o seu coração parou de bater.

— Doador de corpo inteiro disponível? — repeti, chocada. — Está falando de... *Nikki Howard?* Não acredito que o senhor acabou de se referir a ela assim. Quero dizer... Nikki... ela era um ser humano.

— Dr. Holcombe sabe disso, Em — interveio mamãe rapidamente.

Ela e papai estavam sentados em cadeiras de couro em frente à mesa de Dr. Holcombe, enquanto eu estava no meio dos dois. A Dra. Higgins e o Sr. Phillips, o "representante legal" da Stark Enterprises, estavam sentados em um sofá próximo. Então, perguntei:

— O que a Stark Enterprises tem a ver com isso?

Foi o Sr. Phillips quem respondeu:

— Na verdade, você está sob os cuidados do Instituto Stark de Neurologia e Neurocirurgia, uma divisão do

Manhattan General Hospital, do qual a Stark Enterprises é o principal filantropo. Trata-se do único centro médico do mundo a realizar transplantes de corpo inteiro. A Stark Enterprises não faz propaganda da existência do insitituto ou de sua conexão com ele porque ainda há... hã... preocupações bioéticas envolvidas no procedimento.

— Você quer dizer que para alguém receber um transplante de corpo inteiro — falei — é necessário que alguém tenha morte cerebral para que se possa pegar o seu corpo para o uso do receptor?

— Bem — disse Sr. Phillips, — isso é simplificar muito as coisas, mas pode-se dizer que é mais ou menos isso.

— Emerson — explicou Dra. Higgins em tom gentil. — Nikki Howard sofria de um problema cerebral congênito sobre o qual ninguém sabia. Nem ela própria. Nikki tinha um aneurisma, ou seja, carregava uma bomba-relógio na cabeça, que poderia explodir a qualquer momento... Mas aconteceu de explodir praticamente no mesmo momento em que você se feriu de forma tão grave. Havia uma equipe médica pronta no local, já que os funcionários da Stark Megastore solicitaram que uma ambulância, além da equipe de paramédicos, estivesse presente naquele dia, para o caso de os protestos durante a inauguração ficarem violentos. Por isso, eles conseguiram agir de forma rápida e mantiveram Nikki e você vivas enquanto as traziam para cá. Assim que vocês chegaram, percebemos rapidamente que nenhuma das duas tinha chance de sobreviver... Pelo menos não do jeito que estavam acostumadas.

— Foi isso mesmo — disse papai, com os olhos brilhando por algum motivo. Fiquei chocada ao perceber que o brilho nos olhos dele se devia às lágrimas. Nunca vi papai chorar. Exceto durante o programa *Extreme Makeover Home Edition*, é claro. — Quando sua mãe e eu chegamos ao hospital, você estava viva apenas por causa dos aparelhos. Eles disseram para nos despedirmos de você.

— Até que — interrompeu mamãe, com olhos marejados — Dr. Holcombe apareceu e examinou você. Ele nos disse que só havia um jeito de mantê-la viva... Mas que se tratava de algo extremamente arriscado. E que poderia haver complicações.

— Tipo eu acordar no corpo de outra pessoa? — perguntei. — *Esse* tipo de complicação?

— É... a verdade é que você não é mais... bem, *você*, Em — continuou mamãe. — Pelo menos, por fora. Mas você ainda é você aí dentro. Foi por isso que a equipe do Dr. Holcombe achou melhor não lhe contar nada logo de cara. Você já tinha passado por tanta coisa. Você só precisava de tempo para se... acostumar.

— Ai, meu Deus. — Apoiei a cabeça nas mãos.

Não dava para acreditar. Sério. Não dava para acreditar que aquilo estava acontecendo comigo.

E que a Stark Enterprises estava por trás de tudo.

— Olha aqui — comecei a falar, tentando não chorar. Como meus pais podiam ter feito algo assim? Como puderam permitir que fizessem isso comigo? — Isso não está certo. Vocês não podem fazer *isso*. É *loucura*.

— Preste atenção, minha jovem — começou Dr. Holcombe, aborrecido. — Que loucura há nisso? Milhares de pessoas são declaradas com morte cerebral todos os anos e outras milhares possuem corpos nos quais não conseguem mais viver. O que há de tão errado em dar uma segunda chance para esses pacientes? Além disso — continuou ele, menos irritado —, para ser completamente franco, acho que você não tem nenhum motivo para reclamar. Você chegou aqui praticamente morta e saiu como uma supermodelo! Milhões de garotas morreriam, literalmente, para estar no seu lugar!

Foi nesse momento que me dei conta de que, embora aquele homem tenha salvado a minha vida — mesmo sabendo que, em algum momento, ele segurou o meu cérebro entre as mãos, tirando-o cuidadosamente da minha cabeça e depois passando horas para costurá-lo na cabeça de outra pessoa —, ele não sabia nada a meu respeito.

Nada mesmo.

— Mas o senhor não tinha a minha permissão — acusei.

— Ah, sim — interveio o Sr. Phillips —, mas os seus pais autorizaram.

Lancei um olhar acusador para papai e mamãe. Percebi que os olhos de mamãe estavam cheios de lágrimas, assim como os meus.

— Se não fizéssemos isso, você teria morrido, querida — falou. — Você não estaria aqui se não fosse o que Dr. Holcombe e a equipe dele fizeram.

Apenas olhei para ela. Eu até podia estar com o coração de Nikki Howard agora, mas ele parecia tão apertado quanto o meu quando eu me aborrecia com algo.

— Tudo bem — falei, tentando parecer adulta. O que não era fácil, considerando a voz aguda e infantil de Nikki Howard. — Mas se a Stark Enterprises quer realmente manter todo esse lance de transplante de corpo inteiro em segredo... bem, isso não vai durar mais muito tempo. Porque as pessoas vão notar quando eu for para o colégio na segunda-feira com o corpo de Nikki Howard, mas sendo chamada de Emerson Watts.

O Sr. Phillips limpou a garganta.

— Isso não vai acontecer — declarou, calmo.

— Mas... — Meu olhar foi dele para os meus pais e voltou para ele de novo. Por que papai e mamãe pareciam tão culpados? O que estava havendo ali? — É exatamente isso que vai acontecer. Tipo assim, eu não posso deixar de frequentar o colégio.

— Emerson Watts não vai voltar para o colégio — informou Sr. Phillips. — Porque Emerson Watts não existe mais.

— Como assim não existo mais? — perguntei. — Eu estou bem aqui, não estou?

— Em — começou papai com voz gentil —, olha só...

Olhei para ele, sem conseguir entender a expressão do seu rosto.

Eu não estava gostando nada daquilo. Virei para mamãe sentada ao lado dele com aquela mesma expressão no rosto... Uma mistura de pânico e súplica. Ambos alternavam entre olhar para mim e para Sr. Phillips.

Peraí. Por que estavam olhando para *ele*?

— Logo que chegamos ao hospital — continuou papai — e o Dr. Holcombe nos explicou sobre o transplante... bem, ele disse que havia certas condições. Coisas com as quais nós, como pais, tínhamos de concordar antes que eles pudessem autorizar e realizar a cirurgia.

Olhei para mamãe e depois para papai de novo.

— Que tipo de coisas? — perguntei, imaginando sobre o que ele poderia estar falando.

O Sr. Phillips puxou um maço de papéis da pasta ao lado do sofá e me entregou a cópia que estava por cima. Olhei e vi cerca de quarenta ou cinquenta páginas impressas, assinadas e autenticadas. Na parte inferior de cada uma delas, vi a assinatura dos meus pais.

— Bem — começou Sr. Phillips, folheando a cópia que tinha nas mãos. — Uma das coisas com as quais eles concordaram foi que, caso a cirurgia fosse bem-sucedida, você honraria todos os contratos, endossos e acordos de licença de Nikki Howard.

Arregalei os olhos.

— *O quê?* — Desesperada, busquei o olhar dos meus pais. Mas ambos estavam de cabeça baixa.

— Em outras palavras — continuou Sr. Phillips, parecendo achar que eu não havia compreendido o que ele acabara de dizer. Só que eu *tinha* entendido. Só esperava que ele estivesse enganado —, você continuará cumprindo todos os compromissos de Nikki Howard como o Rosto da Stark. Se não fizer isso, seus pais terão de reembolsar imediatamente os custos da cirurgia, além de enfrentar outras complicações jurídicas.

Agora, eu não estava apenas de olhos arregalados, estava boquiaberta.

— Esperem um pouco — pedi, sentindo o coração disparar dentro do peito, ou melhor, dentro do peito de Nikki Howard. — Você está dizendo o que eu acho que está dizendo?

— Não sei ao certo o que você acha que estou dizendo, Srta. Watts — respondeu o Sr. Phillips. — Mas se está me perguntando se, caso você não honre todos os compromissos profissionais de Nikki Howard para com a Stark, os seus pais terão uma dívida de 2 milhões de dólares com esse hospital, além de responderem por multas legais e prisão se a confidencialidade for quebrada, então sim, é exatamente isso que estou dizendo.

Não. Isso não era possível. Eu estava ficando doida. O lance com Gabriel Luna tinha acontecido de verdade. Mas *isso* era completamente surreal.

— Ah, e ainda tem uma outra condição com a qual seus pais concordaram — informou Sr. Phillips.

— Tem *mais*? — gemi.

— Posso assegurá-la — disse Dr. Holcombe — de que essa parte é uma conduta padrão, Emerson. Nós exigimos isso de todos os nossos pacientes para proteger o instituto. Não podemos deixar o que fazemos aqui vazar, é claro. Existem pessoas, líderes religiosos, políticos, que não compreendem que estamos salvando vidas. Se alguém saísse daqui com um corpo e rosto novos, mas ainda insistindo que é a mesma pessoa que era quando entrou... bem, como você sugeriu antes, a notícia se espalharia rápido. É por isso que exigimos que todos os nossos pacientes permitam que declaremos legalmente a morte de suas identidades anteriores.

Fiquei de queixo caído.

— Mas eu não estou morta!

— Em termos legais — explicou o Sr. Phillips —, posso afirmar que está, sim. Tudo se resume a uma questão: onde está nossa identidade, nossa alma? No cérebro? Ou no coração e no corpo? O cérebro de Nikki Howard está morto e não funciona mais. O coração dela, por outro lado, continua batendo.

— O coração... dela?

Levei a mão ao meu coração. Ou, acho melhor dizer, coloquei a mão de Nikki Howard sobre o coração de Nikki Howard. Senti-o bater. Até aquele momento, o som do meu coração batendo sempre me acalmara.

Agora parecia... diferente.

— Já o coração de Emerson Watts — continuou o Sr. Phillips — parou de bater há cerca de um mês. Se todas as funções motoras de um corpo pararem de funcionar em um corpo e o cérebro for removido, então aquela pessoa, de acordo com a definição legal proferida pela decisão da corte do Estado de Nova York em 1984, morreu. Enquanto uma pessoa com um cérebro vivo e um coração que funciona (nesse caso, Nikki Howard) está legalmente viva.

Arregalei os olhos. Eu não estava entendendo nada daquilo. Será que aquele cara se dava conta de que eu estava no terceiro ano? Tudo bem que eu estava na turma avançada. Mas não justifica...

— *Como assim?* — perguntei.

— O que estou dizendo, Srta. Watts — explicou o Sr. Phillips devagar, como se, ao pronunciar as palavras de forma mais lenta, elas fariam mais sentido para mim. —, é que aproximadamente há trinta dias, Emerson Watts, de acordo com a definição atual da lei do Estado de Nova York, morreu.

Não gostei de ouvir aquilo. Nem um pouco.

— Espere um pouco — pedi. — Então, de acordo com o Estado de Nova York, eu estou morta?

— *Emerson Watts* está morta — corrigiu ele.

— Mas... *eu sou* Emerson Watts! — exclamei.

— É mesmo? — perguntou ele sorrindo.

Foi o sorriso que me fez entender e, de repente, senti medo. Muito mais medo do que já senti na vida... incluindo o momento em que vi a TV de plasma começar a cair sobre a minha irmã.

— *Sou sim* — respondi, inclinando-me para a frente. — Por que vocês... ou melhor, por que nós estamos discutindo isso? O que você está tentando me dizer? Você vai realmente ficar sentado aí dizendo que eu estou morta e que Nikki Howard ainda está viva?

— Não mesmo. O que estou dizendo, Srta. Watts, é que você *é* Nikki Howard.

CATORZE

Eu estava de volta ao quarto do hospital — o único quarto ocupado em toda a ala A do Instituto de Neurologia e Neurocirurgia — e tive de vestir a camisola de novo. Dr. Holcombe e sua equipe queriam realizar mais alguns exames. O resultado desses exames é que determinariam quando eu voltaria para casa — ou melhor, para o apartamento de Nikki Howard, já que eu passaria a morar lá agora que precisaria assumir todas as responsabilidades contratuais dela.

É claro que papai e mamãe disseram que eu não precisava seguir adiante com esse lance de fingir ser Nikki. Eles me disseram (depois que o advogado da Stark, o Sr. Phillips, tinha ido embora) que encontrariam uma maneira de pagar os 2 milhões — além das taxas legais e multas — se eu achasse que não conseguiria lidar com aquilo.

— Sempre podemos declarar falência — afirmou mamãe, animada demais para o meu gosto.

Até parece que é isso que eu quero que meus pais façam por mim.

Disse a eles que eu não estava preocupada. Pelo menos não em relação às responsabilidades contratuais de Nikki Howard. E não estava mesmo. Tipo, fala sério. Ser modelo não devia ser tão difícil assim, não é? Você só tem de ficar parada na frente da câmera com a barriga encolhida, certo? Pense em todas essas modelos sobre as quais Frida vive lendo. Elas não são exatamente engenheiras robóticas.

Mas eu já experimentara o suficente da vida pessoal de Nikki Howard para saber que não seria nada fácil. Só a vida amorosa de Nikki já era, no mínimo, complicada.

Pensar nisso já fez o meu estômago revirar (embora isso pudesse ser por causa do refluxo sobre o qual Lulu me alertou).

O fato era que, basicamente, eu teria de ser Nikki *o tempo todo*. Apenas meus familiares mais próximos saberiam a verdade sobre quem eu realmente sou. De acordo com Sr. Phillips, eles publicariam uma história informando que Nikki sofrera uma concussão quando desmaiara devido à exaustão e à hipoglicemia, e que isso tinha causado amnésia. Assim, quando eu aparecesse para as sessões de fotos e não reconhecesse os maquiadores e estilistas com os quais Nikki já trabalhou antes, haveria uma explicação razoável.

Se o pessoal da Stark Enterprises realmente achava que amnésia era uma explicação razoável, eles precisavam reavaliar seus conceitos sobre a realidade.

Eu disse logo de cara para o Sr. Phillips que havia um problema: que eu talvez já tivesse mencionado para Lulu Collins e Brandon Stark que eu não era Nikki Howard.

Mas o Sr. Phillips não pareceu nem um pouco preocupado e declarou:

— A história da amnésia vai resolver tudo.

Então eu me dei conta de que ele estava certo. Lulu e Brandon acreditariam mesmo que eu estava com amnésia. Eles já estavam preparados para acreditar que eu havia sido vítima de uma lavagem cerebral feita pela al Qaeda ou de uma transferência espiritual. Eles acreditariam em qualquer coisa.

Eu não estava preocupada com isso. Quer dizer, não muito. O que me preocupava *mesmo* era... bem, a Stark Enterprises. Tipo assim, eles já haviam dominado a minha família de tal forma que era impossível escapar — como é que dois professores poderiam conseguir 2 milhões de dólares (fora as multas)?

Além disso, havia alguém controlando as atividades de Nikki no computador. Alguém que acreditava que ela — ou eu — não notaria. Não queria ser paranoica nem nada, mas eu mais ou menos sabia quem estava por trás disso.

E acho que eram os empregadores dela, da Stark Enterprises.

Eu não queria dizer nada, mas isso estava me preocupando. A Stark Enterprises e sua onipresença repentina em nossas vidas.

E uma outra coisa. O que aconteceu comigo? E quando eu digo isso, quero saber o que aconteceu com a pessoa que Christopher disse há um tempo que estava *bem*?

— Então... onde está o meu corpo? — perguntei a meus pais enquanto aguardávamos a Dra. Higgins vir me levar até o laboratório. — Tipo, o corpo com o qual eu nasci?

Vi que eles trocaram olhares. Então, mamãe respondeu, com cuidado:

— Querida... Nós providenciamos para que fosse cremado.

Olhei para ela, horrorizada.

— Tivemos de fazer isso — ela se apressou a continuar ao perceber a expressão no meu rosto. — Tínhamos de fazer uma cerimônia. Não podíamos manter o que tinha acontecido com você em segredo, por causa dos *paparazzi* que estavam na inauguração da Stark Megastore, seguindo Nikki Howard. Eles gravaram tudo e apareceu na CNN momentos depois de acontecer. Todos viram a TV de plasma cair em cima de você. Praticamente só se noticiou isso durante dias. Precisávamos realizar uma cerimônia. Não tivemos escolha.

— Acho que você vai gostar de saber que foi muita gente — contou papai, como se isso pudesse fazer com que me sentisse melhor. — A Stark Enterprises pagou para a vovó vir da Flórida...

De repente, meus olhos ficaram cheios de lágrimas.

— Vovó acha que eu morri? — perguntei, sabendo que eu não ganharia mais camisetas com a estampa de MELHOR NETA DO MUNDO no Natal. Nem cartões de aniversário com 12 dólares dentro.

— Bem, querida — disse mamãe, mordendo o lábio. — Sim. Sinto muito. Mas você sabe como ela gosta de fofocar com as amigas na piscina. Não podíamos contar a ela a verdade.

Não consegui acreditar. Parece que os boatos sobre a minha morte não tinham sido exagerados.

Eu estava morta mesmo. Legalmente morta. Medicamente morta. Tecnicamente morta. E todos os outros "mentes" que você possa imaginar, exceto o que importava de verdade: literalmente.

— Alguém do colégio foi? — perguntei. — À cerimônia?

— É claro — respondeu papai, parecendo hesitante por algum motivo. — Christopher e o pai dele...

Agora, pela primeira vez desde que acordei no corpo de Nikki Howard, eu realmente perdi a calma.

— Christopher? Ai, meu Deus! Vocês não contaram para ele? Christopher acha que estou *morta*?

Mamãe e papai trocaram olhares desesperados. De repente, eu comecei a chorar tanto que não conseguia nem vê-los. Acho que eles ficaram preocupados achando que eu não aguentaria. Vi mamãe fazendo um sinal para papai sair do quarto — sem dúvida para procurar o Dr. Holcombe para pedir que ele me desse uns tranquilizantes para me acalmar.

— Querida, você sabe que não podíamos contar a verdade a ele — disse mamãe, sentando-se na cama ao meu lado e me abraçando. Cosabella, que estava descansando aos meus pés, apressou-se para me dar algumas lambidas, demonstrando preocupação. — Nós nos sentimos péssimos com isso, mas... Bem, você ouviu o que o Sr. Phillips disse.

Ah, pode crer que eu ouvi muito bem o que o Sr. Phillips tinha dito. Muito obrigada ao Sr. Phillips, que esclareceu o mistério do por que Emerson Watts, uma aluna normal de terceiro ano, foi salva usando uma tecnologia inacreditavelmente cara e rara de transplante de corpo inteiro.

Ela não foi salva coisa nenhuma. A Stark Enterprises usou a tecnologia para salvar Nikki Howard.

Não a mim.

— Sei que é horrível dizer isso — continuou mamãe, enquanto me abraçava. — Mas Christopher... ele vai superar isso. Tem de superar em algum momento. Com o tempo, ele vai superar.

— S-superar? — choraminguei. — Meu melhor amigo acha que estou morta, só que não estou, e nem posso contar para ele. E você acha que ele vai superar?

Frida escolheu esse momento para entrar no quarto. Seus olhos castanhos brilhavam de raiva e o queixo tremia, sinais certeiros de que ela queria me confrontar sobre alguma coisa. Mas ela desistiu quando viu que eu estava chorando.

— O que aconteceu? — quis saber.

— Sua irmã acabou de ficar sabendo sobre Christopher — contou mamãe em tom gentil, ainda me acalentando. — Você sabe, o fato de ele achar que ela está morta.

— Ah — disse Frida, olhando para mim. — E daí? Não se preocupe com ele. Eu o vi no colégio no outro dia e ele estava bem.

Isso só fez com que eu chorasse ainda mais. E fez mamãe exclamar:

— Frida!

— Ué — continuou Frida, se aproximando da mesa de cabeceira para pegar o controle remoto da TV e começando a zapear pelos canais. — É verdade. Ele ficou um pouco triste no começo, mas já superou. Não sei por que você está assim. Você disse que não eram namorados. Lembra?

Mamãe me soltou e se levantou. Foi até Frida e arrancou o controle remoto da mão dela.

— Será que posso ter uma conversinha com você, Frida? — perguntou ela em tom de aviso.

As duas saíram do quarto. Tentei me acalmar enquanto elas não voltavam. Não acredito em como fui egoísta em não pensar em Christopher desde que acordei. Exceto na hora em que desejei que fosse ele me beijando, em vez de Brandon ou Justin.

Christopher devia estar passando por momentos difíceis por achar que eu estava morta. Será que ele estava bem? Como ele tinha lidado com os momentos que seguiram a queda da TV em cima de mim bem na frente dele? Ele deve ter ficado desesperado. Com quem ele estava almoçando agora que eu não estava no colégio? Ele não tinha mais ninguém com quem se divertir zoando os mortos-vivos ou jogando *Journeyquest* ou assistindo a programas médicos no Discovery Channel. Coitado do Christopher!

A não ser... A não ser que outra garota tenha tomado o meu lugar. Mas quem? Nenhuma das meninas do colégio conseguia enxergar nada além do cabelo comprido e perceber o potencial gato escondido ali. Que outra garota estaria *bem* o suficiente para ele?

Deus. Com certeza devia haver alguém. Ela podia estar sentada ao lado dele na cantina *nesse exato momento*, elogiando-o por ter evitado comer a salada de atum...

De repente, Frida estava de volta, sozinha. Ela parecia chateada.

— Tenho de pedir desculpas — começa, olhando para Cosabella, depois para a tela da TV, que agora estava desligada, e para a janela atrás da cama. Para qualquer lugar, menos o meu rosto. — Então... sinto muito se o que eu disse aborreceu você. Não é verdade mesmo. Christopher não está nada bem. Acho. Mas... Ele sempre foi tão esquisito que é difícil saber.

Eu já tinha secado as minhas lágrimas — ou as de Nikki, embora Dr. Holcombe tivesse me dito para não pensar sobre o meu novo corpo dessa forma. *O corpo é seu, Emerson. SEU. E não dela. Não mais.*

Certo. Eu só tinha de usar o nome dela. O rosto dela. O apartamento dela e o(s) namorado(s) dela.

— Não entendo — falei para Frida. Eu ainda tinha vontade de chorar toda vez que pensava em Christopher e em como uma nova garota poderia estar jogando *Journeyquest* com ele, ou assistindo a algum programa no Discovery Channel, embora meu interesse por programas médicos agora tenha diminuído bastante. Mas eu estava tentando me animar. Como Dr. Holcombe disse, pelo menos eu estava viva. — O que está te incomodando?

— Nada — respondeu ela. — Gabriel foi embora.

Por um segundo não entendi sobre o que ela estava falando. Então, eu lembrei que ela tinha descido com Gabriel depois que ele me trouxe de volta.

— Ah. — Será que era isso que estava incomodando Frida? Será que ela estava com ciúmes porque eu passei algum tempo com *Gabriel Luna*? — Tá.

— Ele teve de ir — contou ela sentando-se na cadeira ao lado da minha cama. — Os médicos não deixaram ele voltar para cá.

— Bem, tenho certeza de que ele vai superar essa decepção.

— Meu Deus! — exclamou Frida, com raiva. — Você não dá a mínima para ele, não é?

— Por que eu deveria? Praticamente acabei de conhecê-lo. Além disso... — Senti o rosto queimar ao pensar no que eu estava prestes a dizer: *eu gosto de Christopher.* Mas não podia admitir isso, nem mesmo para a minha irmã. Muito menos agora, que Christopher achava que eu estava morta e eu estava no corpo de Nikki Howard, e não havia a menor chance de ele gostar de mim. Então troquei o que ia dizer no último segundo: — Ele acha que sou Nikki Howard.

— E daí? — perguntou Frida, dando de ombros. — Você não deveria exigir tanto dele. Ele é um cara legal que acha você maravilhosa.

— Como você sabe disso? — perguntei, achando difícil de acreditar, já que eu ouvira de sua própria boca que ele achava que eu era viciada em drogas.

— Ele me disse, é claro — respondeu Frida. — Lá embaixo, na cantina. Dividimos um pão-doce. Você sabe, daqueles grandões. Totalmente engordativo, mas eu parei com a dieta desde o acidente. É difícil pensar em não comer açúcar quando sua irmã está passando por um transplante de cérebro. Então, explica esse lance de salvamento.

Pisquei para ela.

— Hã?

— Você disse lá no corredor que o Gabriel salvou você. Do que ele a salvou?

— Ah — falei. — De Lulu Collins e Brandon Stark, que me sequestraram na noite passada e me levaram até o apartamento de Nikki Howard. Mas você não pode contar para ninguém, tá? Porque não quero que eles tenham pro...

— LULU COLLINS? — Frida estava em pé e berrando. — Você conheceu Lulu Collins? E Brandon Stark? Você só pode estar *brincando*. Você conversou com eles? Eles a levaram à Cave? Ai, meu Deus, você viu *Justin Bay*?

— Nossa! — exclamei. — Primeiro de tudo, acalme-se e pare de gritar. Segundo, não foi nada assim...

— Ai, meu Deus — disse Frida, que parara de pular e estava me olhando com olhos arregalados. — Brandon Stark e Nikki Howard são, ou pelo menos eram, namorados. Se ele achou que você era Nikki, então ele deve ter tentado... ele tentou *beijar* você?

Neguei com a cabeça. Eu não ia contar para minha irmãzinha detalhes sobre a língua de Brandon e muito menos de Justin Bay. Nem o quanto eu aproveitei cada momento.

— Claro que não — respondi. — Ele e Lulu só estavam preocupados com a amiga. É horrível, Frida. Tipo assim, as pessoas acharem que sou Nikki.

Frida, para minha surpresa, revirou os olhos.

— Ah, imagino — disse ela, sarcástica. — Ser confundida com a supermodelo adolescente mais famosa do mundo? Deve ser horrível mesmo.

— Hã... Na verdade, é horrível mesmo. E muito obrigada por me contar quando eu acordei.

— Contar o que quando você acordou? — Frida inclinou a cabeça para mim.

— Sobre eles terem colocado o meu cérebro no corpo de Nikki Howard — respondi, colocando o máximo de sarcasmo possível na voz. — Foi muito legal de sua parte.

Se eu estava preocupada com o fato de a voz de Nikki Howard ser aguda e infantil demais para o sarcasmo, não precisava ter esquentado a cabeça. Frida assumiu uma postura envergonhada na hora.

— Ah, sim — começou ela. — É, eu queria contar. Mas eles me proibiram. Disseram... Bem, disseram que isso poderia aborrecê-la e que queriam dar tempo para você se recuperar primeiro.

— Ótimo — respondi, ainda usando o tom sarcástico. — Muito legal da sua parte se preocupar comigo.

Mas logo vi que tinha ido longe demais quando os olhos dela se encheram de lágrimas.

— Em... Eu fiquei com muito medo mesmo. Achei... Nessas últimas semanas, realmente achei que, quando você acordasse não iria nem saber quem eu era. Eles me disseram que você... tipo, que você seria você mesma e tudo o mais. Só que quando eu olhava para você deitada ali, só via... Nikki Howard. Aí eu pensava, *impossível.* Tipo assim, que quando você acordasse você seria você mesma e ainda estaria zangada comigo por eu ter tentado o lance de ser líder de torcida...

— O *quê? Você fez o teste para ser líder de torcida?* — gritei. — Você está doida? Você sabe o que mamãe vai fazer quando descobrir? Porque estou supondo que você ainda não disse nada já que ainda está viva para me contar.

Mas Frida, em vez de ficar ofendida, começou a rir.

— Viu? — disse ela. — É tão bom ouvir isso... Bem, na verdade, é mais ou menos bom, porque ainda é irritante. Mas é tão estranho ouvir todas essas coisas irritantes vindo de *Nikki Howard.* Acho que é melhor do que nunca ouvir de novo...

— Ouvir de novo o quê? — perguntou mamãe, entrando novamente no quarto.

— Hã — respondeu Frida, rápido. — Nada. Só estávamos conversando sobre... roupas.

Papai, que entrou logo depois de mamãe, pareceu satisfeito.

— É assim que eu gosto. As coisas estariam voltando ao normal se vocês duas estivessem discutindo. Mas *Em* conversando sobre roupas?

— Bem — disse Frida, começando a entrar em pânico. — Bem, não exatamente...

— Estávamos falando sobre o colégio — intervim — e sobre o que vai acontecer daqui pra frente. Tipo, agora que terei de começar a trabalhar e que terei de morar no apartamento de Nikki Howard e tudo, acho que estarei ocupada demais para o colégio...

— Nem pense nisso, mocinha — disse mamãe, com um brilho nos olhos que eu conhecia muito bem, exatamente como eu imaginava que ela me olharia se um dia eu sugerisse parar de estudar. — Em hipótese alguma você vai deixar sua educação de lado.

— É claro que não — reforçou papai, chocado. — Você não pode deixar de ir para a faculdade e nem deixar de completar o ensino médio. Não há estabilidade financeira de longo prazo na carreira de modelo, como ocorre nas carreiras de pedagogia, advocacia ou medicina.

— Isso mesmo — concordou mamãe, mordendo o lábio inferior. — Com a sua agenda, ir a um colégio normal deve ficar difícil. Talvez tenhamos de matriculá-la em um desses colégios com horários flexíveis ou talvez contratar professores particulares. Talvez a Stark Enterprises possa nos ajudar com isso...

Por menos que eu gostasse da ideia de permitir que a Stark Enterprises tivesse mais acesso ainda às nossas vidas, lancei a Frida um olhar ameaçador.

— Nossa — falei —, mas eu gosto tanto de Tribeca Alternative... Gostaria muito de poder continuar estudando lá.

Mamãe e papai pareceram surpresos com a minha declaração. Mas a surpresa deles não se comparava à careta que Frida fez. Acho que ela pensou que, se eu não estivesse em seu caminho, poderia fazer o que quisesse, ou seja, se tornar uma morta-viva, entrar para a equipe de líderes de torcida e talvez até sair com um garoto mais velho.

Bem, ela estava errada.

— É mesmo, querida? — mamãe parecia estar em choque. — Bem, acho que poderíamos conversar com o Sr. Phillips. Tenho certeza de que a Stark Enterprises poderia acertar tudo com o colégio. Não há motivos para você não continuar indo às aulas, se a sua agenda permitir. Talvez você não consiga se formar no ano que vem, mas você acabará se formando... algum dia.

— Que bom — respondi com falso entusiasmo.

— Nikki Howard nunca entraria em um colégio com padrões acadêmicos tão altos quanto o Tribeca Alternative — declarou Frida, a *expert* em todos os assuntos relativos a Nikki Howard. — Tipo assim, tecnicamente, pela idade, ela também estaria no terceiro ano, como Em. Mas ela abandonou o colégio quando entrou para o ensino médio, assim que assinou o primeiro grande contrato como modelo...

— Tenho certeza de que, se a Stark Enterprises der uma doação financeira grande o suficiente para o colégio, eles a aceitariam — afirmou papai. — Se é mesmo isso que você quer, Em. Mas, como sua mãe disse, existem tutores... E outros colégios que poderíamos tentar também.

Frida se voltou para mim, ansiosa.

— Tá vendo, Em? Você não *precisa* voltar para o Tribeca Alternative.

— Ah, eu sei — respondi, lançando um olhar malévolo para Frida. — Mas Tribeca Alternative é o colégio para o qual quero ir. E eles não podem nem fingir que não há vagas. Todos nós sabemos que acabou de abrir uma vaga no terceiro ano, não é?

E o fato de eu voltar para o colégio mataria dois coelhos com uma cajadada só... Eu poderia continuar de olho em Frida *e* verificar se Christopher estava bem. E, tá certo, não seria justo de minha parte se eu apenas quisesse me certificar que ele não estava namorando ninguém. Sei que se eu realmente o amo, deveria deixá-lo livre. Mas por que eu deveria deixá-lo livre se eu ainda estava aqui?

Eu também sabia que não podia contar para ele quem eu era de verdade.

Ainda assim. Talvez pudéssemos ser amigos, como éramos antes do acidente. E talvez... Talvez nos tornássemos mais do que amigos. Como Brandon e Nikki eram mais do que amigos.

Eu só esperava que nenhum de nós saísse beijando outras pessoas pelas costas do outro, como aqueles dois pareciam estar sempre fazendo.

O lado ruim seria que eu sempre saberia de algo que Christopher não sabia: que, aparentemente, um monte de gente famosa — porque apenas pessoas super-ricas (ou pessoas como eu, patrocinadas por uma enorme corporação como a Stark Enterprises) podiam pagar um transplante de corpo inteiro — que acreditávamos estarem mortas estão, na verdade, vivinhas da silva, só que em um novo corpo.

Eu não vou sair por aí dando nome aos bois (principalmente porque ninguém no Instituto Starks me disse com certeza), mas recebi algumas dicas de que muitas pessoas famosas — algumas até condenadas por crimes como fraude de seguro, e várias outras, como músicos famosos dados como mortos há muito tempo pelos fãs, ou outros que eram membros de certas famílias reais europeias e britânica — que supostamente "morreram" estão, na verdade, vivas e saudáveis, só que em corpos diferentes, sob outra identidade, enquanto a família continua fingindo tristeza por eles terem morrido.

Mas somos nós quem rimos, porque não estamos mortos.

Em outras palavras, Christopher e eu estávamos certos o tempo todo: existem mortos-vivos de verdade.

O problema é que agora eu sou um deles.

QUINZE

A MATÉRIA SAIU NA IMPRENSA NO DIA SEGUINTE.

Eu não podia acessar o Google News para ler, é claro, já que eu ainda não tinha um computador (considerando o estado do laptop de Nikki, talvez isso fosse até bom). Mas eu li a legenda na CNN e depois vi o noticiário da noite.

Logo depois, percebi que eu era o assunto principal dos programas de entretenimento da TV.

Parece que Kelly, a relações-públicas de Nikki Howard, não brincava em serviço quando se tratava de sua cliente mais popular.

— A indústria da moda e da beleza respirou aliviada nesta noite quando os representantes de Nikki Howard deram uma declaração — disse o narrador do *Entertainment Tonight*, enquanto fotos de Nikki Howard eram exibidas na tela — assegurando aos fãs que esta semana a supermodelo *teen* estaria de volta ao trabalho depois de um mês longe dos holofotes e das boates de Nova York. *Fashionistas* do mundo inteiro ficaram alarmados com a notícia de que Nikki estava sofrendo de exaustão e hipoglicemia. Esses foram os motivos alegados para justificar o polêmico desmaio da modelo durante a grande inauguração da Stark Megastore no mês passado, o que lhe causou uma concussão e um consequente caso de amnésia...

A foto que apareceu na tela depois disso quase me fez engasgar com as evilhas de *wasabi* que Frida conseguiu contrabandear para o hospital a meu pedido (sim, eu sei. Eu odiava comer isso. Mas agora adoro. Dr. Holcombe disse que é normal que os pacientes descubram que têm gostos bem diferentes dos que costumavam ter nos corpos anteriores).

Era uma foto granulada tirada com um telefone celular de mim (bem, de Nikki Howard) na garupa da Vespa verde de Gabriel Luna. Nós dois estávamos olhando para o fotógrafo com expressões um pouco alarmadas no rosto — só que eu não me lembrava de ninguém tirando fotos naquele dia.

As expressões assustadas se deviam, é claro, ao fato de estarmos sendo seguidos por um bando de meninas do quarto ano.

Mas é claro que parecia que estávamos chateados por termos sido fotografados juntos. Um fato que os "jornalistas" dos noticiários ficaram satisfeitos de contar.

— Talvez amnésia seja a desculpa que Nikki dará ao namorado com quem vive terminando e se reconciliando, Brandon Stark, para essa foto em que aparece dando uma volta de moto com a nova sensação do mundo da música, o inglês Gabriel Luna. O casal se conheceu no dia da inauguração da Stark Megastore do SoHo, quando Nikki teve o desmaio que causou ferimentos em sua cabeça e na qual uma jovem fã morreu durante um protesto da FLA.

Aguardei, horrorizada, que o repórter mostrasse uma foto minha, ou melhor, de quem eu costumava ser.

Mas eu deveria saber que eles nunca fariam isso. Isso já era notícia velha. Por que um repórter entraria em detalhes sobre uma garota que foi morta devido à queda de uma TV de plasma quando poderia mostrar fotografias de Nikki Howard em tapetes vermelhos com vestidos decotados até o umbigo?

— As assessorias de imprensa de Nikki e de Gabriel Luna não quiseram comentar a foto. Mas talvez Nikki possa dizer a Brandon que ela "esqueceu" que tinha um namorado...

Ai, meus Deus. Não dava para acreditar. Eu mal podia respirar de tão chateada.

Mas a história ainda não tinha terminado.

— O fundador e executivo-chefe da Stark Enterprises, Robert Stark, também fez uma declaração expressando votos de pronta recuperação para Nikki Howard — continuou ou repórter —, a quem muitos se referem como o Rosto da Stark.

A câmera passou pela versão mais velha e enrugada de Brandon Stark — o pai, vestido de modo casual com uma camisa social com colarinho aberto. Ele disse:

— Nós aqui da Stark Enterprises solicitamos respeitosamente que, durante o período de recuperação de Nikki, a imprensa dê a ela a privacidade de que necessita. Nas próximas semanas, Nikki passará um tempo um pouco menor sob os holofotes. Ela já me informou que está pensando em voltar a estudar. — Ele sorriu quando percebeu que os repórteres riram dessa declaração, como se a simples ideia de Nikki Howard tentar se formar no ensino médio fosse a piada mais engraçada do mundo. — Uma decisão que a Stark Enterprises apoia 100%.

O quê? Eu nunca disse a Robert Stark nada disso. Na verdade, eu nunca encontrei esse cara. Meu próprio chefe — bem, o chefe de Nikki — acha que ela é burra demais para concluir os estudos. Legal. Obrigada pelo incentivo. Ele deve achar isso porque anda lendo os e-mails dela.

— Mas aventuras como *esta* — continuou o repórter, voltando a exibir a minha foto na garupa da Vespa de Gabriel Luna — podem fazer com que a *aluna modelo* ganhe uma suspensão!

Depois, outro repórter começou a falar sobre um divórcio escandaloso de uma celebridade.

Não dava para acreditar. Sério. Como uma daquelas pirralhas conseguiu tirar uma foto minha com Gabriel? E, ainda por cima, vendê-la? Será que minha vida agora seria assim? Sendo perseguida por *paparazzi* e tendo as atividades mais inocentes estampadas em todos os tabloides?

Eu estava ocupada demais olhando, horrorizada, para a tela da TV acima da minha cama que nem vi a pessoa que entrou no meu quarto um minuto depois.

— Nikki? — Os olhos me observando por cima da máscara cirúrgica eram enormes... e não apenas porque estavam maquiados com delineador e rímel.

Lulu Collins conseguiu entrar escondida no meu andar mais uma vez. Dessa vez, ela acrescentou uma prancheta ao disfarce.

Eu sei. Era surreal.

Bem, já era tarde, e a maioria da equipe — entre a qual incluo meu pai, que deveria passar a noite comigo hoje — estava na sala de estar assistindo a algum evento esportivo. Não sei bem qual, porque não me importo nem um pouco.

Então, não deve ter sido difícil para Lulu passar pelos seguranças que vigiavam as entradas. Principalmente, considerando as roupas que usava.

— Oi, Lulu — falei delicadamente.

— Você se lembra de mim? — perguntou Lulu, tirando a máscara e abrindo um enorme sorriso. — Oh, Nikki... Quando disseram que você estava com amnésia, eu *sabia* que eles estavam inventando.

— Não — respondi rápido. — Sinto muito, Lulu. Eu realmente... Bem, eu me lembro de você por causa de antes. Lembra? Quando você me sequestrou?

— Tem certeza? — perguntou Lulu, encolhendo os ombros magros. — É que.... Bem, eu assisti àquele programa de TV e comecei a pensar, sabe? Que talvez vocês tivessem trocado de espírito. Você e a tal de Em. Porque subir na garupa da moto daquele cara? Esse é o tipo de coisa que Nikki faria. Brandon ficou morrendo de raiva!

Fiquei em silêncio.

— Brandon? Com raiva? De mim?

— Pois é — contou Lulu, sentando-se na lateral da cama. — Tipo, eu não sei de onde Brandon tirou a ideia de que pode sair por aí dançando com quem quiser a noite toda, mas você não pode pegar uma carona com um cara. Isso é totalmente... Como é que se diz mesmo?

— Dois pesos e duas medidas? — sugeri.

— É. Acho que é isso mesmo. De qualquer modo, quando eu vi a foto fiquei superanimada. Achei que talvez você estivesse de volta. Tipo, que Nikki estivesse de volta. A Nikki de verdade. Cosabella também sumiu, então achei que você tivesse ido para casa para pegá-la.

— Lulu — falei —, Cosabella está aqui. — Puxei o lençol e revelei uma bolinha de pelos ao meu lado. — Sinto muito. Quando eu estava na sua casa ontem, ela começou a chorar e... bem, não consegui deixá-la para trás.

— Ah — suspirou Lulu, baixinho. — Tudo bem. Sem problemas. Cosy sente sua falta. Quer dizer, ela sente falta de Nikki. Sei lá. Não sei bem o que quero dizer. Então, foi você quem subiu na garupa daquele cara? Não a Nikki de verdade?

— É — respondi. — Era eu. Olha só, Lulu... sobre esse lance de transferência espiritual...

— O que que tem? — perguntou Lulu com voz estrangulada. Será que ela ia chorar?

Eu não tinha tempo para me preocupar com as lágrimas dela agora. A qualquer momento, papai ou qualquer uma das enfermeiras — ou pior, o Dr. Holcombe — entraria e descobriria com quem eu estava falando.

E, de alguma forma, eu suspeitava de que nenhum deles ficaria muito satisfeito. Todo aquele papo sobre multas... a Stark Enterprises parecia bem séria sobre manter tudo em segredo. E eu não queria meter Lulu em encrenca. Apesar de cabeça oca, ela era gente boa.

— Lulu — comecei. — Não houve transferência espiritual. Parece que eu bati a cabeça com muita força. E agora estou com amnésia. Então, é por isso que não me lembro de você nem de Brandon.

Silêncio. Lulu olhou para mim com os olhos arregalados e depois soltou:

— Fala sério!

— Hã — respondi. — Estou falando sério. Foi exatamente isso que aconteceu. Tudo o que apareceu nos noticiários é a mais pura verdade.

— Não acredito em você. Nem nos noticiários. Sei que aquela Kelly anda espalhando isso por aí, mas não é verdade.

— Lulu — Eu já estava ficando meio desesperada. Precisava dar um jeito de ela acreditar em mim. Não dava para arriscar e fazer com que meus pais tivessem de pagar 2 milhões de dólares. Ou declarar falência, já que eles não tinham 2 milhões de dólares. — É a mais pura verdade. Por que você não acredita em mim?

— Porque mesmo que Nikki estivesse com amnésia — informou Lulu. —, ela nunca faria isso com as unhas.

E ela esticou a mão para pegar a minha.

Olhei para baixo, seguindo a direção de seu olhar, e entendi o que ela queria dizer. Durante a reunião com Dr. Holcombe e o Sr. Phillips, eu havia roído todas as unhas bem cuidadas, transformando-as em caquinhos... Como as minhas antigas unhas.

— Nikki nunca faria nada para se ferir ou que pudesse deixá-la feia — continuou Lulu, parecendo ainda mais convicta do que dizia. — Eu não sei quem você é de verdade... Mas não é Nikki. Então, nem venha com esse papo de amnésia para cima de mim. Isso até pode funcionar com as outras pessoas. Mas comigo não. Pois eu sou a melhor amiga de Nikki. Sei tudo sobre ela. E sei que ela nunca, mas nunca mesmo, faria uma coisa dessas.

Olhei para ela e havia um sorriso em seus lábios. Lulu *não* sabia tudo sobre a sua suposta "melhor" amiga. Ela não sabia, por exemplo, que sua melhor amiga estava ficando às escondidas com seu namorado, Justin.

Mas não seria eu quem avisaria a ela.

Ainda assim, se alguém merecia a verdade, esse alguém era Lulu, embora eu não soubesse muito bem como contar isso sem magoá-la.

— Tudo bem, Lulu. Você está certa. Não sou a Nikki Howard de verdade. A verdade é que os médicos enfiaram o cérebro de Emerson Watts no corpo de Nikki Howard. E não posso contar isso a ninguém ou os meus pais terão de pagar uma multa de 2 milhões de dólares, dinheiro que eles não têm, para a Stark Enterprises, que financiou todo o procedimento. Acho que eles queriam manter a supermodelo deles viva depois que um aneurisma fatal rompeu na cabeça de Nikki Howard no dia da inauguração da Stark Megastore.

Lulu piscou para mim uma vez. Depois outra.

E começou a rir.

— Ah, essa foi boa!

Fiquei olhando para ela.

— Eu sei que isso parece um roteiro de filme ou algo assim. Mas você sabe, eles têm essa nova linha de roupas e cosméticos para lançar, então acho que gastaram dinheiro demais nisso e querem que eu finja que sou ela para que possam continuar...

— Ah, tá — interrompeu Lulu. Ela estava praticamente caindo da cama de tanto rir. — Até parece que, se realmente fossem fazer algo assim, eles pegariam alguém tão sem noção quanto você para ficar no lugar dela. — Ela levou as mãos aos olhos para enxugar as lágrimas provocadas pelo riso. — Sério, sem querer ofender nem nada. Tenho certeza de que você é legal. Mas o trabalho de Nikki é muito difícil. Tipo, você tem experiência como modelo?

Tentei não rir. Tipo assim, da parte em que ela disse que o trabalho da Nikki é muito difícil.

— Não — respondi, seca. — Mas acho que consigo lidar com isso.

— Ah, tá — disse Lulu, rindo ainda mais. — Você sabe o que é um bico Manolo?

— Bem — comecei, tentando me lembrar de todas as matérias que já li na *CosmoGIRL!* que Frida vivia largando pela casa. — Manolo é uma marca de sapato, certo?

Lulu deu um gritinho de prazer.

— Ai, meu Deus — exclamou ela. — Não acredito. Isso vai ser ótimo. Nikki vai rir à beça quando ouvir isso. Você sabe que não durará nem um minuto lá, não é?

— Bem — respondi um pouco magoada —, é por isso que eles inventaram todo esse lance de amnésia. Então, se eu me atrapalhar, não vai ter problema. Por quê? O que é um bico Manolo?

Mas Lulu simplesmente ignorou a pergunta.

— Meu Deus. Isso é muito engraçado. Mal posso esperar para contar para Brandon...

— Não — pedi, agarrando o pulso dela. — Lulu, você não pode. Eu já disse. É um segredo. Sério. Eu vou morar com você no lugar de Nikki e tudo mais. Vamos ser colegas de apartamento. Mas sério. Você não pode contar isso a ninguém. Caso contrário, meus pais vão ter grandes problemas.

Ela olhou para mim, parecendo me levar a sério.

— Certo — disse ela, com voz gentil. — Tudo bem, Nikki, ou seja lá qual é o seu nome. Ouça — Ela ficou de pé, se equilibrando nos saltos agulha de 10 centímetros. — Você quer que eu ligue para Bliss? Porque eu conseguiria marcar uma hora para você com uma técnica de reparo de emergência para as unhas.

— Não — respondi. — Tá tudo bem. Escute, Lulu. Quando eu estava no seu apartamento, ou melhor no *nosso* apartamento, notei algo no computador de Nikki.

Lulu pareceu entediada na hora. Ela olhou para as unhas e perguntou:

— É mesmo? O quê?

— Alguém está espionando os e-mails de Nikki — contei. — Basicamente, qualquer coisa que ela digita ou lê. Em tempo real, de um lugar remoto. Você faz ideia de quem está fazendo isso?

— Não — respondeu Lulu. — O computador é novinho. O Sr. Stark deu a ela de presente. Ele também me deu um. Os dois são cor-de-rosa.

— Eu notei. O Sr. Stark também te deu um?

— Deu. É o mais novo modelo da Stark Enterprises. Ou algo assim. — Lulu fez uma bola de chiclete e depois a estourou. — O que você quer dizer com espionando os e-mails de Nikki?

Foi nesse momento que uma das enfermeiras entrou, segurando uma prancheta.

— Hã, olá — cumprimentou ela quando viu Lulu sentada na beirada da cama. — Eu conheço você?

— Ah, não — respondeu Lulu, distraída, olhando para a própria prancheta (roubada). — Só estou fazendo a ronda. Sabe?

A enfermeira, que obviamente não era boba — talvez notando que a maioria das pessoas da equipe usava Crocs e não sapatos de salto alto —, estreitou os olhos.

— Por favor, gostaria de ver seu crachá de acesso para este andar.

— Ôpa! Meu *bip* está tocando. Tenho de ir. Tchau!

Lulu saiu do quarto enquanto a enfermeira corria atrás dela.

— Espere aí! Ei, você!

Eu realmente esperava que ela conseguisse fugir.

Era estranho. Se alguém tivesse me perguntado há um mês o que eu achava de Lulu Collins, minha resposta teria sido que se tratava de uma celebridade superficial obcecada com roupas e festas.

E eu *ainda* penso isso.

Só que... acho que estou começando a gostar dela.

Então, o que isso diz sobre mim?

DEZESSEIS

E, QUANDO DEI POR MIM, RECEBI ALTA.

Acho que eu não deveria ter ficado surpresa... tipo, que eles me dessem alta. Fizeram todos os exames possíveis e imagináveis em mim. A parte mais estranha é que... eu me saí bem em todos eles.

E esses eram apenas exames *físicos*. Digamos que eu nunca fui muito bem em testes de resistência física. Nunca fui boa aluna de educação física, sempre era a última a ser escolhida para os times de vôlei e basquete. Sempre deixei minha posição bem clara ao ficar fora do campo nos jogos de *softball* para que, no caso improvável de uma bola vir na minha direção, eu ter bastante espaço para sair do seu caminho. Era craque em inventar desculpas para explicar por que eu deveria ficar de fora dos jogos de boliche ou por que não deveria nadar e nem patinar. Não *gosto* de exercícios físicos. Prefiro ler. Ou jogar videogames.

Então, naturalmente, também fiquei surpresa com o resultado dos meus exames. Tipo, eu tive de correr em uma esteira por dez minutos — e, na verdade, me saí muito bem.... mesmo depois de ter ficado em coma por um mês! No meu corpo antigo, eu não teria aguentado nem um minuto. Bem, talvez dois se o ritmo fosse lento. Aí depois iria hiperventilar ou coisa pior.

Nikki Howard, porém, mantinha o corpo em forma. E não era difícil perceber o motivo, já que alimentos gordurosos atacavam o seu estômago e que qualquer comida industrializada tinha gosto de isopor ao seu paladar. Isso me forçou a alterar radicalmente minha dieta anterior de biscoitos e doces em prol de coisas saudáveis que eu nunca teria comigo antes, como peixe e salada, que o meu novo estômago aceitou e deixou meu novo paladar feliz.

Eu andava meio deprimida com isso também.

O lance é que Nikki podia correr, nadar e até *pular corda* por meia hora antes de começar a se sentir cansada.

E mais: no corpo dela, era até *prazeroso* fazer essas coisas. Pela primeira vez, compreendi o que as pessoas queriam dizer na aula de educação física sobre endorfinas. Eu me senti bem depois de fazer exercícios. Finalmente, *entendi*... todo esse lance de se divertir se exercitando.

Pena que tive de ganhar um novo corpo para isso.

Uma vez que passei em todos os exames que Dr. Holcombe pediu que Dra. Higgings fizesse em mim, ele assinou os papéis de alta e disse que eu poderia ir para casa... Mas que, é claro, eu precisaria voltar para fazer outros exames de vez em quando, assim como *check-ups* periódicos.

Mesmo tendo ficado inconsciente durante a maior parte do tempo que passei com eles, a equipe se juntou para se despedir de mim na saída... só que eu tive de sair pelo elevador de serviço, lógico, porque desde que a relações-públicas de Nikki, Kelly — que veio me buscar para me levar para o meu primeiro trabalho, uma seção de fotos com Robert Stark, para mostrar ao mundo que Nikki Howard poderia estar com amnésia, mas estava bem! —, publicou uma nota sobre a perda de memória de Nikki Howard, o saguão do hospital estava cheio de jornalistas, doidos para tirar fotos de Nikki na saída.

Apertei a mão do Dr. Holcombe e da Dra. Higgins, assim como a dos demais médicos e enfermeiras e seguranças que cuidaram de mim. Dra. Higgins e algumas enfermeiras saíram do protocolo e me abraçaram, quase esmagando Cosabella, e depois riram disso.

Eu parei de rir quando chegou a hora de me despedir de papai e mamãe. Porque eles não estavam lidando muito bem com todo esse lance de deixar a filha morar longe deles, mesmo que não tivessem escolha. Na verdade, eles insistiram em comprar um celular da Stark novinho em folha para que eu ligasse para eles três vezes ao dia (e, pela expressão no rosto de mamãe, para o qual eles ligariam a cada cinco minutos).

Meus pais não eram os únicos preocupados. Nunca fiquei longe deles — a não ser por algumas semanas no último verão, quando Frida e eu trabalhamos como monitoras no acampamento. Eu estava tentando parecer forte, mas, na verdade, estava apavorada — além de um pouco zangada. Sei que eles não tiveram escolha, mas fala sério...

Uma *supermodelo*? Para a Stark Enterprises?

Frida não estava tão preocupada em sentir falta de mim. Tivemos nosso "momento especial" sozinhas no quarto do hospital enquanto eu arrumava meus poucos pertences para ir embora.

— Meu Deus — dissera ela —, não acredito que você tinha todo o guarda-roupa de Nikki Howard à sua disposição e que escolheu o que está vestindo. Esses tênis são patéticos. Se você colocá-los para ir ao colégio, vou morrer de vergonha.

— Frida — respondera, magoada, porque eu realmente tinha muita coisa para pensar agora. — Ninguém nem vai saber que somos irmãs, tá? Então, não precisa esquentar a cabeça. E será que você pode me dar um tempo? Já estou estressada com tudo isso, e não preciso que você fique criticando o meu estilo.

— Ah, por favor, me conte de novo — pedira Frida com deboche — sobre você não saber o que fazer agora que é tão bonita...

— Sabe com o que eu não sei lidar? — perguntara eu, com os dentes cerrados. — É por que minha própria irmã tentou ser líder de torcida.

— Eu não só tentei — gabara-se Frida. — Eu consegui.

Olhei para ela, boquiaberta. Fiquei em coma por um mês e minha irmã se tornou uma morta-viva (só que não literalmente como eu)? Sua assimilação era quase perfeita! Ela só precisava de um bronzeado artificial para chegar lá!

— Não mesmo — respondera eu, recusando-me a olhar para ela. — Você só está dizendo isso para me irritar. Não acredito em você.

— Pode acreditar — insistira Frida. — Só porque você odeia o colégio e tem um espírito escolar abaixo de zero, Em, não significa que eu também tenha de ser assim. E não acho que você aparecer por lá como Nikki Howard vai me intimidar. Porque já está feito. Estou na equipe.

— Frida... — Eu não sabia como explicar para ela... Principalmente porque mamãe já tinha tentado tantas vezes e, obviamente, falhado. — Líderes de torcida são... bem, são do *mal*.

— Ser líder de torcida é um ESPORTE, Em — devolvera Frida. — Se eu tivesse tentado entrar para o time de basquete você estaria tão irritada?

— Bem — admitira eu. — Na verdade, não. Porque você não teria de usar TOP e SAIA CURTA para jogar.

— Olha só, tenho novidades para você — dissera Frida no tom mais sério que ouvi desde que acordei. — Ser líder de torcida é algo que sempre quis. Eu realmente tive sorte de conseguir entrar... mesmo que seja apenas na equipe reserva. E não vou permitir que você ou mamãe estraguem tudo. Sei que não sou tão bonita ou magra quanto as outras garotas... Sei que elas só me deixaram entrar porque sou boa observadora e consigo me segurar na pirâmide. Não consigo fazer um salto mortal de costas e nem uma estrela tão bem. Mas vou me esforçar para fazer com que o Tribeca Alternative chegue às finais do campeonato. E, então, você e mamãe se sentirão mal por terem torcido o nariz para uma coisa que dá prazer para tanta gente. Principalmente para mim.

Eu tinha ficado apenas olhando para minha irmã.

— E — acrescentara ela — se me lembro bem, em algumas propagandas que Nikki faz e que agora você fará, você terá de usar bem menos do que um top. Alô-ou! Você é uma modelo da *Victoria's Secret*. E você pode entrar lá e dizer para o diretor de arte sobre o quanto a campanha publicitária é machista, mas, adivinhe? Eles apenas contratarão outra garota para substituí-la. Então é melhor você se controlar.

Depois, ela se virou e saiu do meu quarto, passando por mamãe e papai.

— O que deu nela? — perguntara papai.

Mas eu não contei a ele, pois tinha coisas mais importantes para pensar do que em Frida — que já provara que podia tomar conta de si mesma. Eu estava a poucos minutos de começar oficialmente minha vida como Nikki Howard por fora e Em Watts por dentro.

É claro que eu não recebi um roteiro de como fazer isso ou de como conseguiria. Dr. Holcombe e sua equipe eram cientistas e não assistentes sociais, e eles não faziam a menor ideia do que me dizer sobre ser Nikki Howard. O trabalho deles terminara: eu estava viva.

Tudo bem que teria de viver a vida de outra pessoa. Mas o que eu faria com aquela vida parecia ser problema meu... e da Stark Enterprises.

Ainda assim, o que eu mais queria era não estragar as coisas para minha família, nem para mim.

Agora, parada na frente de mamãe, papai e Frida, enxuguei o suor das mãos — o pelo de Cosabella era ótimo para isso — e disse, desajeitada:

— Bem. Então é isso. Eu passo para visitar vocês quando tiver uma folga.

Mas a verdade é que eu não queria marcar um jantar com os meus pais na frente do Sr. Phillips, que estava parado ali observando tudo. Eu sabia que a Stark Enterprises conhecia muito bem a minha agenda.

Só que mamãe não entendeu. Eu deveria ter contado para os meus pais sobre o computador de Nikki Howard. Mas eles são tão inocentes em termos de tecnologia que provavelmente vão achar que um *spyware* é simplesmente um jogo ou algo assim.

— Sexta-feira com certeza e nada de desculpas — declarou mamãe com a voz firme, ficando na ponta dos pés para beijar meu rosto. Ela nunca teve de ficar na ponta dos pés para me beijar antes. — Nós iremos ao Peking Duck House na rua Mott. Esse sempre foi o seu restaurante favorito.

Revirei os olhos na direção do Sr. Phillip, que estava digitando algo no seu BlackBerry. Interessante ele não usar um smartphone da Stark.

— Talvez — respondi. — Pode deixar que eu ligo.

Mas não desse telefone da Stark.

— Sexta-feira — insistiu papai, me abraçando forte, fazendo Cosabella protestar. — Você ouviu sua mãe.

— Ligue assim que chegar — orientou mamãe, arrumando meu casaco. — Queria que você estivesse com um casaco mais quente. Eu deveria ter trazido um de casa.

— Mamãe — falei.

— Com certeza Nikki tem casacos mais quentes do que este — continuou ela, passando a mão pela jaqueta que peguei no closet de Nikki. — Prometa que procurará algo mais quente para usar amanhã.

— Mãe — repeti.

— Estamos no inverno — continuou ela. — Aqui, tome o meu cachecol.

— Mãe — falei mais uma vez, enquanto ela ajustava o cachecol no meu pescoço, quase me enforcando. — Eu só vou entrar em uma limusine e sair dela quando chegar no apartamento. Acho que não preciso ligar...

— Não se esqueça de telefonar — pediu mamãe, abraçando-me de novo e me soltando de forma igualmente repentina.

Tanto eu quanto Cosabella já estávamos um pouco amassadas quando chegou a vez de me despedir de Frida.

— Então, vejo você amanhã no colégio? — perguntei, sem jeito.

O Sr. Phillips conseguira uma vaga para mim no Tribeca Alternative e eu tive permissão para começar assim que minha agenda permitisse. O que eu esperava ser amanhã.

Frida deu de ombros.

— É. Tanto faz — respondeu ela.

Demos tapinhas educados uma nas costas da outra, embora ela tenha acertado mais a minha cintura, agora que era bem mais baixa do que eu. Depois eu me virei mal conseguindo enxergar devido às lágrimas que encheram os meus olhos. Acho que foi o cachecol...

Foi nesse momento que uma mulher ruiva usando um terninho verde de saia deu um passo à frente e, ladeada por dois seguranças, pegou meu braço e começou a me levar em direção ao elevador.

— Tá, tá, já estamos com ela — disse a mulher para um fone preso na orelha. — Estamos a caminho, saindo do hospital e indo para a Stark Corporate. Estaremos aí em 15 minutos.

Um dos seguranças apertou o botão S para o subsolo. As portas do elevador se fecharam na cara dos sorridentes e chorosos rostos da minha família. A mulher de terninho verde se virou para mim, desligou o fone e disse de um modo muito falso:

— Nikki, querida. — Ela emanava um perfume muito caro. — Estou tão feliz por você estar se sentindo melhor. Fiquei muito preocupada! Ah, claro, me esqueci. Você não se lembra de mim. Kelly Foster-Fielding. — Ela estendeu a mão e seu aperto era tão firme que achei que ela fosse quebrar meus dedos. — Sou sua relações-públicas. Como você está se sentindo, querida?

Pisquei os olhos, intrigada. Será que ela não sabia a verdade? A Stark Enterprise não contou para ela? Tipo, que eu não era realmente Nikki Howard?

Mas Kelly nem esperou a resposta. Em vez disso, ela puxou um BlackBerry de dentro da bolsa enorme e, rapidamente, seus dedos começaram a trabalhar no teclado.

— Vou tentar deixar um tempo livre para você relaxar essa semana para que não fique tão cansada. Eu já entendi o lance do colégio. Entendi mesmo... Mas existem alguns compromissos que não consegui evitar. A *Cosmo* quer que você seja a capa de janeiro e não aceita não como resposta. Estou dizendo a você, essa história de amnésia é incrível, todo mundo quer fazer uma entrevista com você. Mas não estou prometendo nada porque também recebi convites para capa e matérias na *Vogue, Elle* e *People*. Bem, acho que podemos cortar a *People*. Não sei quem eles pensam que você é, uma vencedora do *American Idol*? Mas tenho ótimas notícias: Larry King. Certo? Você e Larry lavando roupa suja? Mas estou tentando adiar isso até que você realmente tenha algo a dizer. Caso contrário, será pura perda de tempo. Olha só, estou com propostas de três editoras para publicar um livro tipo "Como superei a perda de memória" ou algo assim... Não importa. Eles contratariam um *ghostwriter* e tudo o que você teria de fazer é tirar uma foto para a capa...

As portas do elevador se abriram e Kelly pegou meu braço, me levando até a limusine preta que nos aguardava, enquanto os seguranças seguiam ao nosso lado. Mal demos dois passos e fomos cercados por meia dúzia de *paparazzi* vindos das sombras, gritando o nome de Nikki e tirando fotos com lentes de longo alcance tão próximas que poderiam ter acertado meu olho se os seguranças não tivessem dito calmamente "Já chega gente. Deixem as moças passarem", enquanto os tiravam da frente e nos conduziam até o carro.

Assim que entramos no carro e nos acomodamos nos assentos de couro, a porta foi fechada e seguimos nosso caminho. Kelly continuou como se nunca tivesse sido interrompida.

— De qualquer modo, tudo isso é ótimo. Se conseguirmos coincidir a data do lançamento do livro com a do lançamento da sua coleção de roupas e produtos de beleza, cara, não dá para PAGAR por esse tipo de publicidade. E eles estarão pagando para nós. Ah, e é claro todo mundo quer você, os noticiários matutinos e Ellen e Oprah e *The View* etc. Estou tentando controlá-los da melhor maneira possível, mas você terá de escolher um deles...

Nesse meio tempo, desmoronei no assento oposto ao dela, completamente impressionada com o incidente que acabara de acontecer, Cosabella estava grudada no meu peito, e eu podia sentir o coraçãozinho dela bater rápido. Eu não sabia o que tinha me chocado mais: os *paparazzi*, o que Kelly tinha acabado de dizer ou o fato de que Brandon Stark estava sentando em frente a mim, com os braços cruzados. Considerando a expressão séria, ele parecia estar muito zangado com alguma coisa.

— Hã — tentei. — Oi?

Ele olhou para o outro lado na hora. Kelly continuava falando sem parar e eu mal podia acompanhar tantas informações. Ela devia estar com trinta e poucos anos, o cabelo ruivo estava curto em um corte que emoldurava de forma perfeita o rosto pálido e bem maquiado. Ela parecia a mulher mais arrumada que já vi. Não havia nenhum fio puxado na meia-calça preta e os saltos que usava deviam ter, no mínimo, 20 centímetros. Não sei como conseguia andar nem como conseguira correr dos fotógrafos para entrar no carro.

— Tenho de admitir que o público de Oprah não é exatamente quem queremos atingir — continuou Kelly. — Mas não faz mal. Nemcova deu uma entrevista depois de todo aquele lance da tsunami, e tal... Mas isso não importa, tenho boas notícias. Você está preparada? A *Sports Illustrated* ligou.

Dava para perceber que eu deveria esboçar alguma reação ao ouvir essas palavras. Mas eu não sabia o que dizer. Odeio a *Sports Illustrated*. Essa revista só fala de... bem, esportes.

— Legal — falei. Uau. Esse lance de ser modelo parece um pouco mais difícil do que eu pensei. — Não é?

— Nikki! — Kelly parecia prestes a atirar o BlackBerry em mim. — Você está há dois anos me cobrando uma chance com a *Sports Illustrated*. Bem, eles finalmente ligaram. E eles querem você. Para o próximo número de biquíni. Você não MORRERIA por isso?

Ela sacudiu meu ombro quando disse MORRERIA e me afundei mais no assento. O que eu queria dizer era "Para ser sincera, sim. Eu *poderia* morrer. Na verdade, eu já morri."

Mas, em vez disso, declarei:

— Uau. Que ótimo. Obrigada.

Kelly me olhou por um tempo e depois disse:

— Será que você poderia demonstrar um pouco mais de empolgação, querida? Só um pouquinho? Estamos falando da *Sports Illustrated*! Existe uma chance de que você saia na capa. Na verdade, eu *sei* que é exatamente isso que vai acontecer. No fundo, eu já sei. Brandon, chega de Red Bull, você já está mal-humorado o suficiente.

Brandon bateu a porta do frigobar e se recostou no assento de forma grosseira.

— E aí? — perguntou Kelly, cheia de expectativas. — Você não está animada?

— Estou superanimada — declarei. Embora, na verdade, eu estivesse detestando tudo aquilo. — Então, vou ter de posar de maiô?

— Maiô? — riu Kelly. — Cara, você realmente está com amnésia. Você vai posar de biquíni, querida. Ai, meu Deus! O que você fez com as suas unhas?

Ela agarrou minhas duas mãos e ficou olhando, horrorizada, para as minhas unhas. Ou, melhor, para as unhas de Nikki Howard, que eu havia destruído rapidinho.

— Acho que roí um pouco — respondi baixinho.

— Um pouco?

Kelly soltou as minhas mãos e acionou o fone de ouvido:

— Doreen? Oi, é a Kelly. Precisamos de unhas postiças imediatamente. Sim, sei que é meio de última hora, mas o que eu posso fazer? Acabei de ver. Está um horror. Não, sei que ela nunca teve problemas antes, mas estamos lidando com uma situação totalmente nova aqui. Você não acreditaria... Ótimo. Vejo você lá, querida.

Kelly desligou e me lançou um olhar de reprovação.

— Você só está se ferindo, Nik — disse ela, meneando a cabeça. — Você só está se ferindo.

Inexplicavelmente, meus olhos se encheram de lágrimas. Eu sei! Estava chorando por causa de unhas!

— Sinto muito — desculpei-me. — Sinto muito mesmo. Mas não estou entendendo. Achei que iríamos para uma sessão de fotos. O que as minhas unhas têm a ver com isso?

— Você vai participar de uma sessão de fotos com o Sr. Stark — replicou Kelly, firme. — Para um artigo que a *Vanity Fair* está fazendo sobre ele. Você é o Rosto da nova Stark, uma Stark jovem e vibrante. Então é claro que ele quer que você esteja nessa sessão de fotos. Você e Brandon, claro.

Ele fechou ainda mais a cara quando viu minhas lágrimas.

— Mas...

Não dava para acreditar que eu estava chorando. Não mesmo. Eu não choro. Só por coisas importantes, tipo Christopher achar que eu estou morta.

Durante todo esse tempo e mesmo com toda a confusão, eu não tinha chorado nem uma vez... A não ser por Christopher.

Não chorei por ter perdido o meu corpo de antes. Nem por ter perdido a minha vida. Nem por ter perdido a minha identidade anterior.

Porque até esse momento não tinha sentido como se tivesse perdido a essência de quem eu era.

Mas parece que bastou uma relações-públicas gritar comigo porque roí a unha, para eu me dar conta de como a minha identidade anterior estava completamente perdida.

É claro que não era só por causa da unha. Acho que o que aconteceu antes da história da unha também tinha a ver com as minhas lágrimas. A despedida dos meus pais e da minha irmã, com quem eu tinha tido uma briga — por que eu não a apoiei no lance de líder de torcida? Pensando bem, não era nada demais. Talvez ser líder de torcida seja um esporte de verdade. Afinal, existem ginastas nas Olimpíadas, não é? E depois, eu saí do hospital e fui cercada por fotógrafos, que gritavam o nome de outra pessoa, enquanto apontavam as câmeras para mim. Em seguida, entrei na limusine com um cara que estava sendo muito rude comigo e uma relações-públicas que achava que tudo o que eu fazia era errado...

Essa sessão de fotos seria um desastre. Dava para perceber.

— Eu não posso fazer isso — declarei, tentando segurar as lágrimas. Não quis dizer que eu não poderia fingir ser Nikki Howard. Já estava claro que eu não poderia.

E, *definitivamente*, não poderia fazer o que Kelly queria que eu fizesse. Porque, de repente, me lembrei de algo. Algo muito importante. Lembrei-me de Lulu me perguntando se eu sabia o que era um bico Manolo. E me dei conta de que não sabia. Não fazia a menor ideia. Quem disse que ser modelo é fácil? Como pude ser tão arrogante? *Por que não li as revistas* CosmoGIRL! *de Frida com mais atenção*?

— Eu... eu não me lembro de como fazer isso — choraminguei.

— Bem, é melhor você se lembrar de tudo direitinho — disse Kelly, friamente. — Porque seu futuro depende disso. Para não mencionar o meu... E o de trinta profissionais, maquiadores, estilistas, diretores de arte, técnicos de iluminação e assistentes pessoais... Todos estão esperando por você. E olha que eu nem inclui o pessoal do bufê. É melhor você se controlar, mocinha. O emprego de muita gente depende disso. Fomos muito pacientes durante esse mês, enquanto você se recuperava do que quer que seja, mas já está na hora de voltar ao trabalho. Brandon, já disse para não pegar mais Red Bull. Você sabe como você fica.

— Chegamos — disse Brandon, apontando para a janela. — E temos companhia.

Kelly virou a cabeça, praguejou e ligou o fone de ouvido da Stark.

— Sim, Rico? — rosnou ela. — Traga a segurança para o lado de fora da 520 Madison. Temos manifestantes. *De novo*.

Eu não fazia a menor ideia sobre o que ela e Brandon estavam falando. A verdade é que nem me importava. Eu estava tentando absorver o que Kelly acabara de me dizer: não sabia que a vida de tantas pessoas dependia de Nikki Howard. É claro que eu sabia quanto era importante para a Stark que ela continuasse sendo o Rosto da marca.

Mas ainda não tinha entendido tudo o que isso significava.

Até agora.

Dois milhões de dólares? Esse foi o valor que eles pagaram para que o meu cérebro mantivesse o corpo de Nikki vivo? Comecei a achar que foi pouco...

Então, Kelly disse:

— Vai, vai, vai, vai, vai — enquanto me empurrava para fora da limusine...

...direto para os braços de um segurança que me aguardava e tentava me proteger da horda de manifestantes reunidos diante da entrada da frente do enorme arranha-céu na Madison Avenue, em frente ao qual acabáramos de parar.

— Ei — alguém gritou. — É ela.

Um segundo depois, agarraram meu ombro e eu me virei, dando de cara com o rosto de uma mulher que segurava um cartaz no qual se lia A STARK ENTERPRISES MATA!

— É NIKKI HOWARD!

A mulher — que agora pude ver que estava usando uniforme militar de combate e uma boina — apitou, fazendo todos os outros manifestantes correrem na minha direção. Todos com o rosto muito zangado.

— Como você explica o fato de você ser a imagem pública de uma organização que está fazendo as pequenas empresas falirem? — gritou um homem para mim, enquanto uma mulher que empurrava um carrinho de bebê berrava:

— Você é o que há de pior nesse país.

Na verdade, achei um pouco de exagero, e não era só porque eu não era quem eles achavam que eu era. Bem, pelo menos tecnicamente.

Mas eu não tive a chance de dizer isso, porque o segurança parrudo estava me tirando de perto daquelas mãos que tentavam me agarrar. Ele meio que passou pela multidão, usando o cotovelo como arma, até que me enfiou pela porta giratória e eu entrei em um amplo vestíbulo de mármore verde, onde, segundos depois, Brandon Stark e Kelly Foster-Fielding me encontraram.

— Meu Deus — disse Kelly, alisando a roupa. — Eles estão cada vez piores.

— Que bom ver você, Srta. Howard — disse o segurança que me trouxera para dentro e me defendera dos manifestantes cheios de ódio. — Há quanto tempo.

Dei um sorriso trêmulo e já tinha esquecido das minhas lágrimas de tão chocada que estava.

— O-obrigada.

— Martin — disse ele, sorrindo. — Você perdeu *mesmo* a memória, como disseram no jornal!

Eu ia assegurar a ele que sim quando Kelly agarrou o meu braço e cortou:

— Chega de conversa, gente. Estamos atrasados. Vamos logo.

Então, fui arrastada até o elevador. E percebi que eu iria conhecer o Sr. Robert Stark em carne e osso.

O que foi um alívio. Porque eu me dei conta de que eu tinha umas coisinhas para dizer para ele.

DEZESSETE

SÓ QUE EU NÃO FUI. TIPO, FALAR COM O SR. STARK. PELO MENOS, não de cara.

Isso porque, no minuto que saí do elevador e entrei na matriz administrativa da Stark, uma multidão de cabeleireiros, maquiadores e assistentes de figurino vieram para cima de mim. Kelly tirou Cosabella do caminho, garantindo que tomaria conta dela durante a sessão de fotos. E depois eu — e não o meu cachorro — recebi alguns cuidados.

A princípio, não sabia o que estava acontecendo. Tudo o que eu sabia é que um monte de gente estranha estava se aproximando de mim. Até que um cara começou a puxar o meu cabelo e perguntou:

— Querida, o que houve? Será que o produto de cabelo que você usa acabou... *em toda a ilha de Manhattan*?

E uma outra mulher que não parava de olhar para o meu rosto sugeriu:

— Então, acho melhor partirmos para um *look* natural, não é?

E uma outra mulher agarrou a minha mão — e isso enquanto eu estava sendo arrastada pelo corredor — e declarou:

— É, está tão ruim quanto Kelly disse. Peguem a lixa elétrica!

Lixa elétrica? E será que todo aquele lance de *produto de cabelo* e *look natural* era apenas para me irritar?

Parece que sim. Logo eu estava sendo repreendida por Norman por causa da maneira como tratei os meus cabelos ("Então, a gente cai e bate com a cabeça e perde a memória. De repente não sabemos mais o que é hidratação?"), e também por Denise sobre o modo como eu estava cuidando da minha pele ("Querida, o que aconteceu com aquele esfoliante que eu dei para você no mês passado? Na verdade, você tem de *usá-lo* para que funcione.") e, é claro, por Doreen por causa das unhas roídas ("Não. Pelo amor de Deus, não! Por que você *faria* isso? Por quê? Por quê? Por quê?"). Mas só quando Norman me deu um puxão mais forte no cabelo é que resolvi tomar uma atitude. Eu meio que reclamei:

— Ai.

E ele respondeu:

— Ah, o bebê chorão está sensível? — em um tom de falsa compreensão.

Aí eu disse:

— Na verdade, estou. — Então peguei a mão dele e passei ao longo da cicatriz na base da minha cabeça.

Depois disso, ele ficou muito quieto... E bem mais gentil. Não sei se Norman comentou alguma coisa com os outros, mas acho que sim —, porque todos pararam de implicar comigo. Eles também começaram a me explicar o que estavam fazendo. Como a maquiadora, Denise, que me disse o quanto era importante lavar o rosto antes de dormir e ao acordar e usar um adstringente para realmente remover a sujeira. Daí, se a sua pele ficar ressecada, usar um hidratante... O que, é claro, nunca usei na vida porque a minha pele antiga nunca ficava ressecada, apenas oleosa demais.

Aparentemente, porém, eu agora tinha pele seca.

Então, Norman me explicou que talvez fosse melhor eu não lavar a cabeça todos os dias... que era mais fácil de pentear e arrumar se eu lavasse apenas duas ou três vezes por semana. E ele me deu um pó que eu deveria salpicar pelo cabelo de manhã e depois pentear para que ele nunca parecesse oleoso.

E Doreen, a manicure, aplicou uma pasta em cada uma das minhas unhas que rapidamente se secou e se transformou em unha. Ela as lixou até ficarem curtas e pintou de preto.

— Agora tente roer.

E, quando tentei, quase quebrei o dente.

— Você nunca mais roerá as unhas — continuou. — Pelo menos enquanto estiver com essas. Você tem de me procurar a cada duas semanas para eu preencher as diferenças enquanto elas crescem.

Depois, pingaram umas gotas nos meus olhos para tirar a vermelhidão (e fui repreendida de modo gentil por ter chorado) enquanto a equipe toda tentava pensar em coisas para me dizer que talvez eu tivesse esquecido, por exemplo: que a minha pele era sensível à cera de depilação (como se eu fosse me depilar um dia), então, eu tinha de raspar os pelos indesejáveis (incluindo a virilha, e Norman me explicou "Você tem de usar um BARBEADOR NOVO sempre que for fazer isso", o que, fala sério, foi muito embaraçoso. Mas também muito útil, considerando o que Kelly me disse no carro sobre posar de biquíni); que alimentos industrializados pioravam o meu problema de refluxo (como se eu não tivesse notado) e que (o mais interessante de tudo) Brandon e eu tínhamos rompido mesmo antes do meu acidente porque eu estava farta de ouvir que ele estava saindo com Mischa (felizmente me contaram isso quando Brandon não estava no aposento). Nenhum deles parecia saber que Nikki também traía Brandon com o namorado da sua colega de apartamento (graças a Deus).

Tudo isso fez com que o tempo passasse bem depressa, então eu mal notei que meus cílios estavam sendo curvados e meu cabelo escovado e minhas unhas dos pés pintadas de preto para combinar com as da mão, e que eles estavam descolorindo os meus pelos do braço (isso mesmo).

Então, de repente, declararam "Tudo pronto. Pode ir para o figurino". E eu fui enviada para uma área mal separada por uma cortina, onde três garotas baixinhas (tipo, elas eram 10 centímetros mais baixas do que eu) começaram a tirar a minha roupa (sem nem pedir!) e me obrigaram a colocar umas coisas que eu nem sabia como vestir, então, foi bom elas estarem ali.

Então, elas olhavam para mim e uma delas batia uma polaroide, saía e voltava com um veredito. Por fim, decidiram por um vestido branco transparente que era tão curto que mal ficava no lugar, sapatos de salto agulha prateados. Nada de brincos. Finalmente acabou e fui levada por um longo corredor acarpetado, passando por muitas pessoas bem-vestidas que ficavam me encarando — mas tinham de erguer a cabeça para isso, já que eu estava tão alta com esses saltos agulha. Alguns me cumprimentaram e eu tentei cumprimentá-los também, mas sempre que fazia isso, as pessoas me encaravam chocadas. Acho que Nikki não costumava ser muito amigável durante as sessões de foto.

E logo descobri o por quê, considerando o modo como as pessoas a cutucavam e a puxavam.

Por fim, cheguei a uma porta na qual se lia ROBERT STARK escrito em letras prateadas. A porta se abriu e eu entrei no escritório do Sr. Stark.

Só que o escritório estava caótico por causa da sessão de fotos. Havia cabos elétricos sobre o tapete e enormes luminárias espalhadas pelo lugar, iluminando e esquentando o ambiente, e vários caras magrelos usando camisetas pretas e calças jeans e garotas de rabo de cavalo, usando óculos bacanas, segurando copos de café com leite, e tecidos de *blecautes* cobrindo as janelas que deviam oferecer uma vista panorâmica de Manhattan.

E, no centro de tudo, havia uma enorme mesa de mogno, à qual estava sentado Robert Stark, com uma camisa branca aberta o suficiente para exibir um pouco do pelo grisalho. Atrás dele estava o filho, também usando uma camisa branca, revelando um peito totalmente sem pelos. Ambos estavam bronzeados (provavelmente graças ao autobrozeador de Denise, que ela também passou no meu corpo todo — *todo mesmo*, pois parece que no mundo da moda não há espaço para timidez) e lindos. Robert Stark, contudo, parecia impaciente, e o filho, apenas entediado.

Eu estava prestes a me apresentar e perguntar se podíamos conversar em particular — porque talvez se o Sr. Stark me conhecesse e visse como sou, ele pudesse reconsiderar todo aquele lance de fazer os meus pais pagarem 2 milhões de dólares se eu não honrasse os contratos de Nikki com a Stark... e talvez me explicar por que deu para Nikki um computador com um software de rastreamento de toques no teclado.

Mas quando dei o primeiro passo na direção dele, alguém me agarrou e me deu um abraço apertado.

— Aí está você! — exclamou uma mulher de voz grave, que combinava com o abraço. — Ai, meus Deus! Há quanto tempo! Eu queria visitá-la no hospital, mas eles tinham aquela maldita restrição só para a família! *Mas eu sou a agente dela. Sou da família,* eu disse para eles. Nada feito. Bem, deixe-me olhar para você.

Ela continuou me segurando, só que a mulher extremamente magra, de cabelos escuros e de meia-idade, esticou os braços para me olhar melhor. Ela estava com um terninho marfim e me examinou de alto a baixo.

— Maravilhosa como sempre — concluiu quando terminou a análise. — Não poderia estar mais linda. Ah, mas você não faz a menor ideia de quem eu sou, não é? Você realmente caiu de cabeça.

— Hã — gaguejei, desviando os olhos da mulher e pousando-os em Robert Stark, que estava reclamando com alguém sobre as abotoaduras do seu smoking, que pareciam estar se abrindo. — Você é Rebecca, a minha agente, não é?

— Isso mesmo! — Ela me abraçou de novo. — Rebecca Lowell! Graças a Deus você está bem. Se tivesse acontecido alguma coisa com você... bem, nem sei o que eu faria.

— Você correria direto para aquele estacionamento de trailers para ver se conseguiria descobrir outra beleza dessas para tirar do anonimato — declarou um homem de calça de couro e bigode, seco.

— Ah, cala a boca — respondeu Rebecca para ele. Para mim, ela disse: — Sei que tudo isso deve ser surpreendente. Mas você sempre teve um talento nato e sei que rapidamente voltará à sua antiga forma... E falando em talento... Você ficou animada com o convite da *Sports Illustraded*? Ah, Nikki, quando soube disso, meu coração... ai, eu quase chorei!

— Afaste-se dela, Rebecca — disse o homem de bigode. — Agora que ela chegou, podemos começar a trabalhar.

— Desculpe-me, Raol — ela falou, ainda me segurando. — É que quando penso que ela poderia ter morrido...

Perguntei-me como ela reagiria se eu dissesse que sua cliente, Nikki Howard, realmente *tinha morrido*. Só que não legalmente, de acordo com as leis de Nova York.

— Tá bom. Pode deixar que vou tomar conta dela agora, Bec — respondeu o homem chamado Raol, enquanto pegava o meu braço. — Nós nos conhecemos, Nikki, mas você não se lembra. O que é um duro golpe para mim, e será difícil de me recuperar. Mas deixe-a para lá. Suba na mesa para que Pete possa ajustar a iluminação...

Obediente, subi na enorme mesa de mogno — depois de verificar se o vestido transparente estava cobrindo tudo que deveria cobrir. E não estava mesmo. Os meus mamilos estavam meio que aparecendo...

— É, eu sei — disse Raol, notando na hora o que eu achava que estava fazendo de forma tão sutil. — Não se incomode com isso agora, todos nós já os vimos antes. Agora, suba na mesa e coloque os saltos no ar. Cotovelos para cima, apoie o queixo nas mãos... Norman, cabelo. — Norman se aproximou para arrumar meu cabelo enquanto eu permitia que Raol me colocasse em uma posição completamente desconfortável — até dolorosa — sobre a mesa. — Ah, assim está bem melhor. Tudo bem, senhores, em seus lugares.

Não dava para ver o que estava acontecendo atrás de mim porque eu estava tentando manter a pose. Mas acho que o Sr. Stark e o filho voltaram aos seus lugares, já que Raol disse:

— Ótimo. Vamos tirar algumas polaroides primeiro.

Bem, pensei com os meus botões, enquanto a fotógrafa, Gwen, começava a tirar algumas fotos. *Não é tão ruim assim.* Por que será que Lulu riu tanto quando eu falei que ser modelo não devia ser tão difícil assim? Não estou tendo dificuldades... embora meu pescoço esteja doendo um pouco. E acho que o rímel está me incomodando...

— Nikki, Nikki — disse Raol. — Será que você pode tentar fazer uma expressão que não demonstre dor? Sei que está doendo, querida, mas não nisso. Pense em algo feliz... Pensamentos felizes... rosto feliz.

Então eu percebi, horrorizada, que eu estava fazendo careta. Imediatamente, coloquei um grande sorriso no rosto.

— Não tão feliz assim, Nikki — orientou Raol. — Não é um comercial de pasta de dente. Relaxe a boca. Pense em frescor... Denise, será que você pode fazer com que os lábios dela fiquem mais frescos? Isso. Agora, mais algumas...

Então, Raol e todos os outros se juntaram para ver as polaroides que tiraram. Então, comecei a me sentar. Agora seria o momento perfeito para falar com o Sr. Stark...

— Nikki, querida — chamou Rebecca com voz gentil. Ela estava atrás do círculo de luzes que nos iluminava, então, eu não conseguia vê-la. — Aonde você vai?

— Hã — disse eu. — Vou trocar de roupa.

— A sessão ainda não terminou — ouvi Brandon dizer com um sorriso. — Na verdade, nem começou ainda.

— Mas... — Olhei para as dezenas de polaroides que estavam sendo jogadas no chão com indiferença.

— Fotos de teste — explicou Brandon. — Meu Deus, será que você pegou vento demais entre as orelhas durante o passeio na lambreta daquele vagabundo?

Cerrei os dentes:

— Para sua informação, Gabriel Luna é um músico e compositor muito talentoso e trabalhador e *não* um vagabundo... como algumas pessoas que conheço.

Brandon ergueu o queixo.

— Ei — disse ele. — Para *sua informação,* já fechei vários trabalhos de produção, sem mencionar que eu vou gravar um CD também.

Ah, tá, quis responder, *com o dinheiro do seu pai*. Mas eu não me atrevi, já que o pai dele estava bem diante de nós. Verificando os seus e-mails no BlackBerry, e não num aparelho da marca Stark. Ainda assim, ele poderia estar ouvindo.

Sabendo o que eu sabia sobre o computador de Nikki, não duvidava de que estivesse.

— Nada de brigas, crianças — repreendeu Rebecca da escuridão além da mesa. — Raol dirá quando você poderá relaxar, Nikki.

E foi quando eu entendi por que Lulu rira de mim quando eu disse que ser modelo era fácil.

Não tinha nada de fácil nisso.

A não ser que você ache que é fácil parecer *fresca* e ter *pensamentos felizes* enquanto está retorcendo o corpo na posição mais desconfortável possível enquanto tenta não estragar a maquiagem e o penteado ou expor o mamilo e isso tudo tendo de se equilibrar em um salto de 12 centímetros, tentando ignorar o fato de o imbecil do seu ex-namorado ser gato.

Mas asseguro a vocês que não é nada fácil.

Principalmente quando você está fazendo isso pela primeira vez e no corpo de outra pessoa.

DEZOITO

Somente duas horas depois é que Raol achou que já tinha fotografias o suficiente para trabalhar. Tive de fazer várias poses diferentes. Algumas envolveram morder uma maçã grande e vermelha. Que era de mentira. E tinha gosto de poeira.

Uma outra pose envolvia me pendurar nos ombros de Brandon Stark do mesmo modo que os filhotes de macaco se penduram em suas mães. Disse que achei a pose um pouco misógina por sugerir que mulheres são indefesas e que precisam de homens grandes e fortes para ampará-las.

Eu disse isso principalmente porque me agarrar a Brandon daquela forma só servia para me lembrar de como tinha sido bom beijá-lo, e a proximidade dos nossos corpos me fez querer beijá-lo de novo, isso, considerando que ele estava chateado comigo por causa do lance com Gabriel — e o fato de que eu gostava de outra pessoa —, não me pareceu um boa ideia.

Raol não gostou muito do meu comentário e Rebecca me chamou em um canto e perguntou se eu estava com febre.

— Porque normalmente você sabe que não é bom criticar a visão de um diretor de arte — informou.

Argumentei que a mídia é conhecida por infantilizar as mulheres com esse tipo de imagem e perguntei se ela não se incomodava por estar contribuindo para tal.

Ela olhou para mim e perguntou:

— Você está tomando algum remédio por causa da pancada na cabeça? Porque se está, acho que eles precisam aumentar a dose.

Meio que consegui entender o que ela queria dizer. Tipo, se eu não posasse, eles contratariam outra modelo, como Frida avisara.

Ainda assim, era embaraçoso demais ter de esmagar os meus seios contra Brandon. Não que ele se importasse...

E esse era o problema. Colocando a vergonha de lado, eu também não ligava.

E acho que Brandon já tinha começado a superar o lance da raiva por eu ter pegado uma carona com Gabriel Luna, porque depois de meia hora esmagando meus seios contra suas costas, ele começou:

— Ei, o que você vai fazer depois que terminarmos aqui?

Fui pega totalmente desprevenida e perguntei:

— Quem? Eu?

— Não — respondeu Brandon, sarcástico. — Estou falando com Peter, o cara da iluminação. É claro que é você.

— Ah — suspirei. — Não sei. Acho que vou voltar para o apartamento. Por quê?

— Legal — disse Brandon. — Talvez eu dê uma passada por lá.

Senti que meu rosto começou a ficar vermelho. Não sei muita coisa sobre garotos, mas eu sabia o que *Talvez eu dê uma passada por lá* significava. Ou, pelo menos, eu achava que sabia. Considerando onde os meus seios estavam.

Eu também imaginava onde eles estariam depois. E tinha quase certeza de que não conseguiria impedi-los de estar lá. Não conhecendo Nikki como eu conhecia. Ou, pelo menos, como ela ficava quando os garotos começavam a beijá-la. A palavra *devassa* era muito usada nos romances de Frida — e, tudo bem, admito que eu também gostava de ler.

Bem, *devassa* parecia resumir muito bem como Nikki ficava sempre que um cara enfiava a língua na sua boca.

Tudo bem. *Minha* boca.

Mas e quanto a Christopher? Tipo assim, ele era o cara que eu amava de verdade e eu nunca consegui ficar tão próxima dele para que pudéssemos nos beijar...

Ai, meu Deus. Isso tudo era tão confuso.

Tentei pensar em alguma coisa para impedir que Brandon fosse até o apartamento mais tarde e, por fim, pensei em uma desculpa perfeita.

— Sabe — sussurrei —, acho que vou para a cama logo. Tenho aula amanhã cedo.

Brandon fez uma careta — até que Gwen, a fotógrafa, pediu que ele parasse.

— *Aula*? Você só pode estar brincando, né?

— Não — respondi. — Tribeca Alternative. Amanhã é o meu primeiro dia de aula. Quero estar bem e descansada. E, você sabe, com o acidente e tudo...

— Achei que o lance do colégio fosse uma jogada de marketing — declarou Brandon.

Afastei os seios das costas dele, chocada.

— Uma jogada de marketing? Quem disse *isso*?

— Nikki — disse Gwen. — Por favor, não se mexa. Pete está ajustando a iluminação...

— Bem — respondeu Brandon —, é isso que as pessoas estão dizendo.

— A educação escolar é necessária para que possamos crescer como indivíduos — disse eu. — Vou para o colégio para que possa ir para faculdade algum dia. Isso não tem nada a ver com marketing.

E também não tinha a ver apenas com o fato de eu querer ficar de olho no meu melhor amigo, por quem eu nutria uma paixão secreta, e me certificar de que não tinha nenhuma garota dando em cima dele.

— Kelly — gritou Gwen.

— Nikki — chamou Kelly. — Será que você poderia voltar para sua pose, por favor?

Voltei para minha posição e subi nas costas de Brandon. Mas não estava nem um pouco satisfeita com isso. As pessoas estavam dizendo que Nikki Howard só estava voltando para o colégio para ganhar publicidade! Isso era *horrível!* E totalmente falso! Percebi que precisava conversar urgentemente com o pai de Brandon, mais do que nunca. Ele não podia manter em segredo a verdade sobre o que realmente acontecera a Nikki. Não podia mesmo. Não era justo.

Mas era muito difícil conseguir chamar a atenção do Sr. Stark, porque todas as vezes em que não estava posando para a câmera, ele estava no celular (que não era da marca Stark), gritando com alguém ou mandando alguém conseguir o número de telefone de outra pessoa ou buscar um expresso para ele. Por fim, depois de umas cinco horas — meus pés estavam latejando e os músculos das bochechas estavam doloridos de tanto sorrir —, Raol disse:

— Terminamos, gente! Podem ir para casa!

E o Sr. Stark declarou:

— Graças a Deus! — E começou a tirar as abotoaduras. Eu estava sentada na mesa bem em frente a ele, então falei:

— Sr. Stark? Será que eu poderia falar com o senhor por um minuto?

Ele olhou para mim e respondeu:

— Não.

Sério! Assim mesmo.

Mas eu não era uma aluna que só tirava A e já estava no nível 45 no *Journeyquest* à toa. Tipo assim, não desisto fácil das coisas.

E nem mesmo um executivo bilionário que patrocina clínicas secretas de transplantes cerebrais iria me demover do meu objetivo.

— É só que... — falei em voz baixa, enquanto todos à nossa volta começavam a juntar os cabos e a tirar os *blecautes* das janelas. — O senhor não acha que o que está fazendo é errado? Tipo assim, em relação a Nikki?

Ele me olhou. Notei que os olhos dele eram castanhos com algumas manchas vermelhas. Ou talvez fosse a cor deles sob os holofotes, que estavam sendo desligados, um a um.

— Não me leve a mal — continuei. — Sou *totalmente* grata por tudo o que Dr. Holcombe fez por mim, e estou totalmente disposta a cumprir meu contrato até o fim. Mas o senhor não acha que os amigos de Nikki, e a família dela, merecem saber a verdade? Para que possam chorar por ela adequadamente? Tipo assim, algumas pessoas acham que ela passou um mês numa clínica de *reabilitação*. Isso é muito *injusto*. O senhor não acha? Tenho certeza de que assim que compreenderem o seu papel em tudo isso, eles vão entender. Só acho que o senhor não pode sair por aí *substituindo* uma pessoa por outra completamente diferente, sabe? Não é certo. Sei que Nikki era modelo e tudo, mas isso não significa que ela não tivesse uma personalidade única e que pessoas que a amassem. E não tenho certeza se o senhor sabe, mas alguém colocou um software no computador dela que registra tudo o que ela digita...

— JESSICA! — começou a berrar o Sr. Stark.

Uma das garotas com rabo de cavalo e óculos modernos se aproximou.

— Pois não, senhor?

— Jessica, pegue o meu casaco. A minha reserva para o Per Se está confirmada?

— Está sim, senhor — respondeu Jessica, seguindo o chefe enquanto ele se afastava de mim. — E o carro já está aguardando o senhor...

Foi quando percebi: *Robert Stark me deixou falando sozinha!* Ele simplesmente se afastou de mim, como se eu não fosse nada! Como se eu nem estivesse... lá! Como se fosse apenas... apenas...

Uma modelo cabeça de vento.

— Mas... Mas, Sr. Stark! — chamei.

Mas Robert Stark continuou andando e saiu do escritório sem ao menos lançar um olhar para trás. Não acreditei no que estava acontecendo. A única pessoa que pensei que seria capaz de me ajudar — nem tanto por mim, mas por

Nikki — me ignorou como se eu fosse uma mosca. Ou um ajudante de garçom.

Ou uma garota.

— Nem se dê ao trabalho — disse uma voz profunda atrás de mim.

Virei-me e olhei para Brandon, que estava observando o pai dele sair com uma expressão que eu só poderia descrever como... bem, não muito amigável.

— Ele não fala com artistas — informou Brandon.

Olhei para ele, confusa.

— Artista? Você quer dizer...

Eu. Eu sou artista.

— Nem comigo — acrescentou Brandon, amargo. — Se puder evitar. Ele é ocupado e importante demais para isso.

— Mas — comecei, meneando a cabeça, sem saber se tinha entendido direito. — Ele é o seu *pai*. É claro que não pode estar ocupado demais para você.

Brandon me lançou um olhar estranho e disse:

— Você realmente *está* com amnésia, não é?

E, com isso, virou-se e se afastou antes que eu pudesse dizer alguma coisa.

Eu estava voltando para a área cortinada para trocar de roupa quando me deparei com Rebecca e Kelly.

— Querida, você estava fabulosa! — exclamou Rebecca.

— Não estava nada — neguei. Meu pescoço ainda estava dolorido pelo modo como Raoul me pediu para arqueá-lo. — Eu não sabia o que estava fazendo e o Sr. Stark me odeia.

Mas, na verdade, eu não sabia ao certo se isso era ruim...

— Ah, você só está um pouco enferrujada — disse Rebecca, dando de ombros. — Você bateu com a cabeça! Todos deverímos ficar tão bem quanto você depois de uma pancada! E Bob Stark odeia todo mundo. Hã... Isso está tocando...

Ela me entregou o celular que mamãe me deu. O número de telefone lá de casa estava brilhando na tela. Mamãe estava me ligando, acho que para falar sobre o jantar. Percebi que não segui suas orientações e não liguei assim que cheguei à sessão de fotos.

Deixei cair na caixa postal.

— Ligo depois — falei, sem saber se eu poderia lidar com mamãe e todas as suas perguntas e preocupações nesse momento.

— Ótimo — disse Rebecca. — Agora, Kelly e eu queremos levá-la para jantar fora para comemorarmos o convite da *Sports Illustrated*. Conseguimos sua mesa favorita no Nobu. Vamos ter uma noite das meninas... A não ser que Brandon queira vir conosco.

Olhei para Brandon por sobre o ombro e ele já estava seguindo para o elevador.

— Hã, Brandon tem outros planos — falei. — E, na verdade, estou muito cansada. Acho que vou direto para o apartamento dormir, se vocês não se importarem. Tipo, eu acabei de sair do hospital e amanhã tenho aula...

— Não precisa dizer mais nada — sorriu Rebecca. — Vamos deixar para a próxima. Amanhã à tarde, talvez. Depois da sessão de fotos para a *Elle*.

— Amanhã? — perguntei. — Tenho uma sessão de fotos amanhã?

— Querida, o seu tempo está todo ocupado esta semana — informou Kelly, entregando-me Cosabella. — Você é o assunto mais quente do momento. Tem certeza de que não quer reconsiderar essa ideia de ir para o colégio? Porque isso está atrapalhando bastante sua agenda...

— Não — respondi. — Quero dizer, sim. Quero dizer, eu tenho de ir para o colégio.

Eu *queria* ir. De que outra forma descobriria se Christopher ainda estava livre? Ah sim, e me instruiria, é claro.

Kelly meneou a cabeça.

— Esse negócio de colégio vai me matar — resmungou. E um segundo depois já estava gritando no fone de ouvido: — Não, eu já disse! Ela não estará disponível até às 15 horas. Que parte você não entendeu?

— Bem, acho isso ótimo — disse Rebecca. — Christy Turlington acabou estudando religião comparada e filosofia oriental na Universidade de Nova York, sabe? Se ela pode fazer isso, você também pode. Embora ela não tenha sido muito esperta quando pensou que o Fashion Café poderia dar certo.

— Hã — respondi, porque não fazia a menor ideia sobre o que ela estava falando. — Acho melhor eu ir agora...

— É claro que sim — Rebecca me puxou pelo braço e me levou até a área cortinada. — Meninas, Nikki tem de ir!

E, como em um passe de mágica, tiraram o vestido etéreo que eu usava e os sapatos de salto agulha e coloquei de novo as minhas roupas, desci, entrei na limusine e fui para o apartamento — sozinha, dessa vez. No meu colo, além de Cosabella, estava algo que Rebecca tinha me dado na saída.

— Ah — disse ela —, aqui, tenho que te dar isso.

Ela me passou uma bolsa de couro marrom da marca Prada tão pesada que fez o meu ombro cair.

— O que é isso? — perguntei, curiosa.

— Querida — riu Rebecca. — Essa é a sua bolsa! Você a deixou cair no dia do acidente. Eu estava guardando para você. Sua vida está aí. Seu Sidekick, seu telefone celular, cartões de crédito... Mantenha-a com você dessa vez, o.k.?

Agora, na limusine, despejei o conteúdo da bolsa de Nikki Howard no colo para ver o que tinha dentro e fiquei maravilhada.

Já estava suspeitando disso. Mas agora tinha certeza.

Eu era rica.

Nikki Howard tinha um cartão de crédito American Express platinum, dois Visas e um Mastercard Ouro e um cartão platinum do banco Chase para saques rápidos em caixas eletrônicos, muito dinheiro na carteira ($427) e um extrato bancário que mostrava 366.032 mil na poupança e 22.000 dólares na conta corrente.

E isso era o que ela tinha no banco. Quem poderia saber quanto tinha em investimentos? Porque eu encontrei um cartão de visitas de um consultor financeiro da Goldman Sachs amassado e bastante usado.

Cara, eu tinha muito dinheiro. Não o suficiente para comprar minha liberação do contrato com a Stark, mas dava para ajudar os meus pais se eles tivessem problemas de grana, e isso era ótimo.

A primeira coisa que fiz (depois de admirar o lindo talão de cheques de Nikki) foi verificar o celular. Mas, assim como o que minha mãe me dera, esse também era da Stark. O mesmo acontecia como meu PDA. Como a bateria dos dois aparelhos tinha ficado tanto tempo sem carregar, eu não podia ligá-los para verificar se, como eu suspeitava, estavam grampeados, como o laptop de Nikki. (Embora, mesmo que eu pudesse ligá-los, não poderia ter certeza. Só o comandante poderia afirmar isso.)

Talvez eu só estivesse sendo paranoica. Acordar no corpo de outra pessoa pode fazer isso com uma garota.

O restante do conteúdo da bolsa de Nikki consistia apenas de frascos meio vazios de remédio para azia e produtos de beleza. Mas foi tranquilizador saber que pelo menos eu tinha dinheiro. Tudo o que eu queria era chegar ao apartamento e pedir um jantar (pelo qual eu mesma poderia pagar — e não me sentia culpada por usar o dinheiro de Nikki, porque depois daquela sessão de fotos, senti como se eu o tivesse merecido). Também queria tirar a roupa e tomar um banho longo e quente, ver um pouco de TV e dormir.

E agora eu poderia pagar o entregador. E pedir um pão ou qualquer coisa que eu quisesse no café da manhã no caminho para o colégio.

Mas, quando cheguei ao apartamento, alguns minutos mais tarde, vi que meus planos de um jantar calmo e um banho relaxante na jacuzzi de Nikki Howard desceram por água abaixo... literalmente. Porque quando as portas do elevador se abriram e Cosabella entrou na sala de Nikki, havia várias pessoas lá — incluindo Lulu e Brandon —, gritando:

— Bem-vinda, Nikki!

Eles tinham uma faixa, estouraram champanhe e vieram me abraçar.

Sim. Eu fiquei surpresa. Principalmente porque a pessoa que me abraçou com mais força foi Justin Bay.

DEZENOVE

ESTÁVAMOS NA FAMOSA CAVE. A BOATE ERA CHAMADA ASSIM POR ser localizada nas entranhas da cidade de Nova York, em uma parte do sistema do metrô que a cidade havia planejado e depois abandonado devido à falta de investimento, há aproximadamente um século. Instalaram refletores e sistemas de som ao longo das paredes de pedra em lugares estratégicos, contrataram uma dupla de DJs, e a transformaram na boate da moda de Manhattan. Havia uma fila do lado de fora da porta que dava a volta no quarteirão, mesmo sendo uma noite de quarta-feira. Você não entra se não for alguém.

Nikki Howard, ao que se constatou, era alguém. Embora tivesse apenas 17 anos e sua entrada não fosse legalmente permitida em boates.

Mas estava tudo bem, porque Nikki não bebia. Descobri isso quando me aproximei do bar, cansada e morta de sede. O *bartender* disse:

— Ei, Nikki, há quanto tempo. O de sempre?

— Estou com amnésia — respondi. Parece-me que essa foi a frase que mais disse às pessoas durante a noite quando eles se aproximavam de mim e falavam: *Nikki, sou eu! Não se lembra de mim? Sou eu Joey/ Jimmy/ Johnny/ Jan de Paris/ Dinamarca/ East Hampton/ Los Angeles*! — Você não ficou sabendo? Eu não sei qual é "o de sempre".

O garçom pegou uma taça de coquetel alto, encheu de água, adicionou um pedaço de casca de laranja ondulada e o fez deslizar na minha direção. Se você não soubesse que era apenas água, pareceria exatamente um martíni, só que com uma casca de laranja em vez de azeitona.

— Chamamos esse drinque de Nikki — contou ele, dando uma piscadela. — Somente os garçons da cidade sabem que é apenas água. Você não pode tomar bebidas alcoólicas por causa do seu problema de estômago, lembra? E porque você não tem 21, claro — acrescentou, humilde.

Abri um sorriso para ele; eu estava começando a não ficar tão irritada com Nikki Howard... Algo no que não teria pensado hoje cedo.

— Obrigada — agradeci, enquanto sorvia o drinque que era a marca registrada de Nikki.

Observei a pista de dança. Eu não conseguia acreditar que era tão tarde — quase duas da manhã — e a boate ainda estava lotada (e ficando cada vez mais cheia) em um dia de semana. É claro que eu nunca tinha entrado em um lugar como este antes.

Talvez fosse sempre assim. Aqui no bar mal havia um banco disponível. Eu só tinha conseguido o meu porque um fã galante tinha me cedido o dele. (Em troca de um autógrafo, claro. Na primeira vez em que alguém me pediu um autógrafo, eu quase assinei Em Watts, mas mudei para Nikki Howard no último minuto. Desde então, tanta gente já tinha pedido meu autógrafo durante a noite que eu já estava até me acostumando com isso.)

Na pista de dança, corpos estavam girando ao som de *techno* hipnótico, e diferentes flashes de luzes coloridas e espessas nuvens de gelo seco tornavam impossíveis dizer quem era quem. Eu sabia que Lulu estava ali em algum lugar, junto com Brandon e Justin e mais uma tonelada de "melhores" amigos de Nikki Howard (o número era cada vez maior à medida que a noite passava). Tínhamos começado a noite no apartamento, depois seguimos para um jantar agitado em um dos restaurantes de Bobby Flay (e o *chef* de cozinha da rede estava lá e veio até a nossa mesa para me desejar — quero dizer, desejar a Nikki — uma rápida recuperação), e então acabamos na Cave.

Lulu estava tão animada com a festa surpresa que tinha preparado para mim que eu não tive coragem de dizer a ela que eu não estava a fim de uma festa naquele momento. Tentei concordar com tudo e até permiti que ela me arrastasse para dentro do closet de Nikki e escolhesse uma roupa apropriada para a noite.

E, por isso, eu estava agora sentada em um dos muitos bares da Cave, usando botas pretas de salto agulha até a altura dos tornozelos, top preto curto, e uma minissaia de lamê dourado. Eu estava parecendo uma prostituta que vi uma vez na West Side Highway, mas não queria magoar a Lulu ao dizer isso. Principalmente porque a prostituta era um homem.

— Você não está se *divertindo*? — Lulu saiu de uma nuvem de fumaça de gelo seco para me perguntar de repente.

A roupa dela contrastava com a minha, já que ela estava com botas de lamê dourado e top e saia pretos. Ela frisara nossos cabelos para ficarem uns 12 centímetros acima da cabeça e estava chamando o penteado de Noite dos Anos 1980.

O único problema era que, na boate inteira, apenas nós duas estávamos usando uma roupa inspirada na década de 1980.

— Claro que estou — respondi. — Mas você sabe que tenho de ir para casa logo, Lulu, porque tenho aula de manhã.

A pequena boca da Lulu se abriu como a de um filhote de passarinho.

— Ai, meu Deus — exclamou. — Eu esqueci! É verdade, você vai fazer aquele lance de colégio. Cara você deve estar me odiando.

— Não, lógico que não — assegurei. A verdade era que, de todas as pessoas que conheci desde que acordei no corpo de Nikki Howard, ela era a minha favorita. Brandon ainda estava bravo comigo por causa de Gabriel, e Justin, claro, estava me tratando friamente porque Lulu estava por perto (e eu estava muito agradecida por isso, já que eu não queria conversar com ele mesmo). Eu não sabia quem eram as outras pessoas — Lulu tinha me apresentado a elas, mas seus nomes e como Nikki deveria conhecê-las tinham saído da minha cabeça. Nenhuma delas revelou estar tendo um caso secreto comigo (ou melhor, com Nikki), o que já foi um alívio para mim...

Todos pareciam ser bem legais, e ficavam falando sobre pessoas que eu não conhecia, mas, durante a maior parte do tempo, me senti excluída e... bem, bastante solitária, apesar de todos os fãs que vinham me pedir autógrafo (e do fato de minha mãe continuar ligando, embora eu ainda estivesse deixando suas ligações caírem na caixa postal. Por que ela tinha de ser tão grudenta? Eu tinha 16 anos e meio e podia muito bem tomar conta de mim mesma) e de todas as pessoas que evidentemente conheciam e adoravam Nikki Howard, que continuavam se aproximando e fazendo de tudo para agradá-la.

Ser adorada era ótimo. Muito bom mesmo.

Mas o dia tinha sido longo, e tudo que eu queria era voltar para o apartamento e dormir.

Será que isso era tão errado assim?

— E o que é toda essa história de ir para o colégio? — quis saber Lulu, sorrindo e paquerando um cara que ofereceu o banco do bar para ela. Sério, era impressionante o que os caras faziam por uma garota linda. Ser linda era uma realidade completamente diferente, com a qual eu não estava nem um pouco familiarizada. Ela se sentou e fez um sinal para o *bartender*, pedindo um drinque. — Tipo assim, por que você quer tanto ir ao colégio?

— Porque — comecei a explicar. De jeito nenhum eu contaria a ela sobre Christopher. Além disso, decidi que seria mais sábio não mencionar Frida também. — Porque quero ir para faculdade um dia.

— Faculdade? — Lulu fez uma careta. — Pra quê?

— Para conseguir um emprego — respondi. — Provavelmente como professora. Os meus pais são professores, e eu gostaria de ser também. — Quando me dei conta do que acabara de dizer, empalideci. — Quero dizer...

Mas Lulu simplesmente ignorou minha declaração. Ela ainda estava convencida de que a transferência de espírito, e não a amnésia, era a explicação correta para o recente comportamento bizarro de Nikki Howard.

— Você quer ser professora de quê? — O *bartender* tinha trazido o drinque de Lulu sem ela ao menos ter especificado o que queria. O drinque de sempre dela era alguma coisa amarelada com folhas verdes flutuando e alguns cristais espalhados pela borda. Quando provei um que tinha caído no bar, descobri que era açúcar.

— Não tenho certeza — respondi. — Gosto de muitas matérias. É por isso também que quero continuar indo ao colégio, sabe? Para descobrir. — Então tive uma ideia: — Ei, você deveria vir comigo!

Lulu quase engasgou com seu drinque.

— Hã, obrigada, mas dispenso!

Meneei minha cabeça.

— Lulu — comecei. — Você só tem 17 anos e deveria estar estudando. Você não deveria nem morar sozinha. Por que você mora sozinha, mesmo?

Ela olhou para mim e uma expressão confusa apareceu no rosto travesso.

— Eu não moro sozinha — disse Lulu. — Moro com você.

— Eu sei — respondi. — Mas o que quero saber é por que você não mora com seus pais.

— Porque minha mãe fugiu com meu professor de *snowboard* e não quer nada comigo, boba — contou Lulu em tom alegre. — E a nova esposa do meu pai é cinco anos mais velha do que eu. Como você se sentiria morando em uma casa assim?

E, com isso, ela acabou de beber o drinque, desceu do banco e voltou rapidamente para a pista de dança, me deixando sozinha no bar.

Mas não por muito tempo, porque, um segundo mais tarde, Justin Bay sentou-se no banco que ela deixara vago e começou:

— Então você honestamente espera que eu acredite que você não se lembra de nada... *Nada* mesmo sobre nós... e Paris?

Olhei para o *bartender* e ele deslizou outro Nikki especial em minha direção.

— Você não deveria estar falando comigo — falei. — Você é o namorado da Lulu. E não, eu não me lembro de nada. É isso o que a palavra amnésia significa. Perda de memória. É a palavra grega para esquecimento total.

— Ah — disse Justin, envolvendo minha cintura com o braço e inclinando o rosto para encostar o nariz em meu pescoço. — Basta uma batida na cabeça para você se tornar a senhorita sabe-tudo, né? Mas, se tem uma coisa que você sabe, é que se alguém pode despertar sua memória, esse alguém sou eu...

Foi impressionante. A reação do meu corpo aos lábios quentes no meu pescoço foi instantânea. Senti uma corrente elétrica subindo e descendo pela minha espinha. Só que não era desagradável.

O problema era que Lulu estava dançando a seis metros de distância.

O que aconteceu em seguida foi tão instantâneo quanto a reação da minha pele aos lábios dele.

Eu despejei o conteúdo do copo de coquetel que o garçom tinha acabado de me entregar na cabeça do Justin.

Todos ao nosso redor vaiaram quando Justin esbravejou e deu um salto do banco. Dizer que ele parecia chocado seria eufemismo. Ele estava completamente horrorizado — ainda mais depois que lambeu o líquido que escorria pelos seus lábios.

— Você está bebendo *água*? — exclamou.

— Isso se chama Nikki — falei, grandiosa, enquanto descia do meu banco. — Eu não tomo bebidas alcoólicas nem fico com o namorado de outras pessoas. Não se esqueça disso.

Eu me afastei ao som de aplausos.

Encontrei Lulu dançando com outras três garotas, que estavam vestidas no estilo dos anos 1980 também. Era como se ela tivesse enviado mensagem codificada antes mesmo de termos saído do apartamento. Aqui estava eu, uma modelo famosíssima, e ainda não entendia como as garotas conseguiam escolher o que vestir.

— Lulu — gritei, para ser ouvida sobre a musica incrivelmente alta. — Estou indo para casa. Você pode ficar se quiser, mas só queria que você soubesse que estou indo.

Lulu parou de dançar e me encarou.

— Não — disse ela, balançando o cabelo com aparência selvagem. — Nunca vamos embora sem a outra. Se você está indo, eu estou indo também. Só vou avisar Justin.

— Hã — gritei —, Justin está meio... furioso agora.

— Oh — disse Lulu, compreendendo tudo na hora. — Ele andou dando em cima de você?

Agora foi a minha vez de encará-la.

— Você sabia?

Lulu revirou seus enormes olhos.

— Dã. Sei que Nikki tem um problema em dizer não aos garotos quando eles começam a beijá-la... e também que garotos têm um problema em não beijar Nikki. Mas eu achei que a primeira parte talvez tivesse sido esclarecida com a transferência de espírito.

— Bem, eu disse não — respondi, incomodada. — E agora ele está furioso.

Parecia absurdo estar ali na pista de dança tendo essa conversa... Principalmente porque um cara com uma tonelada de correntes douradas e calça grande que mostrava a maior parte de sua cueca estava dançando do meu lado e começou a se esfregar em mim.

— Você não é Nikki Howard? — perguntou ele.

— Não — respondi e voltei a atenção para Lulu. — Você está dizendo que sabia esse tempo todo?

— Eu suspeitava — admitiu Lulu, dando de ombros. — Mas olha, não é que Justin e eu tivéssemos tido, algum dia, uma grande ligação amorosa. Ele sempre me dá presentes bons quando sai com outra pessoa. E desde que vocês voltaram dos shows em Paris, ele tem me dado presentes realmente ótimos.

— Eu sinto muitíssimo — falei ao ouvir isso. Fiquei me sentindo péssima. Embora não fosse culpa minha, e sim de Nikki.

E eu não era Nikki. Pelo menos não na época em que ela tinha feito as coisas horríveis que magoaram Lulu.

— Você é Nikki Howard, sim — insistiu o Calças Grandes, dançando para cima de mim novamente. — Droga, garota. Você é uma mulher e tanto.

Virei-me e dei um empurrão no peito dele quando o cara esfregou a pélvis na minha perna.

— Tá tudo bem — disse Lulu, claramente pisando em cima do Calça Grande enquanto ele estava caído no meio da pista de dança. — Você não consegue evitar. É como se você fosse impotente em relação a beijo. E, bem, se estamos indo embora, deveríamos buscar Brandon. Da última vez que o vi ele estava... Ah, olhe ele lá. E aquilo não é bom.

Lulu apontou para Brandon na cabine do DJ, discutindo sobre alguma coisa.

— Vou falar com ele — falei e cheguei a tempo de ouvir Brandon dizer:

— Você nunca quer tocar as minhas músicas, cara. Por que isso?

A resposta do DJ foi curta e grossa.

— Porque sua música é ruim.

Brandon puxou o braço para trás como se fosse socar a cara do DJ. Eu me atirei na frente e agarrei seu braço, jogando todo o peso do meu corpo sobre ele para desequilibrá-lo.

— O que você está fazendo? — reclamou ele, trocando as palavras devido ao excesso de álcool. — Você ouviu o que esse cara acabou de dizer? Vou matar esse idiota.

— Não, você não vai — declarei. — Temos de ir agora.

— Não posso ir agora — disse Brandon, tentando se afastar. — Primeiro tenho que matar esse cara.

— Não — insisti, cravando os saltos agulha no chão ladrilhado para impedi-lo de avançar sobre o DJ. — Brandon, você não pode. Precisamos ir. A limusine está à nossa espera.

— Bom — disse Brandon, arrastando-me para a frente. — Chego lá em um minuto. Assim que eu tiver matado esse cara.

Sem saber mais o que fazer — mas sabendo que precisava distraí-lo de alguma forma —, dei um tipo de pulo, mantendo um braço enrolado em volta do braço de Brandon e jogando o outro em volta de seu pescoço, e grudei minha boca na dele.

Como eu esperava, os reflexos de Brandon não tinham sido tão afetados pelo álcool a ponto de ele não conseguir me pegar no momento em que pulei em seus braços. E ele ficou muito mais preocupado em me beijar do que em se lembrar de brigar com o DJ. Beijar desse jeito é realmente maravilhoso. Quase me esqueci que eu estava fazendo isso apenas para evitar que Brandon se metesse em confusão...

...até que alguém que estava perto limpou a garganta. Afastei os lábios de Brandon e vi Gabriel Luna ali nos encarando, segurando um CD na mão e parecendo um tanto perplexo.

— Ah — falei, sentindo o rosto corar. Afinal, eu estava no colo de Brandon Stark. Embora dessa vez ele não tenha precisado me jogar por cima dos ombros como na noite em que ele e Lulu me sequestraram. — Oi.

— Hã — disse Gabriel. — Olá. Tá tudo bem?

— Ah, sim — respondi, tentando parecer animada. — Estávamos de saída. Brandon, você já pode me colocar no chão.

— Não — disse Brandon, sombrio, ao notar que era Gabriel, aparentemente o reconhecendo da foto de nós dois na Vespa exibida em todos os canais no dia anterior.

Dei uma risada nervosa e tentei lançar meu melhor sorriso para Gabriel.

— Ele está brincando. Coloque-me no chão agora, Brandon.

— Não — disse Brandon novamente.

Fechei os olhos por um instante, rezando para que não houvesse uma briga entre Gabriel e Brandon.

Mas eu não precisava ter me preocupado. Porque claro que Gabriel não gostava de mim dessa forma, considerando o fato de ele achar que Nikki Howard era uma viciada que passara um mês numa clínica de reabilitação e tal. Quando abri os olhos novamente, ele ainda estava me encarando com a mesma expressão perplexa.

Lulu tinha vindo até aqui atrás dele e estava nos olhando de cara feia.

— Deus, por que você está demorando tanto? — reclamou ela, em voz surpreendentemente alta. Parecia um general zangado de 1,50m.

— O carro está esperando, gente. Vamos logo.

Obedientemente, Brandon a seguiu. Acho que ele esqueceu que ainda estava me carregando. Sem graça, acenei para Gabriel por cima dos ombros largos de Brandon. Gabriel acenou de volta — então pareceu se dar conta do que estava fazendo e baixou a mão, olhando em volta enquanto muitas pessoas que estavam ali perto gritavam:

— Ah, meu Deus, aquela é Nikki Howard! — Um ou dois correram para me pedir um autógrafo, mas Brandon somente resmungou e continuou andando, sem sequer parar por um momento.

Ser carregada para fora da boate mais famosa de Manhattan às duas horas da manhã pelo ex-namorado de Nikki Howard não foi tão constrangedor. Principalmente quando nós encontramos com mais ou menos 9 mil *paparazzi* entre a frente do clube e a porta da limusine. Isso foi *especialmente* bom. Ou não.

— Ótimo — falei, depois que Brandon me colocou dentro do carro e eu estiquei a saia, que estava embolada acima das minhas coxas.

— Você sabe o que pareceu, né?

— O quê? — perguntou Lulu, confusa, enquanto retocava seu brilho labial.

— Que eu estava bêbada demais para andar e Brandon estava me carregando para fora de lá.

— E daí? — Lulu admirou o próprio reflexo no cristal Swarovski encrustado na caixa de pó de arroz que segurava. — Você não sabia que não pode beber demais. Você esqueceu. Você tem amnésia. Lembra? Meu Deus, essa é a desculpa perfeita para tudo. Ela olhou por cima do estojo. — Oh, não, espere... como você poderia lembrar disso? Você tem amnésia.

Brandon, que tinha entrado no carro logo depois de nós, escolheu esse momento para desmoronar em cima de mim.

— Na sua casa ou na minha? — perguntou ele, caído sobre o meu estômago.

— Ai, meu Deus, *saia de cima de mim* — ordenei, empurrando-o. — Não vou para sua casa e você não vai para a minha. Eu nem gosto de você desse jeito. Só beijei você para impedir que acabasse com a cara amassada por causa daquele DJ. Você não está em condições de brigar com ninguém.

— Você é legal — disse ele, sem se afastar e se aninhando ainda mais no meu colo. — Você está muito mais legal do que costumava ser, antes de bater com a cabeça e embaralhar seu cérebro. Você era tão *má*, antes. Lembra, Lulu? Como Nikki era má o tempo todo?

Lulu agarrou a bolsa e guardou o brilho labial, erguendo a cabeça para me estudar ponderadamente.

— Ela está bem *menos* galinha — disse ela. — Deve ser por causa da transferência espiritual.

— Não quero saber por que — declarou Brandon, suspirando feliz enquanto abraçava minha barriga. — Só estou feliz por ela estar de volta. E muito mais *legal*. — Alguns segundos depois, ele soltou um ronco suave.

Lancei um olhar indefeso para Lulu, como quem diz, *o que eu devo fazer agora?*

— Só o empurre quando chegarmos em casa — orientou ela, dando de ombros. — Ele não vai acordar. Tom vai levá-lo para casa, na Charles Street. Ele não vai se lembrar de nada disso amanhã. Nunca lembra.

— Ele costuma fazer isso sempre? — perguntei, dando uma olhada no rosto bonito, sereno e adormecido de Brandon.

Lulu me olhou sem entender.

— Ele gosta de festejar — contou ela.

Pude ver que ela não fazia ideia sobre o que eu estava falando e também que ela estava começando a cochilar, cada pedaço do seu corpo tão cansado quanto o meu. Eu teria de enfrentar o problema Brandon em breve e sabia disso.

Mas não nesta noite. Hoje, eu só queria ir para cama.

E foi o que eu fiz, no minuto em que chegamos em casa, depois de colocar cuidadosamente o alarme de Nikki para despertar às sete horas — o que me daria um total de quatro horas de sono —, para que eu pudesse chegar ao colégio na hora certa.

Bem, acho que ninguém tinha dito que seria fácil conciliar o ensino médio com a carreira de modelo em tempo integral. Eu não tinha ideia de como iria conseguir.

Tudo o que eu sabia era que precisava fazer isso, se quisesse estabelecer qualquer tipo de normalidade na minha nova vida.

Normalidade. Quando eu tinha o rosto de Nikki Howard e o cérebro de Em Watts. Certo. Porque isso estava funcionando *maravilhosamente* bem até agora.

VINTE

NA MANHÃ SEGUINTE, PERCEBI QUE OS MORTOS-VIVOS ESTAVAM EM boa forma quando o táxi que eu tive a sorte de conseguir pegar me deixou em frente ao colégio. Estavam apoiados na cerca aramada que circundava o terreno do prédio do outro lado da rua (para que ter uma escola se não for em frente a uma antiga fábrica de linha que foi implodida para dar espaço a mais condomínios, onde você pode ouvir o barulho de caminhões dando marcha a ré o dia todo?), enviando mensagens de textos uns para os outros.

Todos menos Whitney Robertson e Jason Klein. Eles estavam se beijando.

Eu poderia vomitar só de olhar para eles.

Mas talvez tenha sido o bolinho dinamarquês que comprei na delicatessen perto do apartamento e cometi o erro de tentar comê-lo de café da manhã. Parece que o sistema digestivo de Nikki Howard e o bolo dinamarquês não se deram muito bem.

Não tive tempo de preparar um café da manhã decente para mim. Quase não acreditei quando o relógio despertou. Parecia que eu tinha acabado de fechar os olhos e já estava na hora de levantar novamente. Quis morrer quando vi que horas eram. De uma coisa eu tinha certeza: nada de sair à noite durante a semana. Aquilo não era para mim.

Então, enquanto estava ali deitada, olhando para as paredes brancas e lisas do quarto de Nikki Howard — uma empregada ou alguém deve ter vindo limpar, porque as rosas do Gabriel não estavam mais lá, acho que elas finalmente murcharam e morreram —, com Cosabella lambendo meu rosto pedindo comida e uma caminhada, ocorreu-me que eu não precisava ir. Sério. Ninguém estava me forçando. Nikki Howard era uma menor emancipada. Ela não tinha de ir ao colégio se não quisesse. Eu poderia virar para o outro lado e voltar a dormir, um sono gostoso e adorável. A limusine só viria me pegar para a sessão de fotos para *Elle* às três da tarde. Então, eu poderia ficar na cama o dia inteiro se quisesse.

Era tentador. Tentador demais. Principalmente porque eu ainda estava muito agitada para dormir quando cheguei em casa na noite passada e, depois de ouvir as mensagens de mamãe — sete delas, cada uma mais irritada do que a anterior —, acabei indo ao quarto de Lulu para checar o laptop enquanto ela dormia e descobri que ele estava com o mesmo software de rastreamento de toques que o computador de Nikki.

Eu tinha desconectado os modems de ambos e descobri que os teclados funcionavam perfeitamente quando os pluguei ao modem de volta.

Tudo bem que eu tinha um PC da marca Stark... Mas agora que ele estava funcionando sem o *spyware*, quem precisava de colégio? Eu teria de criar uma identidade on-line completamente nova para Nikki, já que eu sabia que meus pais tinham cancelado as minhas antigas (a ideia de continuar usando uma delas era divertida, mas meus pais certamente me censurariam, principalmente porque eu deveria estar morta). Mas seria muito bom estar on-line novamente! Eu poderia jogar *Journeyquest* e trocar mensagens com Christopher...

Oh, não, espere. Eu não poderia. Como Nikki Howard poderia conhecer Christopher Maloney? Para conhecê-lo, ela teria de ir ao colégio hoje...

Essa, tenho de admitir, foi a única coisa que me obrigou a sair cambaleando da cama. Peguei as roupas às cegas, puxando a primeira coisa que meus dedos tocaram, o que acabou sendo um vestido de cintura alta que eu deveria vestir com calça legging preta com botas de caubói e um monte de cordões (Lulu separara essa roupa na noite passada, dando risadinhas sobre como eu precisava estar bonita no meu primeiro dia de aula).

Para dizer a verdade, o conjunto ficou surpreendentemente confortável. Tipo assim, já que não era camiseta e jeans.

Depois de ter escovado os dentes e lavado o rosto e penteado o cabelo (com bastante cuidado com a cicatriz ainda sensível), percebi no espelho que... eu realmente estava bonita.

Quem diria que você pode ficar bonita e se sentir bem ao mesmo tempo? Tipo, é claro que você sempre se sente bem de legging. Mas quase ninguém fica bonito quando as usa (pelo menos, de acordo com Frida). Não que eu tenha deixado isso me impedir de usá-la para ir ao colégio, exceto quando Frida percebia e me obrigava a voltar e trocar de roupa.

Mas quando ela não via, as mortas-vivas sempre paravam e me olhavam de cima abaixo, porque vestida daquele jeito eu não estava compatível com o uniforme delas, que consistia em calça cáqui apertada e camisa de gola... nunca abotoada na cintura!

Talvez esse tenha sido o motivo por que, quando saí do táxi e comecei a subir os degraus em direção à secretaria, todas as pessoas em frente à escola pararam o que estavam fazendo e simplesmente... olharam para mim.

Então, ouvi sussurrarem o nome *Nikki Howard* e me lembrei de que não era para mim, Em Watts, que eles estavam olhando, só porque não me vestia como as mortas-vivas, mas sim, porque, na verdade, estava usando o corpo de celebridade.

Ah, é. É por isso.

Um segundo depois, vi uma delas se afastar do grupo e caminhar na minha direção. Levei um segundo para perceber que era a minha irmã, Frida. Isso por que ela já tinha se integrado totalmente aos outros.

— Hã, Nikki? — chamou, fingindo não saber que era na verdade eu.

Parei de andar e olhei para ela. Ela estava usando o uniforme vermelho e dourado de líder de torcida do colégio.

E ficou totalmente adorável nele.

— Você trocou de roupa quando chegou aqui? — perguntei. Foi a primeira coisa que me veio à cabeça. Felizmente, estávamos longe o bastante de todo mundo e não tinha como alguém nos ouvir. — Porque a mamãe nunca deixaria você sair de casa com isso, não é? Ela já sabe que você entrou para o time?

— Troquei de roupa quando cheguei — confirmou Frida impaciente. — E não, ainda não contei. E você deveria agir como se não me conhecesse.

— Eu não conheço você — declarei olhando a saia curta de pregas. — Mas... ficou... ficou...

— Não precisa nem dizer, Em — pediu Frida, estreitando os olhos.

— Fofa.

Frida ficou boquiaberta.

— Peraí, você acabou de dizer o que eu acho que ouvi?

— Acho que o gosto Nikki está me contaminando ou algo assim — respondi, meneando a cabeça. — Estou começando a gostar de todos os tipos de coisas que costumava odiar.

— Tipo Brandon Stark? — Frida quis saber. — Porque tem uma foto na edição de hoje do TMZ de você sendo carregada para fora da Cave por ele ontem à noite. Também tinha uma que mostrava você de pernas abertas ao ser colocada na limusine, e deu até para ver sua...

Senti o sangue gelar.

— Mamãe não viu isso, viu?

— Como se checar o Perez Hilton fosse a primeira coisa que ela faz de manhã. Ela está muito ocupada tentando ligar para você. Será que você vai se dignar a atender o celular? Tudo o que eu posso dizer é, ainda bem que você estava usando calcinhas. Ai, meu Deus! — disse Frida, segurando a respiração. — Não olhe agora, mas, tipo, todo mundo está olhando para você. Todo mundo mesmo. Eu disse para NÃO

OLHAR. Mas todos estão olhando. Eles estão... Ei. Onde você arrumou esses cordões?

— Não sei — respondi. — Eles são de Nikki. Acho que são da coleção de roupas da Stark que levará o nome dela. Acho que posso conseguir alguns para você...

— Isso seria incrível. Olhe só para eles — deliciou-se ela, dando uma espiada em Whitney e nos outros mortos-vivos. — Eles estão tentando entender o que estou fazendo conversando com você. Eu disse NÃO OLHE. — Então acrescentou: — Ai, meu Deus, Whitney está olhando para cá. WHITNEY ROBERTSON ESTÁ OLHANDO PARA CÁ. Isso é maravilhoso. Whitney Robertson está realmente olhando para mim. PARA MIM. Ela nunca me olhou antes, nunca. Este é o melhor dia da minha vida.

— É, eu sei. Bem... — falei, virando na direção das portas do colégio para ir à secretaria. — Bem-vinda ao mundo de Nikki Howard, Frida. Bom saber que alguém o aprecia.

Quando passei pelas portas, olhei por sobre o ombro e vi umas trinta pessoas correrem até Frida, todos gritando para saber sobre o que tínhamos conversado. Frida fingiu estar calma, dando de ombros e brincando com o cabelo.

Óbvio que ela estava no céu.

Uma pena que, para ela chegar lá, eu precisava estar no inferno.

Eles me deram meu antigo armário.

Eu já deveria estar preparada para isso. Não parecia que mais alguém tivesse saído no meio do semestre.

Então, não era surpresa nenhuma eu ter ficado com meu antigo armário... Também fiquei em muitas — embora não todas — de minhas antigas turmas.

Houve algum tipo de preocupação em relação a Nikki Howard não conseguir acompanhar os cursos avançados nos quais Em Watts estava matriculada... principalmente considerando a suposta amnésia. Tive de fazer uma parada rápida na secretaria, mas consegui matricular Nikki Howard em literatura, biologia e trigonometria (tive de garantir que, se não conseguisse acompanhar qualquer uma das aulas, eu trancaria a matrícula).

É claro que, depois de ter perdido um mês de aulas, havia uma grande possibilidade de eu realmente não conseguir me recuperar... Mas estava disposta a tentar, se isso significasse que poderia ter algumas aulas com Christopher. De que outra forma eu poderia fazer amizade com ele?

Era estranho fingir não saber a combinação do cadeado para que a aluna que estava servindo como minha guia (uma caloura que eu nunca tinha visto antes) não pensasse que eu era paranormal ou algo assim.

A caloura, Molly Hung, estava totalmente enlouquecida por estar mostrando o colégio para Nikki Howard. Ela era tímida e percebi que seus dedos tremiam enquanto me mostrava como abrir o cadeado. Depois de me deixar tentar a combinação algumas vezes para eu me acostumar — e depois de abrir a porta e ver, para meu desespero, que as minhas coisas não estavam mais ali (embora, claro, eu deveria ter esperado por isso) —, ela finalmente criou coragem para me fazer uma pergunta.

— Você realmente sai com Brandon Stark? — começou ela, curiosa. — P-Porque eu vi uma foto sua com ele uma vez...

— Hã — respondi. — Sim, tipo assim, nós temos uma relação meio casual. Eu sofri, hã, um acidente, e...

— Ah! — Molly levou a mão à boca e pareceu chocada. — Claro! Eu me esqueci! Você não se lembra. Sinto muito! Sério. Deus, eu sou muito burra.

— Tá tudo bem — assegurei. — Não se preocupe com isso.

Mas ela parecia querer se matar, de qualquer jeito.

Molly me acompanhou até a aula do meu primeiro horário — fui sortuda o suficiente (sarcasmo) em voltar para aula de oratória.

— Hã... sei o quanto deve ser difícil começar em um colégio novo onde não conhece ninguém. Então, se você quiser almoçar comigo, por mim... tudo bem.

— Hã — respondi. Eu ainda não tinha pensado sobre a situação crucial da hora do almoço. Com quem me sentaria. Pensei que seria com Frida, mas percebi agora que isso seria um absurdo. Por que Nikki Howard se sentaria com uma garota com quem tivera apenas uma conversa casual nos degraus da entrada do colégio? A verdade era que Nikki Howard provavelmente almoçaria fora.

Mas a quem eu estava querendo enganar? Para começar, Nikki Howard nunca frequentaria um colégio de ensino médio normal. A não ser que fosse em algum *reality show*.

— Obrigada — agradeci a Molly. — Se eu almoçar por aqui, tentarei procurá-la.

— Bem, tenha uma boa aula — desejou Molly, corando de prazer. — E se precisar de mim, este é o número do meu celular. Liga para mim se precisar qualquer coisa. QUALQUER COISA. Tá?

Para minha surpresa, Molly corou ainda mais. Então, ela se afastou dando risadinhas e parecendo realmente... Bem, satisfeita é a única maneira de descrever.

Será que posso dizer que é muito esquisito sorrir para alguém e essa pessoa ficar superanimada com isso? Afinal de contas, foi só um sorriso. Ninguém nunca reagia assim quando eu devolvia um sorriso quando estava no meu corpo antigo. Mas no corpo de Nikki, quando sorrio, todo mundo praticamente parece ter um ataque cardíaco.

Exceto o pai de Brandon.

Eu já sabia que as coisas iam ficar ainda mais estranhas quando entrei na sala — atrasada, graças a todos os formulários que tive de preencher na secretaria e ao fato de que eu não sabia de cor coisas como o número da identidade de Nikki Howard. Toda vez que alguém me pedia isso, eu precisava procurar (sorte ter me lembrado de carregar o Sidekick dela), mas estava tudo bem, porque eu estava com amnésia mesmo.

Entrei na sala de aula, interrompendo uma apresentação oral que McKayla Donofrio estava fazendo sobre a importância da leitura para as crianças. Ela parou na hora que me viu e apenas ficou me olhando. Logo depois, o resto da turma acordou e fez a mesma coisa. Levou um ou dois segundos para que o Sr. Greer notasse que ninguém estava falando, abrisse os próprios olhos e me visse ali em pé.

— Ah — disse, fingindo estar acordado o tempo inteiro.

— Certo. Eles me disseram para esperar por você. Nikki Howard, certo?

— Certo — respondi, entregando a matrícula. — Oi.

— Ótimo, ótimo. — O Sr. Greer pegou o documento sem sequer olhar para eles. — Turma, essa é Nikki Howard, uma aluna nova que vai se unir a nós pelo resto do semestre. Nikki, escolha uma cadeira vazia... Acho que tem uma ali.

Ele apontou para o lugar onde eu costumava sentar. Claro.

Fui em direção ao meu lugar. Baixei a cabeça, fingindo não ouvir todos os sussurros enquanto caminhava até minha antiga cadeira. Quando arrisquei um olhar, percebi que Christopher estava acordado.

E isso não era a única coisa que havia mudado.

Ele tinha cortado o cabelo.

Não era minha intenção parar de repente e ficar olhando para um cara que deveria ser um estranho para mim, mas era muito difícil não fazer isso, uma vez que eu nunca tinha visto Christopher com cabelo acima do pescoço. A longa cortina loira que passava da altura dos ombros desde sempre — certamente desde o ensino fundamental e durante todo ensino médio — não estava mais lá. Ele agora usava o mesmo corte do namorado da Whitney Robertson, Jason Klein. Na verdade, seu eu tivesse olhado rápido para Christopher, poderia até confundi-lo com Jason, tamanha era a semelhança agora. Não havia mais nada para diferenciá-lo dos mortos-vivos. Ele até estava usando o que parecia ser uma camisa polo verde com seu jeans.

O que será que aconteceu? Sei que deve ter sido difícil me ver morrer na frente dele, e ir ao meu funeral e tudo mais.

Mas será que foi o suficiente para torná-lo um aluno normal?

— Então Nikki, só para adiantar — começou Sr. Greer, arrancando-me do estupor e do espanto. — Estamos apresentando um argumento persuasivo em cinco minutos sobre um assunto escolhido pelo aluno. Não espero que você tenha alguma coisa preparada para esta semana, mas se você se sentir pronta, pode tentar apresentar algo semana que vem.

— Tá bem — respondi rapidamente, afastando o olhar de Christopher e sentando-me na cadeira.

Abri o caderno novinho em folha de forma automática — qualquer coisa para parar de pensar no que acontecera com Christopher — e olhei para a frente.

Mas era realmente muito difícil me concentrar no que McKayla estava dizendo. Não conseguia parar de pensar em Christopher e no seu cabelo, mesmo que não pudesse ver seu rosto, já que estava de costas para ele.

O que tinha acontecido? Os mortos-vivos o conquistaram, como fizeram com minha irmã? Como isso pode ter acontecido em tão pouco tempo? Sei que estou fora há um mês, mas mesmo assim! Como ele poderia ter cortado o cabelo desse jeito? Estava resistindo aos pedidos do Comandante por tanto tempo...

Então eu morri e *bum*... a resistência se tornou fútil? Não. Não, isso estava muito errado!

Não que o corte de cabelo estivesse feio. Pelo contrário, na verdade. Até Frida teria de admitir que Christopher estava bonito.

Realmente bonito. E eu gostaria que Frida tivesse me avisado sobre esse fato alarmante. Será que agora que tinha um novo visual, Christopher estava realmente atraindo a atenção feminina? Tipo assim, além da minha.

Não. Não era possível. A única garota que Christopher já atraiu fui eu, e ele nem notou isso (ou pelo menos, que eu era uma garota).

Mas ele estava muito gato agora. Muito mesmo. Tipo, sempre achei que ele era bonito. Mas agora todo mundo ia notar que ele estava bonito. E se ele estivesse saindo com alguém? Ah, por que não pensei em perguntar isso a Frida? Muita coisa pode acontecer em um mês. Cara, olhe para mim. Falando em transformações... eu tinha um corpo novo. Sem mencionar um novo rosto, nome, número de identidade...

Como se suspeitar que meu melhor amigo estivesse me traindo com outras garotas (mas não traindo propriamente dito, já que ele nunca soube que eu gostava dele antes e agora achava que eu estava morta) não fosse o suficiente, eu continuava tendo um pressentimento de que todos na turma me olhavam.

Provavelmente estava me importando demais.

Mas quando afastei os olhos dos rabiscos que eu estava fazendo no caderno novo, minha suspeita se confirmou: eu não estava imaginando coisas... Todos estavam olhando para mim mesmo. No instante que em ergui os olhos, todas as cabeças na sala viraram rapidamente para o outro lado.

Exceto a de Christopher. Notei isso quando fingi derrubar o lápis e abaixei para pegá-lo, lançando um olhar rápido na direção dele.

Os olhos de Christopher estavam fixos em McKayla.

Ele sequer tinha me notado! Fala sério! E por que ele estava acordado, inclusive? Ele sempre dormia durante a primeira aula. Será que Christopher estava saindo com McKayla? Não mesmo. McKayla era a chefe do clube de negócios de Tribeca Alternative. *Clube de Negócios*. Não tinha como gostar dela. Ela só sabia falar sobre como ela revolucionaria Wall Street depois de se formar em Harvard. Christopher não poderia gostar dela. Era impossível...

Percebi que faria um grande progresso pensando nisso.

Frustrada, comecei a rabiscar mais forte. Desenhei um pequeno cachorrinho, igual à Cosabella. Ontem à noite, Lulu tinha prometido que tomaria conta dela enquanto eu estivesse no colégio. A coitadinha tinha se lamentado e latido ao me ver sair do apartamento sem ela. Eu não sabia muito sobre cachorros, mas isso não parecia um comportamento muito estável. Será que Nikki realmente a levava a todos os lugares? Porque Cosy agia como se fosse um crime federal ser deixada para trás.

Eu estava preocupada com a bagunça que encontraria em casa quando voltasse. Duvido muito que Lulu fosse uma babá de cachorros responsável. Com certeza teria de limpar os tapetes essa noite.

Mas tudo bem, parece que os dedos da Nikki precisavam se exercitar mesmo. Eles eram basicamente inúteis. Não conseguia desenhar nada com eles... nem um mísero cachorro. O que Nikki Howard fazia com as mãos o dia todo? Você só pode aplicar um certo número de camadas de esmalte, certo?

— Psiu.

Olhei por cima do ombro, esperando que Christopher fosse a pessoa que havia me chamado. Só que não tinha sido ele. Whitney Robertson estava sorrindo para mim.

Sim. Whitney. Sorriu. Para mim.

A próxima coisa que percebi foi um papel dobrado voando em minha direção. Por instinto, peguei-o.

Quando o desdobrei, vi que se tratava de um bilhete.

Um bilhete de Whitney.

Eu não sabia o que fazer. Whitney nunca tinha me mandado um bilhete antes. Vi sua amiga e membro da tribo dos mortos-vivos, Lindsey, acenar para mim. Tipo, Oi! Ela estava sorrindo, também.

Sem pensar, e antes que pudesse controlar, devolvi o sorriso.

Peraí. O que eu estava fazendo? Sorrindo para uma morta-viva?

Abaixei a cabeça para que o cabelo de Nikki caísse e escondesse o meu rosto e li o bilhete, escrito com uma letra redonda e uma flor nos pingos dos is.

Oi! Bem-vinda ao Tribeca Alternative! Estamos muito felizes por tê-la aqui. Meu nome é Whitney Robertson. Sei que você deve ouvir isso bastante, mas sério, sou sua maior fã. Sei que muitas pessoas falam isso, mas no meu caso é verdade. Admiro seu trabalho desde que você começou, fazendo anúncios de revistas.

Além disso, sei o quanto deve ser estranho, começar em um colégio novo e tudo. Então, eu só queria dizer que se seu almoço for no horário B, sem dúvida tem um lugar para você na nossa mesa! Ficamos perto do bar de saladas.

Beijos e abraços, Whitney.

Então ela tinha colocado o número do celular.

Fiquei olhando para o bilhete um bom tempo. Diversas respostas vieram à minha mente enquanto eu lia e relia o que ela escrevera. Pensei em amassar o papel e jogar na cara dela.

Depois pensei em escrever uma resposta dizendo que eu tinha ouvido tudo sobre ela, que ela era má e que por isso eu não me sentaria com seu grupinho no almoço nem que fossem as últimas pessoas na face da Terra.

Mas acabei não fazendo nada disso. Porque — e sei que isso soa bizarro — não achei que Nikki Howard faria uma coisa dessas.

Não que eu estivesse, na verdade, tentando *ser* Nikki Howard, claro. Pelo menos, não no colégio.

Mas já que eu *era ela*, só... não sei. Pelo pouco que eu sabia dela, simplesmente não conseguia ver Nikki Howard se importar com o que uma garota como Whitney escreveu em um bilhete.

Acho que é porque, quando olhei bem para dentro de mim, já não conseguia me importar mais com Whitney, nem com sua estúpida demonstração de superioridade. Eu tinha muitos outros problemas.

Tipo o meu melhor amigo não conseguir fazer contato visual comigo.

Ainda assim, soube que se não respondesse o bilhete, ela se sentiria menosprezada. E eu não precisava fazer um novo inimigo logo no primeiro dia de aula. Embora Whitney não fosse propriamente uma inimiga *nova*.

Então, joguei o cabelo para trás, virei na cadeira e sorri para ela.

E algo extraordinário aconteceu.

Whitney Robertson corou.

Sério. Nunca pensei que viveria para ver esse dia. Mas suas bochechas se tingiram de um rosa brilhante de prazer, e ela sorriu de volta e acenou, e Lindsey, atrás dela, acenou também.

E Whitney disse só com os lábios, *liga para mim!* E fez um gesto como se estivesse segurando o telefone.

Sorri novamente e olhei para a frente. Esse lance de ser Nikki era mais fácil — em alguns momentos — do que eu imaginei.

Whitney estava em cima de mim no minuto que a aula acabou. O que não foi legal, porque eu estava prestes a me virar para Christopher e fazer um pequeno comentário para quebrar o gelo, tipo, *essa aula é sempre chata assim ou o quê*?

Só que não pude, porque a Rainha do Baile do Inferno veio para cima de mim como ketchup sobre um hamburguer.

— Como você está? — correu ela para perguntar, assim que o sinal tocou. — Vi no *Entertainment Tonight* sobre seu... você sabe. Deve ser horrível não conseguir se lembrar de nada!

— Eu me lembro de algumas coisas — respondi, enquanto arrumava meu material. Por um momento, vieram à minha mente todas as vezes que Whitney e suas amigas tinham rido da minha lingerie no vestiário feminino, porque elas eram da Haner Her Way e não Victoria's Secret, que é a marca que elas usavam.

— Ah, que bom — declarou Whitney. — Bem, como eu disse, meu nome é Whitney e essa é a Lindsey...

— Oi! — gritou Lindsey. — Cara, sou totalmente sua fã. Adorei aquelas fotos que você fez para a Vogue em julho, com os acessórios dourados, e o tigre...

— E nós estamos muito entusiasmadas por tê-la aqui no Tribeca Alternative — continuou Whitney, falando por cima de Lindsey, como se ela não tivesse dito nada. — É uma grande honra que de todos os colégios de Nova York você tenha escolhido o nosso...

— Será que dá para sair do caminho? — perguntou Christopher, que estava parado atrás da gente. — Porque alguns de nós precisamos ir para a próxima aula.

Whitney deu uma olhada por cima do ombro, depois revirou os olhos e saiu do caminho.

Meu coração pulou de alegria com aquele olhar. Porque isso significava que, com ou sem corte de cabelo, Christopher não tinha sido aceito pelos mortos-vivos. Ele não era um deles! Ele até pode parecer um deles, mas não era. Ele ainda estava a salvo. Ele ainda era *ele*!

— Obrigado — agradeceu Christopher ao passar.

— Até mais tarde — falei para ele.

Ele me deu uma olhada distraída por cima do ombro — como se tivesse ouvido alguém falar, mas não tivesse certeza de quem era — antes de desaparecer na multidão do corredor.

Ao meu lado, Whitney olhou com desprezo e disse:

— Desculpe por isso. Não liga pra ele não. Um dos idiotas. Então, se você tiver qualquer pergunta sobre o colégio ou precisar de alguém para mostrar tudo, eu ficaria mais do que feliz em ajudar. O que você vai fazer no almoço, por exemplo? Você definitivamente não vai querer ir para a cantina. A comida lá fede...

— Essa bolsa é a nova Marc Jacobs? — interrompeu Lindsey, apontando para a bolsa pendurada no meu ombro. — Porque estou na lista de espera por uma...

— Não sei — respondi. — Simplesmente a encontrei no meu closet essa manhã. — Lista de espera. Há! — Bem, preciso ir para a aula de espanhol. Então, se vocês me dão licença...

— Eu também! — exclamou Lindsey. — Acho que estamos na mesma turma de espanhol! Sala 611? *Oh, Dios*! Aqui, deixe-me mostrar-lhe onde é.

— Nossa, Lindsey, é melhor se acalmar — disse Whitney com raiva. — Tenho certeza de que Nikki pode achar o caminho.

— Tá tudo bem — afirmei, virando para olhar Whitney diretamente nos olhos. — Lindsey será de grande ajuda. Então tchau, Whitney. Foi um prazer conhecê-la.

E fui andando ao lado de Lindsey, consciente das centenas de olhares invejosos enquanto caminhávamos pelo corredor; Whitney era a mais invejosa de todas.

Mas, dessa vez, isso não me incomodou.

Porque, pela primeira vez, eu estava me divertindo muito para me preocupar com isso.

VINTE E UM

ENCONTREI FRIDA ONDE ELA SEMPRE ESTAVA UM POUCO ANTES DO almoço: no banheiro feminino do primeiro andar, onde as calouras costumavam ir, cuidadosamente retocando seu brilho labial.

Havia algumas calouras lá com ela, mas uma olhou para mim e todas fugiram como se o alarme de incêndio tivesse disparado. Tenho certeza de que, considerando a reputação de Nikki Howard, elas estavam achando que eu tinha ido lá para usar alguma droga. Você poderia pensar que elas teriam ficado ali para assistir, talvez usar o celular para tirar uma foto minha limpando o nariz para vender ao *Enquirer* para descolar uma grana extra.

Mas a turma de calouros do Tribeca Alternative nunca teve reputação de ser tão empreendedora. Além disso, a verdade era muito mais sem graça: eu estava lá para interrogar Frida.

— Por que você não me disse que Christopher tinha cortado o cabelo? — reivindiquei, sentando-me na pia ao lado da que ela estava encostada.

— O quê? — Ela franziu o rosto enquanto aplicava uma nova camada de brilho. — Ah, claro. Christopher cortou o cabelo. Noticiário às onze. Não importa. Ele cortou para seu funeral. O pai dele obrigou.

Chocada, olhei para o reflexo dela no espelho.

— Isso é horrível!

Frida deu um sorriso afetado.

— Você acha? Eu achei que fosse meio que respeito. Você sabe, em relação ao seu funeral. O cabelo comprido dele era meio nojento. Além disso, Christopher não resistiu muito, pelo que ouvi. Ele mais parece um zumbi desde que você... partiu. Parece não ligar para mais nada.

Eu me animei ao ouvir isso.

— Sério? Ele chorou? No meu funeral?

Frida me lançou um olhar aborrecido.

— Nossa, como você está vaidosa agora.

— Não estou, não! — Desci da pia e olhei furiosa para ela. — Sou a pessoa menos vaidosa que você conhece. Como pôde dizer isso? Tudo que quero saber é se Christopher pareceu triste depois que eu morri, e isso não é vaidade. É apenas curiosidade. Se *você* tivesse morrido, provavelmente esperaria que fosse decretado luto oficial na cidade...

— Fala sério — disse Frida, fungando. — E acho que Christopher deve ter ficado triste, sim. Mas nem sei por que você se importa. De qualquer forma, pensei que vocês dois fossem *apenas amigos*. E você pode conseguir alguém muito melhor do que Christopher agora. Tipo, você já tem Brandon Stark... E, provavelmente Gabriel Luna, a não ser que aquela carona de moto tenha sido apenas um golpe de sorte. De quantos namorados você precisa?

Eu a ignorei.

— Com quem Christopher almoça agora? — perguntei. — Quero dizer, agora que estou morta? — *Não com McKayla Donofrio. Por favor não diga McKayla Donofrio...*

— Não sei — respondeu Frida, rabugenta. — Eu não o vejo mais na cantina. Alguém disse que ele está comendo no laboratório de informática. Você sabe que ele trabalha lá como monitor.

— Obrigada — agradeci e me apressei para encontrar Christopher.

Não antes de ouvir Frida gritar para mim:

— Você tem de almoçar comigo, Em... Ou melhor, Nikki! Eu já disse a todos que você iria! Não ouse me deixar na mão!

Mas não tive tempo de me preocupar com a reputação da minha irmã na turma das líderes de torcida mais novas. Eu só tinha quarenta minutos antes do horário do almoço acabar e precisava ir para minha próxima aula. Corri em direção ao laboratório de informática (felizmente sem encontrar Molly Hung, que talvez estranhasse o fato de eu conhecer tão bem o colégio depois do tour extremamente curto)...

E lá estava ele, exatamente onde Frida tinha dito que ele talvez estaria, no laboratório vazio de informática, comendo um sanduíche e iluminado pelo brilho de um jogo solitário. *Madden NFL*?

Como assim, um jogo de futebol americano? Christopher nunca jogava videogames relacionados a esportes. Ele odiava esportes. O que estava acontecendo aqui?

Ainda assim, não acho que estaria exagerando se dissesse que, apesar de ele estar fazendo alguma coisa extremamente bizarra (pelo menos com base em seus antigos padrões de comportamento), Christopher estava lindo com o cabelo loiro curto despenteado. Ele claramente não tinha se preocupado em penteá-lo depois do banho, deixando-o secar no caminho para o colégio. O colarinho da camisa polo verde estava ligeiramente torto nas costas, e havia migalhas na parte da frente. Ele nunca malhou, então seus bíceps desapareciam sob as mangas curtas, não sendo ridiculamente grandes, como os de Jason Klein, mas também não eram inexistentes.

— Hã — falei, já que ele estava tão envolvido no jogo que nem me notou parada na porta. — Com licença?

Ele olhou para mim e engasgou com o refrigerante que acabara de tomar. Então, ele não pôde dizer nada, porque estava muito ocupado tossindo.

— Sinto muito — desculpei-me. Nossa! Acho que eu deveria ter ensaiado isso um pouco mais. Além disso, o que Nikki estava fazendo no laboratório de informática? Qual seria a minha desculpa para procurar Christopher? — Eu só... eu estava querendo saber...

— As salas da administração ficam no fim do corredor, — informou Christopher quando parou de tossir.

Então, para meu espanto, ele se virou para o monitor e voltou para o jogo. *Madden NFL*.

Ah, sim. Christopher Maloney tinha acabado de me dispensar. Por causa de um jogo de computador.

E o jogo nem era bom. E ele não estava me dispensado, mas sim Nikki Howard, a supermodelo *teen* mais famosa do *planeta*.

O que havia de errado comigo? Com certeza ele gostava de Nikki Howard, eu tinha visto isso com meus próprios olhos como ele tinha secado ela no dia da grande inauguração da Stark's. O que estava acontecendo, afinal?

E por que eu não sabia o que dizer para ele? Por que falar com as pessoas tinha de ser tão *difícil*? Isso teria sido tão mais fácil se tivesse sido por e-mail.

Peraí... E-mail...

— Eu sei que aqui não é a sala da administração — disse rapidamente. — Eles me disseram na secretaria que eu poderia abrir uma conta de e-mail para alunos aqui.

O que nem era uma mentira. Isso era o melhor de tudo.

— Ah — respondeu Christopher. Relutante, ele afastou os olhos da tela do computador. — Claro. Sim. Eu posso configurar um endereço, se você quiser.

— Sério? — Eu me aproximei e sentei em uma cadeira ao lado da dele. — Uau, isso seria ótimo. Obrigada!

Sorri para ele.

E ele simplesmente me ignorou.

Tudo bem que eu só estava no corpo de Nikki Howard há alguns dias. Mas aprendi em pouco tempo o efeito que o sorriso de Nikki tinha sobre as pessoas. Principalmente sobre os homens. Eles ficavam completamente indefesos. Os caras se derretiam e fariam qualquer coisa — *qualquer coisa mesmo* — que Nikki quisesse quando ela sorria. Só existia um cara que parecia imune ao sorriso de Nikki, e era o pai de Brandon Stark.

E agora havia outro: o único cara no mundo que eu realmente queria impressionar: Christopher Maloney. Ele nem olhava para mim. Seus olhos estavam grudados na tela do computador enquanto acessava o sistema de e-mails do colégio.

Como iria me aproximar de Christopher — como uma pessoa e não como Nikki Howard — se eu nem conseguia fazê-lo olhar nos meus olhos para ver que tinha alguém aqui atrás da máscara?

— Então — comecei, já meio desesperado — você gosta de... jogos de computador?

Ai, meu Deus, que péssimo. Se eu estivesse no laboratório de informática (digo, como Em Watts), ouvindo aquela conversa entre Nikki e Christopher, estaria rindo muito agora.

— Alguns — disse Christopher, sem parar de teclar.

— Eu também gosto — afirmei. — Você já jogou *Journeyquest*?

Isso chamou sua atenção. Finalmente. Ele se virou para mim, surpreso.

— Você joga *Journeyquest*? — perguntou ele, incrédulo.

— Claro — respondi, sentindo o coração dar um salto de felicidade. Mas eu deveria estar ofendida. Tipo assim, o que havia de tão estranho no fato de Nikki Howard gostar de *Journeyquest*? Será que ele a achava burra demais jogar um RPG de estratégia?

Ah, mas quem se importa? Ele tinha olhado para mim! Ele tinha olhado nos meus olhos! Não demoraria muito agora para que nos tornássemos amigos novamente! Ele me convidaria para ir à casa dele, e logo estaríamos comendo Doritos e assistindo a programas sobre cirurgias e levaríamos bronca do Comandante, como nos velhos tempos. Tudo voltaria ao normal. Tudo seria como costumava ser. Eu estava tão feliz! Mais feliz do que podia me lembrar desde que olhei no espelho retrovisor e tinha visto o rosto de Nikki Howard olhando para mim.

— Mas só cheguei ao nível 45 — revelei.

Nível 45, Christopher! Sou eu, Christopher! Em! Olhe para mim, Christopher! Olhe nos meus olhos! Você está me vendo? Oi, sou eu, Em! Estou olhando direto para você!

Christopher me olhou por alguns segundos, e eu poderia jurar que ele me viu. Eu realmente achei que tivesse me visto.

Mas então ele acabou comigo quando virou o rosto para o outro lado.

— Não jogo mais esse jogo — foi tudo o que ele disse e voltou a digitar.

Peraí. O quê? O que acabou de acontecer? Como assim ele não jogava mais *Journeyquest*? Ninguém simplesmente para de jogar *Journeyquest*. Não é apenas um jogo. É um estilo de vida.

E eu? Eu, Em? Ele tinha me visto, ou não? Lógico que não. Isso seria impossível, certo?

Caso contrário ele não teria desviado o olhar.

— Bem — disse ele —, sua nova conta de e-mail vai ser Nikki ponto Howard arroba TA ponto EDU. Já está funcionando.

O que estava acontecendo? Por que ele estava me ignorando assim? Caras simplesmente não ignoram Nikki Howard. Em Watts, sim.

Mas até caras gays perguntam a Nikki que tipo de creme hidratante ela usa (não que eu saiba a resposta).

— Tá bem — respondi, sem saber o que mais dizer. — Obrigada.

Certo. Christopher não queria conversar comigo. Quero dizer, com Nikki Howard. Deu para perceber.

Não, eu não podia deixar as coisas ficarem assim.

— Você sabe como configurar a conta de e-mail em casa? — perguntou Christopher.

Claro que eu sabia configurar a minha conta de e-mail. Eu faço isso desde que tive minha primeira conta, no quinto ano.

Minha mãe, uma professora especializada em feminismo, sempre suplicou para que Frida e eu nunca agíssemos como burras só para ganhar um cara.

Mas esse era um caso que senti que ela entenderia.

De repente, percebi que essa era uma desculpa para conversar com Christopher amanhã novamente. E eu realmente, realmente, precisava de uma chance. Porque não parecia que ele me convidaria para comer Doritos e ver programas de cirurgia na TV tão cedo.

— Na verdade, não sei como fazer esse negócio de configuração — menti, piscando os olhos. Eu estava exagerando demais na coisa da fêmea indefesa. Minha mãe teria um ataque se me visse agora.

Christopher olhou para mim.

— Você não sabe? — perguntou ele, não parecendo muito surpreso.

— Não — respondi. — É muito difícil? Você sabe fazer isso?

— Sei — disse ele. — Não é muito difícil. Você tem alguma coisa no olho?

Parei de piscar.

— Não — falei, desistindo do lance da fêmea indefesa. Ai, por que flertar tinha de ser tão difícil? Por que ele simplesmente não me agarrava e me beijava como Brandon e Justin? Eu era boa em beijar! Ou, pelo menos, Nikki era. — Se eu trouxer meu laptop amanhã, você faria isso para mim?

— Claro — concordou ele. Eu não podia acreditar que ele não tinha caído na minha estratégia de piscar os olhos. Que, por sinal, tenho certeza de que teria feito Justin Bay cair durinho. Em coma. — Tudo bem por mim.

— Ótimo. — Sorri para ele. Coloquei o sorriso na potência máxima, o tipo de sorriso que tinha feito Rao, o diretor de arte, dizer ontem: *Não é um comercial de pasta de dente*.

Mas eu não queria diminuir a potência. Precisava fazer tudo que fosse necessário para arrancar uma reação de Christopher.

Não que parecesse estar funcionando, já que ele continuava me olhando com total desinteresse.

— A propósito, meu nome é Nikki — falei, ainda sorrindo. — Tipo assim, sei que você sabe disso. Mas... — estendi a mão.

Christopher não sorriu de volta.

— Sou Christopher — informou ele, pegando minha mão e a apertando — Maloney.

O aperto era firme, mas estranhamente sem vida. Não sei como descrever, sei lá...

Era como se eu estivesse apertando a mão de uma pessoa morta. Tipo, alguém morto de verdade, mas que ainda estava andando por aí.

O que não fazia o menor sentido, já que eu era essa pessoa.

Seus dedos estavam quentes, como os meus. Eu sabia que ele não estava morto. Não de verdade. Era como se alguma coisa dentro dele tivesse simplesmente... desistido. Como a luta do cabelo com seu pai. Ele tinha simplesmente... se rendido, depois de todos esses anos. Ele honestamente não se importava mais.

O que estava acontecendo com ele? O que havia de errado?

E como eu conseguiria me aproximar dele o bastante para descobrir, se mal conseguia fazê-lo olhar para mim e perceber que eu estava aqui, dentro de Nikki Howard?

Eu não queria soltar a mão dele... E não acho que tenha sido por causa da alma galinha de Nikki. Tipo, sua mão é diferente da boca ou da língua. Foi tão bom estar perto dele novamente, vê-lo diante de mim, mesmo que ele não soubesse que era eu.

Mas eu sabia que tinha de soltá-la, porque não dá para ficar em um laboratório de informática segurando a mão de um cara que você acabou de conhecer. Mesmo que você tenha sido sua amiga em uma outra vida, e você seja uma supermodelo *teen* agora.

Então soltei a mão... apenas um segundo depois de ele ter tentado soltá-la. É claro que ele me achou meio maluca. Até achei que ele fosse limpar a mão na calça jeans. Mas Christopher se conteve.

— Então — falei, abaixando para pegar a bolsa Marc Jacobs e me esforçando para esconder a minha vergonha. — Estou indo para a cantina almoçar. Você quer ir comigo?

Eu sabia o que ele ia dizer antes de ouvir a resposta.

— Hã, não, obrigado — respondeu Christopher com um olhar estranho. — Mas se divirta. Fique longe da salada de atum.

Foi a primeira coisa que poderia ter um pequeno traço de humor que ele tinha dito. Percebi quanto eu sentia falta das suas tiradas sarcásticas. Quase tanto quando sentia falta dele.

— Obrigada — agradeci, sorrindo.

Porém uma vez mais meu sorriso não pareceu surtir nenhum efeito, e ele se virou para a tela do computador, e continuou jogando o *Madden NFL* sem outra palavra.

Saí do laboratório, constrangida, magoada... e bastante confusa.

— Ai, meu Deus, aí está você — gritou Frida, correndo na minha direção no corredor. — Estava esperando por você desde, tipo, sempre. Onde você estava?

— Fui ver Christopher no laboratório de informática — respondi. — Eu te disse...

— Fala sério — resmungou Frida. — Por que você está andando com aquele *nerd* quando pode sair com *Gabriel Luna*?

— Gabriel Luna acha que sou uma viciada — declarei, lembrando da gafe constrangedora que cometi na noite passada. O que parece ser bastante comum quando estou perto de caras gatos.

— Bem, não importa — disse Frida, pegando o meu braço. — Vamos. Eu disse ao pessoal do time que você se sentaria conosco no almoço hoje.

— E como, exatamente — perguntei, enquanto ela me puxava —, você vai explicar como nos conhecemos e nos tornamos tão íntimas para que eu me sente com você na hora do almoço?

— Nós nos conhecemos hoje de manhã na entrada do colégio — informou Frida. — Você se lembra? Todos nos viram juntas.

— Ótimo — respondi, revirando os olhos. — Frida, o que há de errado com Christopher?

— Ele é um cara estranho — declarou Frida, enquanto me arrastava na direção da cantina. — Sempre foi assim. Você só está notando isso agora porque finalmente está normal.

— Não, quero dizer... O que aconteceu com ele? Ele está... diferente. Ele nem gosta mais de *Journeyquest*. Ele joga *Madden NFL*. Christopher *odeia* esportes. E ele... não consigo explicar. Mas é como... Tipo, eu fui até lá para pedir uma conta de e-mail para Nikki, e ele mal olhou para mim.

— Ah, e aposto que você achou que ele fosse ficar babando por você — debochou Frida. — Só porque agora você é Nikki Howard.

— Bem — falei, sem querer soar esnobe. — Sim. Tipo... ele é um homem, certo? E os homens geralmente babam quando estão com Nikki. A não ser os que são gays. Então, o que há de errado com ele?

— O que você quer que eu diga, Em? Quero dizer, Nikki. Já falei, ele tem estado estranho desde que você morreu. Tipo, mais estranho do que o normal. Acho que sempre foi apaixonado por você, mas nunca percebeu até que você se foi, e agora que você está morta, ele está destruído. É isso que você quer ouvir? — Ela me lançou um olhar por cima do ombro, e quando viu minha expressão caiu na gargalhada. — Cara! É isso! Ninguém merece! Você pode ter o cara que quiser agora. Por que tem de gostar do único cara que gostava mais de você quando você era apenas uma garota normal, como o restante de nós?

Tínhamos chegado à cantina. Frida se virou para me confrontar, colocando as mãos no quadril. Olhei para baixo com os olhos cheios de lágrimas.

— Ai, meu Deus, Frida — solucei. — Você... você realmente acha isso?

Frida ergueu os olhos.

— Meu Deus. Você realmente gosta dele, não gosta? Escute... Como é que eu vou saber? Só estou supondo. Pode fazer sentido. Mas posso estar errada. Olha, Christopher é o menor dos seus problemas agora. Você está prestes a entrar na cantina do colégio Tribeca Alternative. Só que o jogo é completamente diferente do há um mês. Você agora é popular, entendeu? Você tem de tirar Christopher da cabeça e vestir sua máscara. Você é Nikki Howard, a supermodelo. Não Em Watts, a esquisita. Entendeu?

Assenti, mas não estava ouvindo. Continuei pensando no que ela tinha dito. Será que aquilo realmente era possível? Será que, depois que morri, Christopher se deu conta de que me amava? Será que era por isso que ele não queria mais jogar *Journeyquest*? Porque isso o fazia se lembrar de mim?

Será que esse era o motivo de ele finalmente ter aceitado cortar o cabelo? Porque nada mais importava para ele, agora que eu tinha morrido?

Ai, Deus! Essa foi a coisa mais romântica que eu já ouvi na vida!

Mas o que deveria fazer sobre isso? Como poderia fazer com que Christopher se interessasse por Nikki Howard, se ele estava ocupado demais sofrendo por uma garota morta? Que, por sinal, era eu?

E, vamos combinar, ele poderia ter sido um pouco mais legal comigo antes, quando eu ainda estava viva, se realmente estivesse tão apaixonado por mim.

Mas ele nunca tinha tentado me beijar.

Espere... Talvez seja por *isso* que ele está tão mal!

Ai! Isso era ainda mais romântico!

Mas antes que eu tivesse uma chance de conseguir digerir isso, Frida estava me puxando com força pelo braço, e nós estávamos na cantina...

...onde o barulho da conversa, que já era ensurdecedor, aumentou dez vezes quando me viram na entrada.

— Ali está ela! — era o murmúrio que se ouvia pela cantina.

E não eram apenas as mortas-vivas que diziam isso. Os nerds, os góticos, os skatistas, os drogados... todos eles estavam dizendo *Ali está ela!*

Senti que estava ficando vermelha...

— Não sei se estou preparada para isso, Frida — comentei, enquanto Frida me guiava até a fila de comida quente e empurrava uma bandeja para mim.

— Confie em mim — pediu Frida. — Até as supermodelos têm de comer, não é?

Talvez sim. Mas talvez teria sido mais fácil simplesmente comprar alguma coisa na máquina de biscoitos que fica no corredor, com refluxo ou não. Eu estava consciente demais de ser o centro das atenções enquanto acompanhava a fila. Minhas escolhas eram avaliadas e sussurradas como se eu fosse Tiger Woods preparando uma tacada vencedora.

— Ela vai se servir de torta de tofu — ouvi-os sussurrar. Então, alguns segundos depois: — Uma maçã! Ela pegou uma maçã!

Eu queria largar a bandeja e sair correndo dali — sair correndo do colégio e refazer todo o caminho para o hospital, voltando para o quarto andar e para a sala do Dr. Holcombe implorando "Preciso de um corpo novo! Não posso ficar nesse nem mais um minuto. Não posso ser Nikki Howard! Só quero ser alguém normal!".

Em vez disso, fui até o caixa para pagar minha comida. Então segui Frida até sua mesa...

...onde todo o time de líderes de torcida júnior estava sentado. Todas pararam de falar quando Frida e eu nos aproximamos. Eu meio que esperava que eles dissessem "O que você está pensando? Nem tente sentar em nossa mesa, sua perdedora... A mesa dos nerds é ALI".

Mas eu tinha me esquecido. Não sou mais Em Watts, a nerd. Agora, sou Nikki Howard.

E Nikki Howard aparentemente é bem-vinda em todos os lugares (a não ser no laboratório de informática).

— Oooh! — exclamou uma garota de cabelo escuro, abrindo espaço. — Estou tão contente de você ter vindo para nossa mesa. Sente-se aqui do meu lado! Sou sua maior fã!

Frida ocupou o lugar que a garota estava oferecendo, mas lhe lançou um olhar severo.

— Ei, Mackenzie — repreendeu minha irmã em tom grave. — Lembre-se do que eu disse.

— Desculpa! — pediu Mackenzie, roxa de vergonha. — Certo, nada de alvoroço. Desculpa. Desculpa.

As outras garotas, todas sorrindo para mim, se apertaram para abrir espaço. Senti-me um pouco incomodada. Tipo, eu meio que não acreditava que eu estava sendo bajulada em uma mesa de mortos-vivos.

Mas logo ficou claro que aquela era a mesa certa para nós. Principalmente quando, assim que Frida apresentou suas amigas (das quais guardei todos os nomes, já que todas pareciam se chamar Taylor, Tyler ou Tory), uma voz familiar gritou:

— Aí está você!

Virei a cabeça e vi Whitney Robertson com uma bandeja de salada e um refrigerante *diet*, Lindsey e muitos outros membros importantes dos mortos-vivos da turma do penúltimo ano — incluindo um da turma do último, Jason Klein — bem atrás dela.

— Nossa — declarou Whitney. — Eu a procurei em todos os lugares.

E quando dei por mim, ela estava empurrando as meninas de uniformes vermelho e dourado para o lado para conseguir um lugar para ela, o namorado e a melhor amiga.

— Muito obrigada — agradeceu ela para as amigas de Frida, que não tinham se movido, mas sim sido empurradas para fora do caminho. — Então, Nikki, está aproveitando o seu primeiro dia aqui no Tribeca Alternative?

— Ela está gostando muito daqui, Whitney — respondeu Frida, que aparentemente tinha se tornado a minha porta-voz e estava muito satisfeita com isso. Acredito que não é todo dia que uma caloura tem a honra de contar com a presença da garota mais popular do colégio na sua mesa no almoço. — Não é mesmo, Nikki?

Dei um gole no meu leite (sim. Nikki gosta de leite. Desnatado. Ela tem refluxo gástrico e não intolerância à lactose).

— É — respondi, depois de engolir.

— Eu falei para ela hoje na aula de oratória — contou Whitney antes de acrescentar: — Nikki e eu fazemos essa aula juntas.

— Eu também! — exclamou Lindsey. — Também estou na turma de oratória de Nikki! Além da de espanhol. E eu estou na lista de espera por uma bolsa Marc Jacobs igual à dela...

— ...que temos muita sorte por ela ter decidido frequentar o nosso colégio, dentre tantos outros na cidade — continuou Whitney, como se Lindsey não a tivesse interrompido. — Não é, Nikki?

— É — respondi, depois de engolir um pouco de salada que peguei para acompanhar a torta de tofu, que estava maravilhosa, não se parecendo em nada com a caixa de papelão que eu estava esperando que fosse estar.

— Eu só queria que tivéssemos sabido com antecedência de sua matrícula — continuou Whitney, falando com todos na mesa. — Porque assim poderíamos ter organizado uma festa de boas-vindas adequada para ela.

Todas as garotas concordaram com a cabeça. Jason, notei, estava olhando para meus seios. Sério.

— Uau — falei. — Obrigada. Isso seria realmente ótimo. Mas já me sinto bastante acolhida.

— Bem — declarou Whitney —, vou conseguir uma lista de atividades extracurriculares, caso você decida querer fazer parte de alguns dos clubes e organizações fantásticas que nosso colégio oferece. Eu, por exemplo, sou a presidente da turma do terceiro ano e capitã do Spirit Club.

— Sério? — perguntei. — Spirit Club? O que é isso?

Como se eu não soubesse. Só queria ver se ela o descreveria do jeito que Christopher e eu costumávamos descrever: como a Sociedade dos Caretas.

— Bem, o Spirit Club faz um esforço para reforçar o espírito escolar entre os estudantes, ao promover eventos dentro e fora do Tribeca Alternative, como reuniões antes dos jogos, feiras de saúde, excursões, noites de bingo, festas de fins de semana...

— Noites de bingo — repetiu Lindsey.

— Eu já disse isso — repreendeu Whitney, olhando de cara feita para a amiga. Depois baixou o tom de voz, como se estivesse com medo de ser ouvida. — Algumas pessoas que frequentam esse colégio não apreciam os programas e as oportunidades que temos aqui. Então, o Spirit Club faz o seu melhor para estimular os alunos a participarem de eventos como jogos, programas de serviço comunitário... Esse tipo de coisa que pega superbem nos requerimentos para entrar na universidade.

Pisquei para ela.

— Por que você está sussurrando?

Ela olhou em volta, então percebeu que os dois maiores descontentes do colégio — Em Watts e Christopher Maloney — não estavam por perto para ouvi-la.

— Ah, sei lá. É que algumas pessoas acham que espírito escolar é besteira. Mas acho que não tem nada de bobo em querer aproveitar ao máximo as vantagens do que, pelo menos para mim, tem sido os melhores anos da minha vida!

Pare! Se o ensino médio fosse a melhor fase da minha vida — pelo menos até agora —, eu realmente estava destinada a ter uma vida adulta chata.

— Uau — repeti. — Isso parece... ótimo.

— Chega dessa baboseira de escola — interveio Jason Klein, inclinando-se para a frente para que seu bíceps maciço e, na minha opinião, revoltante, aumentasse por baixo das mangas da sua camisa polo rosa. — Em que boates você acha que consegue nos colocar para dentro?

— Jason! — Whitney deu uma tapa no ombro dele enquanto ele ria. — Pare! Não dê atenção a ele. Ele é tão perverso.

Jason a ignorou.

— Eu vi que você entrou na Cave ontem à noite — comentou Jason. — Será que você consegue nos colocar para dentro?

— Não sei — respondi. — Talvez.

— Talvez, o quê? — reclamou Jason. — Você consegue ou não?

— Se for a Noite dos Idiotas Que Interrompem as Namoradas — declarei —, então talvez possa conseguir que você entre.

Whitney ficou boquiaberta. Lindsey deu uma risada.

Mas o que mais me surpreendeu foi o fato de algumas líderes de torcida se virarem e baterem umas nas mãos das outras, impressionadas com o fato de eu ter dado um fora em Jason Klein. Percebi que, se esse era o tipo de gente com quem Frida estava andando, eu tinha subestimado muito o time de líderes de torcida do Tribeca Alternative — e, possivelmente, as líderes de torcida em geral. Elas formavam uma galera engraçada.

Frida, no entanto, só me olhou de cara feia. Eu perguntei só com os lábios: "O que foi?" E dei de ombros. Eu não imagino o que mais ela esperava que eu dissesse.

Jason, porém, levou tudo na boa.

— Tá bem, tá bem — sorriu ele, envergonhado. — Você me pegou. Vou ficar na minha.

O que foi apenas outro sinal de como a vida é diferente quando se tem o rosto de uma supermodelo em vez de apenas um rosto normal. Se eu tivesse dito algo assim para Jason quando estava no meu corpo antigo, nunca teria ouvido aquela resposta... principalmente de Whitney.

Mas já que eu era Nikki, e não Em, tudo estava perdoado. Na verdade, enquanto estávamos recolhendo nossas bandejas, minutos antes de o sinal tocar, Whitney andou ao meu lado e, para mostrar que não tinha guardado rancor, convidou-me em voz baixa para os outros não ouvirem:

— Olha só, Nikki, se você não tiver nada para fazer depois da aula, você poderia ir lá para casa. Posso ajudar você com os deveres. Sei que você deve achar que não vai conseguir acompanhar as aulas, porque já faz um tempo que você saiu do colégio. Então, eu pensei...

— Nossa — exclamei. — Obrigada. Mas tenho uma sessão de fotos hoje.

Mesmo que eu não tivesse, jamais perderia meu tempo precioso indo para a cobertura de Whitney Robertson para que ela me ensinasse a forma errada de se calcular a área de um triângulo. Ou me fizesse experimentar diferentes cores de sombras cintilantes, ou o que quer que seja que as mortas-vivas fazem no tempo livre.

— Talvez outro dia — acrescentei, sorrindo, quando vi seu olhar triste.

Assim que ela viu meu sorriso, sorriu de volta.

— Ótimo! — animou-se. — Oba!

Sério. Foi isso que ela disse: Oba!

Eu meio que desejei que Cosy estivesse comigo, porque eu teria me afastado dela e dito com sarcasmo "Bem, Totó, acho que não estamos mais no Kansas".

Só que eu nunca estive no Kansas.

Apesar de estar certa de que Nikki já esteve lá. Afinal, Nikki já esteve em todos os lugares.

Menos onde eu mais queria estar.

VINTE E DOIS

A SESSÃO DE FOTOS DA ELLE FOI BEM MAIS FÁCIL DO QUE A DA *Vanity Fair* ontem. Por um motivo: pelo menos agora eu tinha uma pequena noção do que deveria fazer. Além disso, dessa vez, eu não precisava esmagar os seios contra as costas de ninguém, nem me pendurar em alguém (como Brandon Stark). Hoje era apenas eu.

Não me entenda mal. Eu ainda tinha de sorrir do jeito certo, mas o importante mesmo era que os vestidos de alta-costura tivessem um caimento perfeito. Juro, a cada dois minutos eu ouvia "Esperem um minuto", e alguém vinha correndo para ajustar uma prega ou alisar uma ruga. Foi um tanto enlouquecedor.

Particularmente, nunca dei a mínima para moda, mas mesmo assim meio que entendo agora por que as pessoas se importam tanto com isso.

A verdade é que a moda pode ser... bem, divertida.

Eu sei! Nunca "entendi" de moda antes. Roupas eram apenas coisas para eu vestir de forma apressada para não ficar pelada ou com frio.

Mas os vestidos de alta-costura dessa sessão eram tão lindos que eu realmente fiquei sem ar quando os experimentei. Não consigo nem imaginar onde eu *usaria* um vestido longo vermelho-brilhante com um decote que descia até a barriga e enfeitado com penas de avestruz tingidas de preto. Tipo assim, só se eu fosse à cerimônia do Oscar.

No entanto, não consegui evitar a curiosidade acerca de quem os tinha desenhado — o que surpreendeu o pessoal do estúdio, porque disseram que eu deveria saber sem perguntar, apenas pela sensação e aparência deles.

Então Kelly lembrou a todos o ferimento na minha cabeça (que já tinha sido encontrado pela cabeleireira, Vivian). E todos pareciam querer conversar sobre aquilo (minha entrevista seria exatamente sobre esse assunto, mas eu só me encontraria com o jornalista que faria a matéria no domingo).

De qualquer forma, todos ficaram muito satisfeitos em me contar sobre os estilistas que tinham criado os vestidos da sessão e sobre os estilistas favoritos de Nikki. Tenho que admitir que aquilo era interessante. Tipo, até minha mãe teria gostado de ouvir a história de Miuccia Prada, a feminista que assumiu a companhia de produtos de couro do avô em 1978, tornando-se "Miu Miu", uma das 30 mulheres mais poderosas da Europa (de acordo com *The Wall Street Journal*), com uma fortuna estimada em 1,4 bilhão de dólares.

E Coco Chanel, que popularizou o pretinho básico para mulheres e fundou o império da moda, tornando-se a única estilista a fazer parte da lista das *100 pessoas mais influentes do século XX* da revista *Time*.

Tudo isso — incluindo o sermão que levei do maquiador por causa das olheiras que circundavam meus olhos pela falta de sono; os telefonemas insistentes da minha mãe (que eu não podia atender durante a sessão de fotos); o fato de o meu patrão talvez (tá bem, quase com certeza) estar me espiando; os puxões e os pedidos para eu segurar a respiração para entrar nos espartilhos e nos vestidos — era o suficiente para manter minha mente longe do que tinha acontecido naquela manhã no colégio com Christopher. Eu ter quase desmaiado diversas vezes porque o espartilho estava muito apertado e mal conseguir me mexer também ajudou.

A verdade era que eu não tinha a menor ideia de como Nikki fazia essas coisas. Tipo, eu tinha de olhar para longe como se estivesse vendo uma estrela cadente (quando, na verdade, o que eu via era um descascado no teto) e isso *sem* pensar em como estava difícil respirar e em como os meus pés estavam doendo e em como eu estava cansada...

...ah, sem mencionar que todo mundo me viu sendo carregada para fora da Cave na noite anterior como se *eu* estivesse bêbada e não o meu suposto namorado. Também não podemos esquecer que o cara que eu realmente *gostaria* de estar namorando nem sabe que eu estou viva.

Tipo assim, ele *literalmente não sabe que estou viva*. Ele acha que estou morta e nem posso contar a ele que não estou. Além de tudo, é o único que não está nem um pouco impressionado com o meu novo corpo. Na verdade, acho que é o único cara do *planeta* que não está.

Como alguém pode se concentrar em parecer bonita quando tudo isso está acontecendo ao seu redor e dentro da sua cabeça? Ser modelo não é fácil. Na verdade, é bem difícil. Ser modelo é *interpretar*. Você tem de agir como se realmente estivesse se divertindo quando a verdade é que cada pedacinho do seu corpo está doendo... Principalmente o coração.

Quero dizer, se você for eu.

Já estava quase caindo de exaustão quando a diretora de arte, Verônica, declarou:

— Acho que já temos tudo de que precisamos, Nikki. Você pode ir agora.

Juro que eu quase rasguei aquele último vestido de tanta pressa para sair dali.

— Você tem a sessão da *Vogue* amanhã às três — informou Kelly, enquanto eu descia as escadas correndo para ir para a limusine.

— Eu sei — respondi por cima do meu ombro.

— E não saia à noite — orientou, enquanto eu desmoronava no banco de trás. — Você precisa dormir um pouco! Você está péssima hoje.

— Pode deixar!

Bati a porta da limusine. Finalmente! Não tínhamos muito tempo.

— Vamos fazer uma parada antes de ir para o apartamento — avisei ao motorista. — Vamos a uma loja de informática.

Ele me lançou um olhar cético pelo espelho retrovisor.

— São quase oito horas, Srta. Howard.

— Eu sei — respondi. — Essa loja fica aberta até tarde às quintas.

Encostei-me novamente no banco de couro e olhei pela janela enquanto seguíamos pela Park Avenue, em direção ao centro. Enquanto eu estava lá, "olhando uma estrela cadente distante", me dei conta de que não poderia chegar no colégio amanhã com o laptop rosa da Stark de Nikki Howard para que Christopher configurasse a minha conta de e-mail. Por um motivo: seria constrangedor demais. Tipo, fala sério — rosa?

Também tinha um outro motivo: como eu poderia ter certeza de que aquele computador não tinha nenhum outro tipo de software de rastreamento com o qual a Stark poderia seguir cada movimento on-line meu? Não. Eu precisava de um computador novinho em folha, e sem ser da Stark. Assim como eu precisava de um celular novo de outra marca para conversar com meus pais.

E eu compraria as duas coisas no caminho para casa. Ainda bem que a loja ficava aberta até as nove da noite às quintas-feiras.

E eu tinha o cartão American Express Platinum de Nikki Howard.

No final das contas, ser rico tinha lá suas vantagens.

Principalmente quando se é rica, famosa e o seu rosto está estampado na Stark Megastore a alguns quarteirões da loja de informática, e todos lá dentro e reconhecem no segundo em que você pisa na loja. Mesmo já sendo tarde, havia fila. Mas quando se é Nikki Howard, sinto muito informar, você é tratada diferente dos demais. Um vendedor veio direto até mim, pouco antes de eu ter dado dez passos e ouvido o cochicho comum que começava em todo lugar aonde eu ia. Ele perguntou se poderia me ajudar e eu disse a ele o que queria.

Aguardei enquanto ele providenciava tudo.

Assim como ser Nikki era um saco às vezes, outras vezes poderia ser muito maneiro. Comprei o meu laptop e meu celular e saí da loja depois de dez minutos e 14 autógrafos.

Enquanto eu esperava o motorista dar a volta e me buscar (ele tinha sido obrigado a circular enquanto eu estava na loja, por causa do número de policiais na área), ouvi uma voz me chamando:

— Nikki?

Eu me virei esperando ser outro caçador de autógrafos...

...e fiquei chocada ao ver Gabriel Luna.

— Você! — exclamei.

Ele parecia tão surpreso de me ver quanto eu estava em vê-lo.

— Será que você está me seguindo? — perguntou ele com aquele adorável sotaque britânico. Mas como ele estava sorrindo, eu sabia que era brincadeira.

— Acho que é *você* que está *me* seguindo — respondi. — O que faz aqui?

— Eu moro nessa rua — informou. — Ia perguntar o que você está fazendo aqui, mas parece meio óbvio. — Sempre um perfeito cavalheiro, ele pegou as enormes caixas que eu carregava. — Aqui, deixe que eu levo para você. Você está tentando pegar um táxi? Você sabe que nunca vai conseguir um nessa esquina.

— Não, estou de carro — respondi. — O motorista só está dando a volta. Mas obrigada.

— Ah — disse Gabriel. — Então, você se recuperou da noite passada?

Lembrando do tumulto da última vez em que nos vimos, ergui o queixo e declarei:

— Aquilo foi... eu nem estava... Gabriel, eu não bebo. Sério, você pode perguntar a qualquer bartender. Da próxima vez que você for à Cave, peça um Nikki para eles.

Ele piscou para mim.

— Um o quê?

— Um drinque chamado Nikki. É só água. E eu estava tentando tirar o Brandon de lá. Tipo, Brandon é só... Bem, nós somos apenas bons amigos.

— Ah. — Gabriel me encarou. Ele parecia confuso. — Entendo.

— Não sou quem você pensa, Gabriel — disse eu. Vi os faróis da limusine se aproximando. Ela estava parada no sinal, mas já estava quase chegando. Só que eu precisava tirar esse peso do meu peito. — Uma noite de diversão para mim consiste em ficar jogando no computador. Eu nem *queria* sair ontem à noite. Só fui porque Lulu fez uma festa surpresa de boas-vindas para mim, e eu não queria magoá-la. Ela tem sido realmente maravilhosa comigo. Vou para casa hoje à noite fazer meu dever de casa. Essa é a minha vida louca e selvagem. Sério.

— Olha — começou Gabriel, com expressão neutra. — Não fique zangada. Sei que às vezes sou meio estúpido. É que... bem, é como aquelas garotas que encontramos outro dia, aquelas que estavam nos perseguindo. Elas admiram você. E eu me preocupo com o fato de você não ver isso.

— Bem, eu vejo, sim — O sinal nunca mais ia ficar verde? Então eu olhei para ele. — Espere um pouco. Seja como for, o que *você* estava fazendo naquela boate às duas da manhã?

— Ah — respondeu Gabriel, constrangido. — Eu estava entregando ao DJ uma cópia da nova música que escrevi outro dia. Para ver se ele achava que funcionaria como *hit*.

— Ah, tá — sorri. — E ele gostou?

É difícil afirmar com toda a iluminação da vitrine da loja de informática, mas acho que Gabriel ficou um pouco vermelho.

— Na verdade, ele adorou. Colocou para tocar na hora e o lugar veio a baixo. Todo mundo curtiu.

A limusine finalmente parou na minha frente e o motorista saltou de trás do volante.

— Sinto muito, Srta. Howard — desculpou-se ele. — Fiquei preso atrás de um daqueles ônibus de turismo...

— Tá tudo bem. Sem problemas — respondi. — Você poderia pegar isso? — Peguei as enormes caixas das mãos de Gabriel e as entreguei ao motorista, que se apressou para colocá-las no porta-malas. Então voltei ao Gabriel e disse: — Bem, aqui está meu carro.

— Percebi — disse Gabriel, erguendo as sobrancelhas enquanto olhava para a longa limusine preta. Ela tinha atraído a atenção de algumas pessoas na calçada, muitas das quais tinham parado para olhar para ela; e para mim, claro.

— Estou devendo uma carona para você — lembrei a ele. — Então, se estiver precisando ir a algum lugar...

— Essa noite não — respondeu Gabriel, com um meio sorriso engraçado. — Mas pode deixar que vou cobrar.

Fiquei completamente chocada quando se inclinou e me beijou — na boca, de forma suave, mal roçando os meus lábios com os dele — e sussurrou, ficando apenas a alguns centímetros de mim:

— Você não quer saber o nome da minha nova música?

— O nome da sua nova música? — Olhei para ele, minha boca ainda latejando por causa do pequeno beijo. Embora ele não estivesse me tocando, era como se eu estivesse paralisada no lugar.

— É — concordou ele. — Ela se chama "Nikki".

E então ele se foi, desaparecendo no meio da multidão que tinha se reunido na calçada para olhar para mim e para minha limusine.

VINTE E TRÊS

Quando finalmente a limusine parou na frente do prédio, arrastei minhas caixas, com a ajuda de Karl, e peguei o elevador para o apartamento, esperando encontrá-lo vazio, já que eram mais de nove horas da noite. Eu achava que Lulu estaria se divertindo pela cidade, fazendo seja lá o que for que fazia quando era deixada sem supervisão.

Então, dá para imaginar a minha surpresa quando saí do elevador e a ouvi gritar meu nome.

— Nikki! — chamou uma voz vinda de uma figura fantasmagórica deitada sobre uma mesa de massagem montada no meio da sala. A maior parte de Lulu estava coberta por um lençol branco, enquanto uma mulher com aparência austera e usando um uniforme branco massageava seus ombros.

— Hã — gaguejei mais confusa do que o normal. — Oi?

— Oi — Lulu me cumprimentou, erguendo a cabeça que estivera encaixada em um buraco na parte superior da mesa de massagem. — Ah, sim. Esqueci. Nikki, essa é nossa empregada, Katerina. Katerina, essa não é a Nikki. Eu sei que parece ser ela, mas não é. Nikki sofreu uma transferência espiritual e agora é outra pessoa. Mas você ainda pode chamá-la de Nikki.

Katerina parou de massagear os ombros da Lulu e olhou para mim.

— Você está me dizendo que essa não é a Srta. Nikki? — questionou ela, com sotaque carregado.

— Não — respondeu Lulu. — Quer dizer, é. Mas não é.

— Sou sim, Lulu — afirmei, frustrada. — Ainda sou eu. Só não me lembro de ninguém. Porque estou com amnésia, esqueceu? Oi, Katerina.

Katerina me olhou por mais um tempo. Então deu de ombros e voltou a massagear Lulu.

— Vocês, garotas — disse ela. Só que soou como "garrotas". — Desisti de vocês e de suas loucuras há muito tempo.

— Sei que era sua vez de ser massageada por Katerina, Nik — continuou Lulu, apoiando o rosto novamente no buraco da cama de massagem. — Mas eu acabei de voltar de uma reunião infernal com a gravadora. Eles querem me obrigar a gravar aquelas duas músicas que foram rejeitadas para o CD de Lindsay Lohan. Ninguém merece. E eu ainda estava totalmente acabada por causa de ontem à noite. Sério, eu devo ter tomado uns 15 *mojitos* e uma caixa de Milk Duds. Então, eu sabia que só Katerina poderia me colocar em forma de novo. E, ah, já ia me esquecendo, Brandon ligou, tipo, o dia todo. Ele disse que seu celular está desligado e todas as mensagens dele estão caindo na caixa postal. Como assim? Cara, liga esse celular. Além disso, ele está se sentindo superculpado por causa da noite passada. Até falou em pegar o jatinho do pai dele para nos levar à Antigua no final de semana, e você sabe que ele só faz isso quando está com a consciência muito pesada. Só para você saber. Ah, e tive de trancar a Cosy no seu quarto, ela estava pulando em cima de mim, não consegui aguentar, ela tem sido um pesadelo...

Coloquei minhas caixas no chão e atravessei o apartamento até o quarto de Lulu e abri a porta. Cosabella saiu de lá como uma bala, saltando em minhas pernas e latindo feliz da vida, com a língua para fora. Peguei-a no colo e me sentei no sofá com ela deitada em meu braço enquanto lambia meu rosto.

— Ela já deu uma volta — informou Lulu, erguendo a cabeça para olhar para mim. — Karl a levou. E eu dei comida. Ai, meu Deus, o que é isso no seu rosto?

Pisquei para ela por cima da cabeça macia de Cosy.

— O quê?

Quando dei por mim, Lulu estava se levantado da mesa de massagem. Ainda segurando o lençol ao redor do corpo, caminhou até mim e passou a unha no meu rosto.

— Ai! — exclamei, me afastando dessa lunática de 1,50m.

Lulu olhou para a unha e afirmou.

— Eu sabia. É uma lasca de pele morta. Sua pele está seca. O que você tem passado no rosto?

— Olha só — comecei a falar, colocando a mão sobre o local onde ela havia me arranhado. — É superlegal você estar me ajudando, tomando conta da Cosy enquanto eu estou no colégio e na sessão de fotos e tudo. Mas você não pode sair por aí *arranhando* pessoas...

— O-que-você-tem-passado-no-rosto? — repetiu Lulu, colocando o dedo bem diante dos meus olhos para me mostrar a lasca de pele seca.

— Caramba! — reclamei. — Sabonete. O que mais?

Lulu olhou para mim, horrorizada.

— Sabonete? SABONETE? Você lava o rosto com SABONETE?

— Bem, o que mais devemos usar na pele? — perguntei.

Lulu meneou a cabeça, com os olhos ainda colados em mim. Então, ela pediu à empregada.

— Katerina, meu roupão. Temos uma crise com a qual precisamos lidar. AGORA.

Katerina concordou com a cabeça, séria, e ergueu o roupão dela. Ainda segurando o lençol em lugares estratégicos, Lulu escorregou os braços para dentro das mangas do roupão... e deixou o lençol cair no chão, uma vez que já estava seguramente coberta.

— Olha só — tentei me defender. — Não sei o que está acontecendo aqui, mas não preciso de nenhum tipo de intervenção de beleza, se é disso que você está falando. Tenho muita coisa na minha cabeça nesse momento, e só quero...

— Sinto muito — disse Lulu. — Mas Nikki Howard deu a você o corpo dela, na verdade, ela o doou para você, como um PRESENTE, com a esperança de que você tomaria conta dele.

— E eu *estou* tomando conta dele — afirmei. — Não como nada a não ser aquela porcaria de chá verde e tofu desde que *ganhei* este corpo, já que isso é a única coisa que parece não fazer o meu estômago reclamar...

— Mas você está usando o que para lavar o cabelo? — repreendeu Lulu. — E quanto à hidratação? E que tipo de esfoliante você está usando? Nem precisa responder, eu já sei: nenhum. É verdade que Nikki Howard era naturalmente bonita. Mas ela não FICOU assim simplesmente. Ela CULTIVOU isso. Com um regime cuidadoso e diligente. QUE VOCÊ NÃO ESTÁ SEGUINDO.

— Olha só — tentei de novo, lançando um olhar para Katerina em busca de apoio, mas não encontrando nenhum. Isso porque ela tinha pego o controle remoto universal, que aparentemente não controlava apenas a TV de LCD em cima da lareira, mas a própria lareira (as chamas repentinamente começaram a saltar e dançar quando ela pressionava os botões), o vidro da janela (você pode tornar o vidro mais escuro, num tom de roxo opaco, ou mais claro), o rádio e até a câmera de segurança do elevador, e ela estava tentando melhorar o clima ao usar uma iluminação mais suave. — Tenho problemas mais sérios do que uma pele seca agora, tá legal? Caso você não saiba, tem alguém nos espionando. Não só a mim, Lulu. A você também. Tem um *spyware* instalado no seu laptop. E eu não quero alarmar você nem nada, mas tenho quase certeza de que a Empresa Stark está por trás disso. Claro que não tenho nenhuma prova... Mas, tipo assim, quem mais poderia ser? Por enquanto, tá tudo bem, pois eu já removi o programa. Mas talvez você queira um laptop novo sem ser da Stark. Eu fiz isso. E se isso não bastasse, Gabriel Luna (lembra, o cara da Vespa e da inauguração da Stark Megastore onde a... hã... transferência espiritual aconteceu?) escreveu uma música para mim. E nem gosto dele. Além disso, ele acha que tenho problemas com drogas e álcool. E o cara de quem eu gosto de verdade... — de repente me desmanchei em lágrimas, simplesmente assim — ele nem me olhou hoje no colégio, tá bem? Então, não estou nem aí se a minha pele está seca ou oleosa ou qualquer outra coisa assim. Tipo, nem sei para quê tudo isso. Para quê ser bonita quando você nem consegue fazer o cara de quem você gosta olhar para você?

Lulu prendeu a respiração, olhou para Katerina e declarou:

— Melhor pedir reforço.

Katerina assentiu, largou o controle remoto e procurou o telefone celular. Ao ver isso, agarrei a almofada mais próxima e cobri o rosto com ele.

— Ah, não — choraminguei. — Chega de tratamentos de beleza. *Não, não, não, não*! — Bati no travesseiro cada vez que a palavra *não* saiu da minha boca, e tenho certeza de que isso não era uma coisa que Dr. Holcombe recomendaria.

— Relaxe — pediu Lulu, puxando o travesseiro do meu rosto e sentando-se ao meu lado. — Katerina está pedindo bananas split na delicatessen lá do fim da rua. É isso que reforço quer dizer. Sempre pedimos banana split quando temos problemas com homens. Não é bom para seu refluxo, mas você pode tomar um remédio antes de comer. Agora, vamos com calma. Qual o problema com a Stark, Gabriel Luna e esse outro cara que não olha para você?

Surpresa por não estar prestes a receber uma esfoliação da cabeça aos pés, contei para Lulu primeiro sobre o lance do computador, depois sobre Gabriel Luna e, por fim, sobre

Christopher e como ele mal tinha falado comigo no laboratório de informática. Quando acabei, ela deu de ombros e disse:

— Bem, antes de mais nada, quero que saiba que nunca usei aquele computador. Só acho que ele é bonito. Quanto a Gabriel Luna também é fácil. Ele está apaixonado por você.

Quase me engasguei.

— Lulu! Não... isso é...

— E é óbvio o que está acontecendo com esse tal Christopher — continuou.

— Sério? — perguntei, assustada. Arregalei os olhos. — O quê?

— Ele está com medo da paixão que você desperta nele. Então, está enterrando-a bem fundo para não demonstrar.

Pisquei.

— Lulu! Ele nem conhece Nikki Howard. Como pode sentir uma paixão por ela?

Lulu ergueu os pés minúsculos e os apoiou na mesa de centro, encostou a cabeça no encosto do sofá e olhou para o teto.

— Ai, meu Deus. Não acredito que vou ter de explicar tudo de novo. Parece que eu acabei de lhe dar essa mesma lição no mês passado. Mas agora vou repetir tudo outra vez por causa da transferência espiritual. Bem, Nikki lá vai. E vê se presta atenção dessa vez, o.k.? Homens héteros só se sentem de três formas em relação às garotas — informou ela, erguendo três dedos e baixando um de cada vez conforme expunha seu argumento. — Primeiro: ou eles amam você e demonstram esse sentimento fazendo uma música para você, tipo Gabriel Luna, e lhe convidando para sair, e tudo é legal e divertido como deve ser. Segundo: eles amam você, mas ficam com medo dessa paixão porque é um sentimento forte demais, como esse tal de Christopher, então eles escondem o sentimento e a ignoram, ou fazem coisas estúpidas como se divertirem à sua custa porque não sabem se expressar de outra forma, já que eles são bebezinhos imaturos e tímidos demais para, tipo, escrever músicas para você. Ou terceiro: tem alguma coisa errada com eles. E começam sendo legais e fofos e então mudam, e passam a fazer coisas estúpidas como dormir com outras garotas pelas suas costas, como Justin Bay. Mas nunca descobriremos o que deu errado com eles, nem eles mesmos, então não vale a pena pensar sobre isso. Tá bem? É isso. Ponto final.

Ela abaixou a mão.

— Alguma pergunta?

Olhei para ela. Ela parecia séria. Mas era meio difícil dizer, considerando que se tratava de Lulu. Então, achei melhor perguntar para ter certeza.

— Hã... Sim, tenho uma pergunta. Você está falando *sério?*

Lulu suspirou:

— Tá bem, já vi que você não está me entendendo. Nikki, por favor, não me diga que sua mãe nunca lhe disse isso.

Meneei a cabeça.

— Hã... não. Não posso dizer que sim...

— Deus! — Lulu revirou os olhos. — Isso me irrita tanto! Como pode ela não ter dito nada? Isso é tão irresponsável! Tipo assim, como as mães são capazes de soltar as filhas no mundo somente para andar por aí fazendo garotos se apaixonarem por elas o dia todo, sem a menor ideia do que estão fazendo? Você não viu *Homem-Aranha*? "Com grandes poderes vêm grandes responsabilidades!" Nós, mulheres, não podemos sair por aí sendo tão deslumbrantes sem tomar cuidado para não fazer os caras se apaixonarem por nós em todos os lugares. Certo, Katerina?

— Sim — concordou Katerina, assentindo de forma veemente enquanto pegava os lençóis de Lulu para levar para a lavanderia.

— Minha mãe, que com certeza deve ser muito parecida com a mãe de Katerina — continuou Lulu —, sentou-se ao meu lado quando eu tinha 11 anos e disse "Lulu, a verdade é que todo homem heterossexual (e provavelmente alguns gays também, por isso é melhor ter cuidado para não acontecer um desastre) que você encontrar vai se apaixonar loucamente por você. Ele talvez não admita, mas vai. Então, você tem de se responsabilizar por isso e não encorajá-los. A não ser, é claro, que você *queira* que ele se apaixone por você. Porque é cruel brincar com os sentimentos dos outros desse jeito, porque não importa o que digam, os homens é que são o sexo frágil." Sua mãe não lhe disse isso?

Completamente deslumbrada por esse conselho materno — o conselho de minha mãe sempre tinha seguido mais a linha *Nunca vá a lugar nenhum sem dinheiro suficiente para pegar um táxi de volta para casa e não transe; caso decida fazer isso, use camisinha* —, neguei com a cabeça.

— Bem — continuou Lulu —, parece que, embora mamãe estivesse errada sobre muitas coisas, como me dar de presente de Natal aulas de *snowboard* quando fiz 12 anos e acabar fugindo com meu professor, ela não estava errada sobre isso. Todo homem heterossexual que já conheci, e alguns gays também, se apaixonaram por mim. Pelo menos um pouco. Ah, não como se todos quisessem se casar comigo ou algo assim... Às vezes, como no caso do meu professor de *snowboard*, eles até queriam se casar com *ela*. Mas todos já pensaram nisso. E é verdade que eles nem sempre continuam apaixonados como deveriam, mas isso geralmente acontece porque o amor que sentem por mim os assusta, afinal eu sou simplesmente incrível demais e eles acham que não estão à altura, e acabam fugindo... Como o Justin.

Só fiquei olhando para ela. Ao perceber isso, Lulu disse:

— Estou falando sério. Espere e veja. Quando o entregador chegar com a banana split, apenas observe quando eu for pagar. Ele provavelmente vai me convidar para sair.

Não sabendo mais o que dizer, falei de forma cuidadosa para não magoá-la.

— Bem, Lulu... assim, obrigada pelos conselhos. Mas embora eu tenha certeza de que todos os caras se apaixonam por você, comigo as coisas são bem diferentes. Pelo menos, na minha vida passada. É que, no mundo real, a maioria das garotas não fica preocupada se todos os caras que elas conhecem vão se apaixonar por elas. Agora que sou Nikki, já percebi que terei de me preocupar com isso, mas...

Lulu respirou fundo, parecendo horrorizada.

— Ah, sim, elas ficam sim! — afirmou. — Se elas não se preocupam com isso, estão enganando a si mesmas! E brincando com fogo. Essa é a verdade sobre *todas* as garotas. Certo, Katerina?

Katerina assentiu enquanto dobrava a mesa de massagem.

— Ah, é mesmo — respondeu, com voz cansada. — Você deveria conhecer meus ex-maridos.

— Viu? — perguntou Lulu, de forma impetuosa. — Não importa sua idade ou sua aparência, sem ofensa, Katerina. Se você é bonita ou comum, magra ou gorda. Os caras não conseguem evitar. Se você é uma garota, é isso que acontece. Os caras talvez não queiram admitir que eles gostam de você. Eles talvez ajam como completos idiotas em vez de simplesmente falar. — Não sei por que, mas isso me fez pensar em Jason Klein. — Mas 100% do que minha mãe disse é com certeza verdade e se aplica a *todas* as garotas. É muita responsabilidade para nós. Tipo, temos de ser muito cuidadosas o tempo todo para não ferirmos o coração dos homens. Eles são muito frágeis. Nossos corações não são tão delicados assim. Não é, Katerina?

— *Nein* — respondeu Katerina, fechando a mesa de massagem com força.

— Agora, não sei o que está acontecendo com seu amiguinho Christopher — continuou Lulu. — Mas acho que talvez ele tenha apenas enterrado o sentimento que nutre por você no fundo do coração porque está com muito medo... Isso é supercomum. Você consegue pensar em um motivo para ele ter feito isso?

Olhei para Cosabella, que tinha se enroscado em meu colo e estava dormindo, contente. Eu realmente não fazia a menor ideia de como acabei participando dessa conversa surreal.

Mas tinha alguma coisa em Lulu — alguma coisa tão vulnerável e doce — que me fez querer que sua teoria fosse verdade. Era certamente uma boa teoria, que levantaria a autoestima de qualquer garota que fosse aconselhada pela mãe sobre isso. Quem sabe? Talvez seja verdade. Lulu parecia acreditar mesmo nisso.

E eu não tinha dúvidas de que todo cara que ela conheceu se apaixonou por ela, pelo menos um pouco.

Acreditei que isso também fosse verdade para Nikki Howard... exceto quando se tratava do pai de Brandon Stark.

Mas então aconteceu aquele episódio com Christopher. Como eu poderia começar a explicar como tinha sido tão estranho?

— Não sei — respondi, devagar. — Minha irmã disse alguma coisa sobre Christopher talvez estar apaixonado por... hã... Em Watts. Você sabe, a garota que morreu na inauguração da Stark Megastore. Só que ele percebeu isso tarde demais, quando ela estava... morta. Não sei se isso é verdade. Ela deve estar errada. Mas eles eram melhores amigos antes de ela morrer. E você sabe que ele estava lá quando tudo aconteceu. E minha irmã acha que talvez agora seu coração esteja partido.

Houve uma pausa enquanto ela tentava entender tudo. Então, Lulu levou a mão ao peito e me olhou com os enormes olhos de Bambi repentinamente cheios de lágrimas.

— Isso é a coisa mais romântica que eu já ouvi — ela disse e olhou para a empregada. — Katerina, essa não é a coisa mais romântica que você já ouviu?

Katerina já tinha guardado o material de massagem e agora estava limpando a geladeira, jogando fora os iogurtes com a validade vencida.

— É — respondeu ela por sobre o ombro.

Lulu se voltou para mim.

— Escuta — falou, estendendo o braço e pegando a minha mão —, nem tudo está perdido. O importante agora é que você estabeleça uma conexão com ele. Mostre que você entende o que ele perdeu. Que *sente* a perda dele.

Meneei a cabeça.

— Mas, Lulu... como vou fazer isso? Sou uma estranha para ele agora. Pior... sou uma supermodelo que representa a Stark, a empresa responsável pela morte da sua amiga e que é a encarnação de tudo que há de ruim no mundo. Sou tudo o que Christopher odeia. Christopher e eu costumávamos rir de pessoas como Nikki Howard. Como posso estabelecer uma conexão quando sou alguém que ele não suporta? Estou dizendo, tudo está perdido.

— Nada está perdido quando estamos falando de amor verdadeiro — afirmou Lulu, apertando minha mão. — Você não ouviu uma palavra do que eu disse? Você só tem de dar um tempo a ele. Ele sofreu uma perda terrível. O coração dele foi partido ao meio. Será necessário amor e paciência para trazê-lo de volta à vida... Assim como foi necessário amor e paciência para trazer você de volta para mim... Mesmo que você esteja um pouco estranha — acrescentou Lulu. — Mas muito mais legal do que antes.

Suspirei.

— Não sei, Lulu. Queria achar que você está certa, mas... Talvez, se sua teoria for verdadeira, que com grandes poderes vêm grandes responsabilidades, a coisa mais correta a se fazer seria apenas deixá-lo em paz.

Lulu olhou no fundo dos meus olhos.

— O que seu coração diz, Nikki?

Senti meus olhos se encherem de lágrimas. Porque eu não conseguia parar de lembrar o que o Sr. Phillips tinha dito naquele dia no consultório do Dr. Holcombe: *Tudo se resume a uma questão: onde está nossa identidade, nossa alma? No cérebro? Ou no coração e no corpo? O cérebro de Nikki Howard está morto e não funciona mais. O coração dela, por outro lado, continua batendo.*

Lembrei-me de que eu havia colocado a mão em cima do coração de Nikki Howard e o sentido bater. Pareceu-me tão estranho. Eu me perguntei, então, se ele iria algum dia parecer meu próprio coração.

Mas pareceu meu próprio coração agora. Porque nada além do meu próprio coração poderia doer tanto. Será que pareceu meu próprio coração, porque na verdade era?

Ele estava destruído.

— Meu coração diz que amo Christopher — afirmei, triste. — Mas não tem jeito, Lulu. As chances de eu conseguir fazer com que sejamos amigos novamente são mínimas... O que dirá as chances de termos algo mais um dia.

O interfone tocou e pulamos de susto.

— Pode deixar que eu atendo — avisou Katerina, já se encaminhando para fazer isso.

— Olha só — disse Lulu, apertando minha mão outra vez. — Se esse entregador me convidar para sair, será que então você vai ver que estou certa e acreditar que tem uma chance com Christopher?

Soltei a mão dela para enxugar as lágrimas.

— Lulu, você está de roupão e chinelo. O entregador não vai...

— O entregador *vai* me convidar para sair — insistiu Lulu. — Eu já disse que nós, mulheres, temos um poder impressionante, que precisa ser exercido com responsabilidade. Então, fazer isso não é justo da minha parte, porque nem estou a fim de namorar ninguém agora, já que acabei de terminar com Justin e preciso consultar meu astrólogo para descobrir em que signo devo me concentrar em namorar na próxima vez. Mas vou fazer isso só para provar meu ponto de vista. Aí você vai acreditar em mim?

— Tá bem — respondi com uma risada trêmula. — Vá em frente.

As portas do elevador se abriram e o entregador inocente entrou no apartamento, segurando uma sacola plástica.

— São onze e cinquenta — ele informou a Katerina enquanto entregava a sacola.

— Não sou eu quem vai pagar. É ela — disse Katerina, apontando para Lulu.

Lulu se levantou do sofá e, apertando o nó do cinto do roupão felpudo que vestia, aproximou-se do entregador. Não sei dizer se notei alguma coisa diferente nela, exceto um sorriso sedutor que apareceu no seu rosto de fada.

Mas o rapaz se ajeitou na hora.

— Bem — disse Lulu para ele. — Olá. Onze e cinquenta, não é? Só um minuto, minha carteira está bem aqui. Por que você está todo molhado? Está chovendo? Você quer uma toalha? Aqui, deixe-me pegar uma toalha para você. Está ficando frio lá fora, não está? Não quero que você fique doente. Senão, quem vai trazer minha banana split? Eu amo banana split. Aqui, tome uma nota de vinte. Pode ficar com o troco. E aqui está uma toalha *grande* e *macia*. Qual é o seu nome?

— Roy — respondeu o entregador, com uma voz deslumbrada, enquanto secava o rosto com a toalha que Lulu lhe oferecera.

— Roy? — repetiu Lulu, pegando a toalha de volta. — Que belo nome. É húngaro?

— Não sei — disse o entregador, ainda parecendo deslumbrado. — Qual é o seu nome?

— Meu nome é Lulu. É com dois ls e dois us.

— É um nome lindo — elogiou Roy. — Você gostaria de sair comigo um dia desses?

Meu queixo caiu.

— Ah, meu Deus! — disse Lulu. — Eu adoraria! Mas só se meu marido puder vir junto.

— Seu marido? — perguntou Roy, chocado.

— Vamos, cara — chamou o ascensorista, já entediado, puxando Roy de volta para o elevador. — Vamos embora.

— Tchau, Roy — despediu-se Lulu, acenando. — Não pegue um resfriado!

As portas do elevador se fecharam diante da expressão surpresa de Roy. Assim que ele se foi, Lulu se virou de forma triunfante e fez uma dancinha da vitória.

— Aí! — exclamou ela. — Viu? Eu avisei!

Balancei a cabeça, admirada. Realmente não conseguia acreditar no que tinha acabado de acontecer.

— Foi surpreendente — falei, muito impressionada. — Mas como você fez isso? Você está de roupão! Você não estava nem vestindo alguma coisa curta ou transparente.

— Fui gentil e amigável com ele — explicou Lulu. — E esbanjei confiança e charme. É isso que eu estava tentando dizer. Qualquer uma pode fazer isso. Não importa sua aparência ou o que está vestindo. — Ela cruzou o cômodo indo para a cozinha, onde Katerina tinha aberto a sacola com nossas banana split. Ela se sentou num banco em frente a um dos potes de plástico.

— Não acho que eu seja capaz de fazer isso — declarei, levantando do sofá e indo até ela. — Acho que não tenho esse tipo de confiança.

— Claro que você é capaz, Nikki — afirmou Lulu, cavando a banana split com uma das colheres de plástico que a delicatessen tinha fornecido. — Você costumava fazer isso o tempo todo, antes da transferência espiritual. Às vezes você fazia pelos motivos errados, só por maldade, e por isso é que passei aquele sermão sobre poder e responsabilidade, e tal. Então, você pode fazer isso com esse tal Christopher também, *fácil*. Você só precisa ter confiança. E, como eu disse, você tem de estabelecer uma *conexão*.

— Tá bem — concordei, suspirando. — Vou tentar.

Lulu deu uma risada e jogou um pouco de sorvete em mim, mas errou e Cosabella atacou o pedaço que caiu no chão.

— Ei! — reclamei, olhando de cara feia para ela. — Por que você fez isso?

— Não acredito — declarou ela, rindo ainda mais. — Você está apaixonada por um garoto do colégio.

— É — falei, mirando minha própria colher cheia de sorvete nela. — Bem, é você que é a doida que acredita em transferência espiritual. — A colherada de sorvete acertou a parede e Cosabella correu animada para o outro lado da cozinha para lamber o pedaço.

— Bem, é necessário que alguém já tenha passado por isso para reconhecer — disse Lulu, atirando a cereja em mim.

A frutinha bateu na enorme janela de vidro atrás de mim e escorregou devagar. Cosabella latiu feliz para ela durante todo o percurso.

— Garrotas — ordenou Katerina —, parem! Eu acabei de limpar aqui! Continuem com isso e vão ficar sem massagens.

Nós mesmas limpamos a cozinha depois, certificando-nos de que tudo brilhava quando terminamos.

VINTE E QUATRO

ENCONTREI CHRISTOPHER SOZINHO NO LABORATÓRIO DE informática antes da primeira aula na manhã seguinte.

Acho que poderia ter esperado até o almoço para trazer o laptop para ele, mas eu sabia que não levaria muito tempo. Quando você se dá conta de que precisa estabelecer uma conexão com alguém, sabe que tem de fazer isso o mais rápido possível ou vai perder a coragem.

E essa era a única maneira que consegui pensar para fazer isso.

— Hã, oi — cumprimentei com cuidado para não surpreendê-lo no meio de seja lá o que ele estivesse jogando (*Madden NFL* novamente, vi um minuto depois). Ele virou a cadeira do computador e olhou para mim. Lulu tinha escolhido a minha roupa de novo, embora eu já estivesse melhorando para fazer isso sozinha. Dessa vez, estava vestindo uma calça jeans skinny, sapatilha de veludo, jaqueta vinho e muitos cordões que chacoalhavam quando eu andava. Consegui convencer Lulu de que a boina não era necessária. Senti que aquilo estava fazendo com que eu conquistasse mais espaço. Fiquei orgulhosa da minha pequena vitória em relação à moda.

— Oi — Christopher respondeu, sem sorrir. Ele estava com outra camisa polo de manga curta, essa era cinza. O cabelo ainda estava molhado do banho da manhã.

Ele estava tão bonito que eu queria morrer.

— Trouxe meu computador — declarei, puxando o laptop branco da minha bolsa Marc Jacobs. — Você disse ontem que poderia configurar a conta de e-mail para mim... Essa é uma boa hora?

Christopher deu uma olhada no relógio de parede. Tínhamos 15 minutos até a aula de oratória.

— Acho que sim — respondeu ele, esticando a mão para pegar o computador. Hummm. Se ele estivesse "apaixonado, mas escondendo bem no fundo", como sugeriu Lulu, ele estava escondendo lááá no fundo. Por que eu não conseguia me lembrar de algumas das surpreendentes conversas sem propósito da Lulu para deixá-lo mais à vontade? Ela era tão boa nisso, enquanto para mim isso era tão estranho quanto... bem, ter o cérebro de uma adolescente nerd desajeitada preso no corpo de uma supermodelo.

Entreguei meu laptop para Christopher e me sentei na cadeira ao lado da dele. Ele olhou para o brilhante — e obviamente novinho em folha — computador branco sem fazer comentários, o abriu, e começou a digitar.

Tentei me lembrar do que a Lulu tinha me dito. Seja confiante e... o quê? Estabeleça uma conexão. Certo.

Mas como? O que Christopher e Nikki Howard tinham em comum? Nada. A não ser que ambos frequentavam o colégio Tribeca Alternative.

Ah... e *Journeyquest*. Maravilha.

— Então qual foi sua maior pontuação? — perguntei a ele. — Em *Journeyquest?*

— Quarenta e oito — contou ele, simplesmente.

Isso me chocou e falei sem pensar:

— Mentira.

Ele me olhou, surpreso.

— O quê?

— Não tem como você ter passado do nível 46 — afirmei, me esquecendo completamente que não tinha como eu saber disso. — Como conseguiu passar pelos Dragões do Fosso? — Os dragões sempre incineravam nossos personagens toda vez que nos aproximávamos deles. Não importava de qual direção viéssemos, eles sempre nos barravam para não passarmos para o nível 47. Tínhamos pesquisado na internet para conseguir pistas sobre como passar por eles, tudo em vão.

Christopher estava me olhando fixamente. Pela primeira vez, ele parecia estar realmente me vendo.

— Usei as runas de Al-Cragen — explicou.

Foi a minha vez de olhar fixamente para ele.

— As runas? Sério? Cara, não acredito que nunca pensei nisso. Então você apenas as jogou e...

— Os dragões ficaram sem poderes — disse Christopher, que estava mesmo olhando para mim agora. Mas não como se ele estivesse vendo a mim, Em. Era como se ele estivesse questionando o que havia de errado comigo, Nikki. O que fazia sentido, na verdade. Por que qual tipo de maluco olharia Nikki Howard e suspeitaria que Em Watts estava dentro dela? — Qual era o nome do seu personagem? Seu personagem do *Journeyquest*? Talvez eu já tenha visto você *on-line*.

E então percebi que eu tinha cometido um erro estúpido. Eu não podia dizer o nome do meu personagem, porque então ele saberia que era eu, Em.

Mas também não podia simplesmente inventar um, porque seria fácil demais para ele checar.

— Ah — improvisei, rapidamente. — Eu já não jogo há um tempão. E duvido que você tenha me visto, já que jogo nos horários mais estranhos. Além disso, não me lembro. — Dei um tapinha em minha cabeça. — Você sabe. Aquele lance da amnésia.

Ele me lançou um olhar cético e depois voltou a olhar para a tela do computador.

— Ah, tá — disse ele. — Claro.

Então, de repente, ele se virou e me lançou um olhar que foi como se alguém acidentalmente entornasse um copo de água fria no meu rosto.

— *Mas você lembra que costumava jogar?* — perguntou ele.

Eu quis me matar, sério.

— É, amnésia é es-estranha desse j-jeito — gaguejei. — Tipo assim, eu me lembro de algumas coisas — expliquei. — Mas não de outras. Como...

E, então, simples assim, eu disse. Não sei por quê. Era arriscado. Era provavelmente algo tolo de se dizer.

Percebi que era exatamente por causa desse tipo de coisa que a Stark estava usando o *spyware* para me espionar. Era por isso que ele tinha sido instalado nos computadores de Nikki e Lulu. Era por isso que a Stark tinha sido tão generosa com minha família, dando os celulares de graça. Para ter certeza de que não estávamos tagarelando com as pessoas erradas sobre minha cirurgia.

Mas eu não estava digitando o que estava prestes a dizer, nem dizendo isso em um celular da marca Stark.

— Eu me lembro de você — declarei.

De repente, meu coração disparou no peito. Mas parecia que eu não conseguia me calar. Era como se minha boca tivesse assumido o controle.

Mas Lulu disse para eu estabelecer uma conexão. Essa não era a que eu tinha em mente. Mas agora já era.

— Eu me lembro de você na inauguração da Stark Megastore — continuei.

Nada aconteceu. Esperei. Mas nenhum homem de terno preto derrubou a porta no chão. E ninguém armado desceu pelo teto.

Estávamos seguros.

Christopher apenas olhou para mim, com seus olhos azuis — tão diferentes dos de Gabriel, de contornos mais verdes e margeado por cílios castanhos, e não pretos — arregalados e incrédulos.

Eu não o culpava. Também não sabia aonde eu queria chegar com isso.

Cale-se, Em, meu cérebro ordenava à minha boca. Ou à boca de Nikki. *Ou qualquer que seja seu nome agora, apenas cale-se*. Dois milhões de dólares. Dois milhões de dólares.

Mas não adiantava. O estrago tinha sido feito.

— Você se *lembra* do que aconteceu naquele dia? — perguntou Christopher finalmente.

Olhei para as minhas mãos. Minhas unhas — que são postiças e ainda estão pintadas de preto — estavam perfeitas. Assim como todo o resto. Do lado de fora.

Uma pena que ninguém podia enxergar o que se passava dentro de mim, para ver a grande e velha bagunça.

— Eu me lembro de *você* — insisti. — Lembro-me de que você estava lá com uma amiga. A menina que... morreu.

Quando eu disse a palavra "morreu", Christopher afastou rapidamente o olhar. Seus dedos congelaram no teclado do meu laptop.

Mas era tarde demais para voltar atrás. Agora eu tinha de continuar.

— Deve ter sido horrível — continuei, sentindo o coração apertado por ele. — Tipo... não que você queira se lembrar disso... Sinto muito ter tocado nesse assunto. Eu só... Eu queria conversar com você sobre isso quando não tivesse ninguém por perto. Você sabe, sobre como me senti mal com isso tudo.

Eu não fazia a menor ideia se Frida estava certa sobre o que estava incomodando Christopher. Tipo, ele ser apaixonado por mim. Talvez ela estivesse errada. Talvez ele estivesse apenas se recuperando de ter visto uma garota morrer bem diante dos olhos dele. Qualquer um teria ficado confuso com isso.

Frida devia estar completamente enganada em pensar que Christopher nutria algum sentimento especial por mim além de amizade. Eu não tinha como saber. Não podia afirmar nada, porque ele estava com o rosto virado para o outro lado e não olhava para mim. Seus olhos estavam fixos na tela do meu computador.

— Eu sinto tanto, pelo que aconteceu — continuei. — Não sei expressar o quanto sinto. Aquilo foi terrível. Você deve... deve sentir muita falta dela.

Esperei, achando que ele não fosse responder, já que não disse nada por um longo tempo.

Mas um segundo depois, ele respondeu:

— Sinto.

Então os dedos voltaram a teclar.

Um minuto depois disso, ele disse:

— Bem, aqui está. A conta já está configurada.

E ele fechou meu laptop e o entregou para mim.

Simplesmente assim.

Senti meus olhos se encherem de lágrimas. Não pude evitar. Não podia acreditar que Lulu estava errada. Não que eu tivesse acreditado naquela teoria estúpida. Tipo assim, só sendo muito boba para acreditar que todos os garotos no mundo são um pouco apaixonados por você. Claro, talvez fosse verdade para Lulu. Mas por que Christopher teria alguma vez se apaixonado por mim?

Deus, não conseguia acreditar em como eu tinha sido burra.

Virei-me e enfiei o laptop na bolsa, secando as lágrimas com a manga para que ele não pudesse ver que eu estava chorando.

— Obrigada — agradeci. — Vejo você na aula.

Eu estava passando pela porta quando a voz baixa de Christopher me fez parar.

— Nikki — chamou ele.

Congelei. Eu não podia me virar, porque ele veria as lágrimas que escorriam pelo meu rosto.

— Hã? — respondi, olhando para a parede.

Sua voz continuou baixa.

— Ela era minha melhor amiga — declarou.

As lágrimas agora desciam sem parar, mas ainda tentei esconder isso dele. De repente, eu queria tanto, tanto dizer a verdade. Eu queria correr para ele, jogar minha bolsa no chão, atirar meus braços em volta do seu pescoço e dizer "Christopher, sou eu, Em! Não estou morta! Estou aqui dentro! Sei que é loucura, mas é verdade!".

Mas eu sabia que não podia. Dois milhões de dólares.

Em vez disso, me virei, sem me importar se eu estava chorando, e fiz a única coisa que eu sabia que eu não deveria, mas que eu sabia que precisava fazer. Desde que a ideia me ocorreu, naquela manhã, eu tentei me convencer de que não deveria, que era loucura, e acho que eu não teria feito se Christopher não tivesse acabado de dizer essas cinco pequenas palavras.

Enfiei a mão na bolsa, retirei algo, caminhei até a mesa e joguei aquilo diante dele.

Então, me virei e saí correndo, antes que ele pudesse me perguntar por que eu tinha acabado de jogar uma cartela de adesivos de dinossauros que brilham no escuro em sua mesa.

VINTE E CINCO

— ESPERE... — LULU SE INCLINOU PARA SOLTAR A COLEIRA DA Cosabella, que estava enrolada em suas pernas. — Por que estamos trazendo pizza para essas pessoas?

— Porque — comecei, mantendo o olhar nos números sobre nossas cabeças enquanto o elevador subia mais e mais — eu quero que você os conheça.

— Eles são pobres ou alguma coisa do tipo?

— Não — ri. O elevador parou e a porta abriu. — Eu achei que seria legal trazer o jantar para eles.

— Ah. — Lulu me seguiu pelo corredor enquanto eu equilibrava a caixa de pizza na mão e tentava controlar Cosabella. — Eu meio que estava achando que era um lance de caridade.

— Não é — neguei.

Eu não queria contar a verdade a Lulu — que eu me sentia mal por ela, porque parecia não ter pais... que se importavam com ela, quero dizer. A não ser Katerina. Mas Katerina era uma empregada.

Eu me sentia igualmente mal pelos meus pais, a quem andei ignorando um pouco. Talvez a pizza e a visita não recompensassem três dias de negligência. Mas era um começo. Isso e os novos celulares (sem ser da marca Stark) que eu trouxe para dar de presente para eles e para Frida também.

Além disso, achei que mamãe deveria ouvir algumas das teorias de Lulu. Do ponto de vista de uma mulher que estuda o feminismo, achei que ela as julgaria interessantes. Ou pelo menos válidas para investigações mais profundas.

— Só achei que comer em casa fosse melhor do que comer fora — afirmei.

— Ah — disse Lulu, remexendo na bolsa, de onde retirou um espelho, no qual checou seu reflexo. — Entendi. Então, como foi com o garoto do colégio?

Sorri, lembrando-me de que ele ainda tinha de dizer alguma coisa sobre os adesivos.

Mas ele ficou olhando. Ah, como ele ficou olhando.

— Acho que consegui estabelecer uma conexão — contei. — Ele está confuso, mas... — dei de ombros. — Vamos ver o que vai acontecer.

— *Todos* eles são confusos — disse Lulu, suspirando. — Então, o que o cara da antena estava fazendo no nosso apartamento essa tarde?

— Estamos instalando Wi-Fi — expliquei, parando em frente ao 14L. — Não usar mais as conexões de modem deve resolver nosso problema de *spyware*. Pelo menos por enquanto. Por quê? Ele convidou você para sair?

— Claro — concordou Lulu. — Mas devo sair com alguém de Libra agora, e ele é de Capricórnio, então nunca vai funcionar.

— Você está pronta? — perguntei a ela com o dedo na campainha.

— Estou pronta — disse Lulu, guardando o espelho. — Mas você tem certeza de que não prefere ir ao Nobu? Pizza sempre causa problemas aí dentro de você. E depois poderíamos ir à Cave.

— Aqui dentro de mim já é uma bagunça — declarei. — A verdade é que o meu lado de dentro nunca vai combinar com o lado de fora. — Toquei a campainha. — Mas você quer saber de uma coisa? Tô começando a achar que o interior de ninguém combina.

— *Eu atendo* — ouvi Frida gritar, dentro do apartamento. Um segundo depois, a porta do meu antigo lar abriu, e Frida, de moletom, com creme de rosto, nos olhou.

— Ai, meu Deus — disse ela, boquiaberta, enquanto lançava um olhar para mim, para Lulu e de volta para mim. — Ai, meu Deus, é... é... é...

— Oi, Frida — cumprimentei. — Sou eu. Pode dizer para a mamãe que estou aqui? Eu trouxe pizza... e minha amiga Lulu.

— Eu... Eu... Eu... — Frida estava tão animada, que deixou a porta bater na nossa cara. Pude ouvi-la correndo pelo apartamento gritando: — Manhê! Adivinha quem está aqui?

Lulu me olhou curiosa. Então perguntou:

— Nikki? Como você conhece essas pessoas?

— Lulu — respondi. — Eu nem sei por onde começar.

Este livro foi composto na tipologia Classical Garamond BT, em corpo 11/16, e impresso em papel off-white 80g/m² no Sistema Cameron da Divisão Gráfica da Distribuidora Record.